创美工厂

［美］洛·卡西希克　著　王敏慧　译

狂风过后

一个幸存者的故事

AFTER
THE WIND

中国友谊出版公司

图书在版编目（CIP）数据

狂风过后 /（美）洛·卡西希克著；王敏慧译. --
北京：中国友谊出版公司，2017.3
书名原文：AFTER THE WIND
ISBN 978-7-5057-3993-2

Ⅰ. ①狂… Ⅱ. ①洛… ②王… Ⅲ. ①长篇小说－美
国－现代 Ⅳ. ①I712.45

中国版本图书馆CIP数据核字(2017)第043099号

著作权合同登记号 图字：01-2016-8073 号

书名 狂风过后
著者 [美] 洛·卡西希克
译者 王敏慧
出版 中国友谊出版公司
发行 中国友谊出版公司
经销 新华书店
印刷 北京鹏润伟业印刷有限公司
规格 880×1230毫米 32开
11.25印张 198千字
版次 2017年6月第1版
印次 2017年6月第1次印刷
书号 ISBN 978-7-5057-3993-2
定价 39.80元
地址 北京市朝阳区西坝河南里17号楼
邮编 100028
电话 (010) 64668676

致桑迪：

一个我能亲口讲述的故事

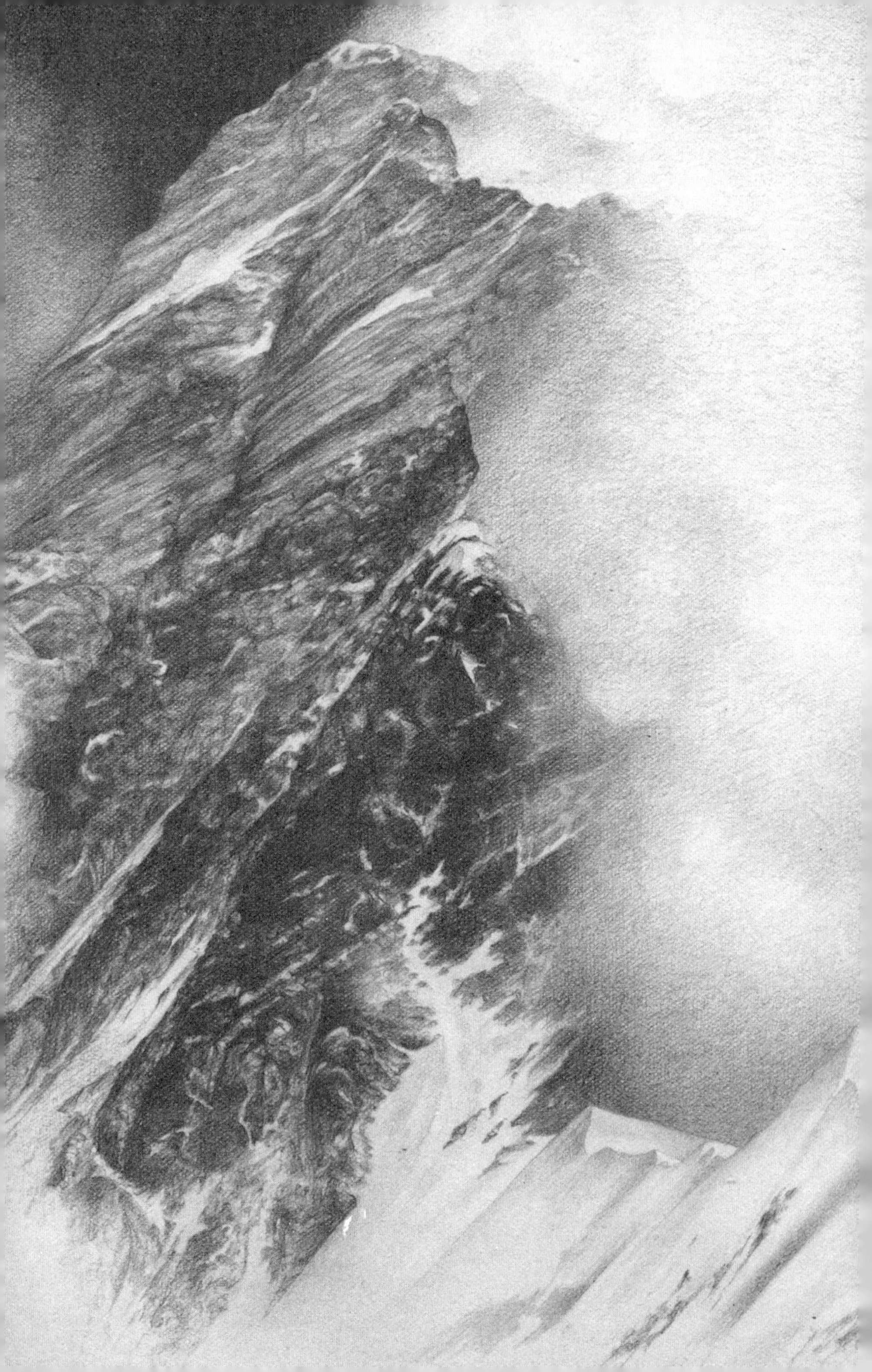

烈风大作、崩山碎石……
风后地震……
震后烈火……
火后有微弱的声音。

——《圣经·列王记上》第19章第11-12节

目录 CONTENTS

致读者

1996 年 5 月 10 日中午时分，珠峰顶峰附近，有些事出了错。有人幸运地活了下来，有人却再也没能回来。那是因为攀登珠穆朗玛峰时发生了历史上最严重的一次山难。[1]

当时我就在那儿。我是由罗布·霍尔担任领队的新西兰探险队的成员之一。这是一个关于我如何幸存下来的故事。

在那个命运攸关的日子里，首先出错的是，从上午持续到中午，人们在南顶峰损失了宝贵的时间，而正是时间的损失及其连带效应将人们带进了之后进退两难的困境。中午之前还没有生存与死亡的珠峰故事；中午之后所发生的就是你听到的那个故事。

这本书的大部分内容写于 1997 年至 1998 年。我当时写下自己的记录有两个原因：一是那场灾难事件确实非常复杂，对我个人来说，这个经历中也充满了复杂的情绪。我想记录下那些事件来证实我对事件的理解、想法与反思。我知道当时到底哪儿出错了，因为我就在那儿。对于不在场的人们来说，事后的报道就像被迷雾层层笼罩的事实，让人无法正确辨识真相。

[1] 编者注：2014 年，珠峰南坡发生重大雪崩，造成 15 人死亡，比 1996 年的这次山难更加严重。

我的观点和分析与当时多数书籍、报道有所不同，在对不同事情重要性的理解上尤其如此。那些适合拿来讲故事，但实际并不重要的事情，被说得太多了。

那场灾难的真相到底是什么？这个问题的答案取决于回答它的人。没有人知道全部事实，有些真相也许已永世封存。

在宏大的历史事件之中，我个人的珠峰攀登故事，事关我“在那里”的经历，一次与恐惧为伴的经历。但我的故事并不止于此，它不仅讲述了当时哪里出了错，更讲述了哪里做得对——我如何活了下来，或者说为什么我能活下来。

写作完成以后，我决定不向公众发表，而是将它与其他书稿一起束之高阁。

1996 年出发前往尼泊尔准备攀登珠峰的时候，我以为这不过就是离家两个月的事儿，之后我会回归正常生活，就像以往任何一次登山一样。登顶的照片最后会慢慢积满灰尘，记忆也会随时间慢慢淡去。攀登珠峰的经历会像其他经历一样，变成过去。然而，事实是那一次攀登并没有随时间消散，而是在此后的 17 年里影响着我的每一天。那个我曾身处其中的故事从未完结。

1996 年，我差一点就极其自私地、不顾一切地死在了珠穆朗玛峰上。2011 年，我的妻子桑迪身患重病。[1]我们结婚 46 年，相爱 47 年。回想 1996 年 5 月 10 日那一天中午的关键时刻，正是桑迪的爱挽救了我的性命。当我需要内心的力量时，她就是力量的源泉。这

[1] 编者注：作者的妻子桑迪已于 2016 年因病去世。

正是我要在书中讲述的个人故事。

人生总有起起伏伏，桑迪现在需要我。一想到我曾差一点就无法回来，今天也无法陪伴她，我就后怕。如今我也愿意去相信，我对桑迪的爱会成为她战胜病魔的内在力量。

我选择现在出版这本书，主要是想表达我对桑迪的爱和感激。这些年我经常跟人讲述我在珠峰上的经历，很多人都很关心桑迪在这个故事中所起的作用。我公布这些内容之最大的希望，也是最大的挑战就是如何让读者从故事中理解桑迪对我的意义。

当我拂去书稿上的灰尘，重新阅读许多年前写下的文字，我摘除了一些不再想叙述的事情，以及那些不该由我来讲述的事情；转而加入了近年来对我有重大意义的个人故事。

我有两个故事要讲：

一个故事关乎我“在那里”的经历——冲顶日中午面临的严峻形势，之后在狂风、寒冷、缺氧中度过的一晚梦魇，事情糟糕得离谱，以及在我身边垂死的人们。

另一个则是一个关于我在狂风过后、靠近顶峰时在寂静中听到的声音的故事，一个关于心声的故事，一个爱的故事，一个我如何幸存下来的故事。

洛·卡西希克

珠峰顶峰 8848米
南顶峰 8748米
希拉里台阶
最高营地
7925米
洛子峰 8516米
洛子峰壁
3号营地
7315米
西库姆冰斗
2号营地
6492米
1号营地
5791米
昆布冰瀑
大本营
5334米
昆布冰川

为期六周的登山路线

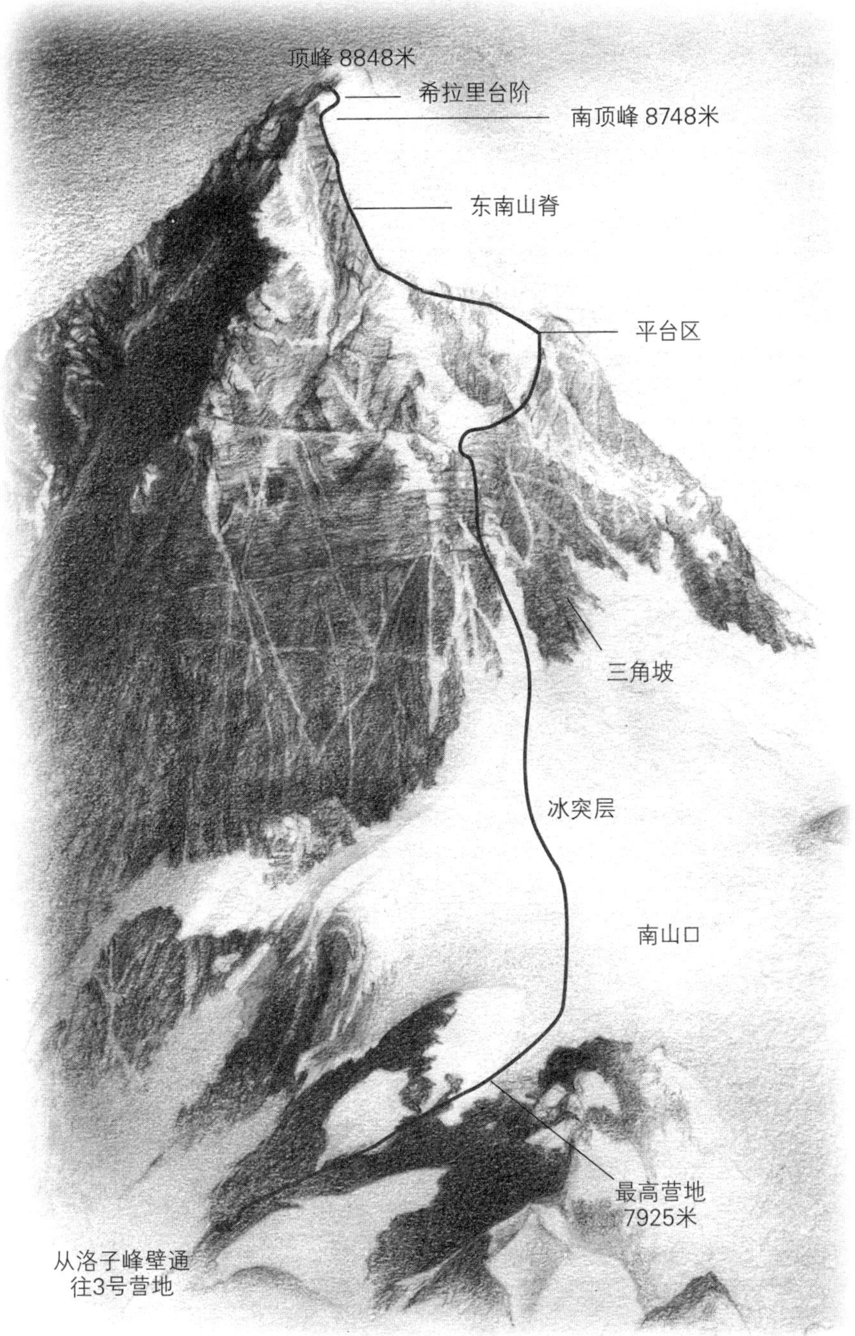
顶峰 8848米
希拉里台阶
南顶峰 8748米
东南山脊
平台区
三角坡
冰突层
南山口
最高营地
7925米
从洛子峰壁通
往3号营地

登顶路线

CHAPTER 1

正午的进退两难

5 月 10 日，接近正午，珠穆朗玛峰顶峰附近，我大口地喘着气。

每前进一步都要呼吸四到五次，如此反复，再反复。

四到五次呼吸、调整负重、调整步伐。就这样不停反复。周围冰冷干燥的空气像一团冷焰，自内而外地灼烧着我。四到五次喘息、调整负重、调整步伐。我的手指已经泛白僵硬，冻伤了。

我想喝水，特别特别想喝水。可是我的水壶已经冻上了，里面是铁石般的冰块。我所有的只有冻伤、缺水、零下三十多度的气温、强风、脱水、营养不良，还有极其稀薄的空气。

但是这些都不重要。强大而纯粹的意志力支持着我继续前进。呼、吸、呼、吸、大喘、调整负重、调整步伐。前面的路越来越陡峭。

我已经远在云层之上，距离云层大约有六英里远。此刻我脚下的狭长山脊距离世界最高峰的垂直距离只有 400 英尺（约 122 米）[1]。雪片像浪花一样拍打在我身上，风声像低空飞行的喷气式飞机一样发出轰鸣。一场恐怖的风暴自下方慢慢沸腾。

经过强忍极寒与缺氧，在岩石冰雪上攀爬的数周，我知道我已接近顶峰。这一天 13 个小时艰苦的生理和精神折磨已成为过去，现在我只想到达那个至高点。顶峰近在咫尺。四到五次呼吸、调整负重、调整步伐。我离那个梦寐以求的顶峰只有 400 英尺了，那就是珠穆朗玛峰的峰顶。四到五次呼吸、调整负重、调整步伐、集中精力。

没有什么可以阻挡我。

一步、一步、再一步……每一步，我都在以微弱的力量征服伟大的存在——珠穆朗玛峰。只要能征服顶峰，我什么都不在乎。而我离她只有一步之遥。

我觉察到前面的登山者们慢了下来，一开始我并没觉得这有什么问题。我看了一下手表，时间已经接近正午。

正午？怎么可能这么晚了？我们的领队罗布·霍尔原计划在正午时分从顶峰返回营地。出问题了吗？

我努力让自己镇定，但脑子里却飞快地闪过一丝不祥的念头。我感到自己孤立无援，没有任何人可以交谈，此刻我唯一能听到的就

[1] 编者注：1 英尺为 0.3048 米，为能在保证作者文风的同时方便中国读者理解，书中的英制单位数值后皆以公制单位数值标出。

是风声，还有自己的呼吸声。我抬头向上看了看，那些在我前面的登山者们还在继续向上攀爬。我意识到情况不妙，因为时间已经大大晚于预期了。

我决定不去介意，时间晚一点算什么，在那一刻这根本不重要。这里是珠穆朗玛峰。超过预期折返的安全时间算什么，在那一刻这根本不重要。就算知道要摸黑下山我也不在乎。我只在乎登上顶峰，况且只差一点就到了。其他人还在继续向前，如果他们能做到，我也一定能做到。此刻没有什么可以阻挡我。

“在那里”本已很高的风险现在已飙升至远超疯狂的程度。这点我也清楚。可是，我已如此接近，我可以登上顶峰。我想继续向上攀登，我必须继续向上攀登。但是，太晚了，已经没有时间了。

冻伤的手指怎么办？无所谓。前进，继续前进。其他人还在向前走，我也一样。我可以做到。对于攀登者来说，只有一件事比没有到达顶峰更让人汗颜，那就是：别人做到了，而你没有做到。

我清理掉脸上的冰霜，以便能多呼吸一点海平面六英里[1]上空那少得可怜的氧气。我低下头，大口呼吸着，继续攀登。四到五次呼吸，调整步伐，一步接着一步。我能听到的第一个也是唯一的声音就是——我一定能做到！

然后，神奇的事发生了。

一股隐形的力量控制住了我，我把冰镐插进面前的雪地里，双膝跪地，双手紧握冰镐，耳中只有我的心跳声，周围一切平静，死一般的寂静。

[1] 编者注：1英里为1609.344米，6英里即9656.064米。

狂风过后，除了纯粹的寂静，我不知道自己将听到什么，不过很快我就知道了。

片刻之后，我意识到攀登一座布满岩石和冰雪的大山，健壮的身体和坚强的意志都不重要。重要的是，到底是什么让你有勇气克服困难获得成功，到底是什么让你在艰难的选择面前做出正确的决定。我准备好应对这一挑战了吗？

几个小时后，我在艰难地与死神搏斗；几个小时后，其他人正在慢慢死去。

几年后，我在艰难地领悟当初的经历；几年后，我想要忘却；几年后，我永远都无法忘却。

如今，我要感恩。

CHAPTER 2

请示和批准的仪式

我的妻子桑迪总在抱怨她是最后一个知道我将要攀登哪一座山峰的人。其实不然，我母亲才是最后一个知道真相的人。不过我的工作助理迪伊（Dee）肯定是第一个知道消息的人。她在办公时会听到我跟登山好友们的通话，还会帮我向世界各地发送传真以为我安排出行和住宿。我特意选在工作时间做这些事，所以桑迪总是到最后一刻才知道我的安排，而且登山计划也常常因为一个队员行程的改变或问题的协调而随时变化或被取消。如果登山计划中的各个环节还未准备就绪，我通常不会向桑迪透露这个计划。我已有数十年的登山经验，所以我深知这一原则的重要性。

到1995年，我已经是个拥有多年登山经验的老手了。我攀登过世界上许多著名的山峰，包括分布在六大洲上的最高峰。我总是蠢蠢欲动，计划着下一次的挑战。六月的一个下午，我让迪伊给著名的职业登山者罗布·霍尔发了一封传真，罗布也是新西兰珠穆朗玛峰登山探险队的领队。迪伊看了我要发的消息，一句话也没说，但她看了我一眼后轻轻地点了点头，这已胜过任何言语。因为迪伊知道，这一次我家里的一关可不好过。

我发给罗布的只是一个简单的咨询：如果罗布正在组织一支登山队，且能取得尼泊尔政府对他们在1996年攀登珠穆朗玛峰的许可，我希望加入这支登山队。我冲迪伊耸了耸肩、笑了笑，意思是我只是问问而已。

罗布是登山界公认的珠峰职业探险队中最优秀的领队。我认识他很多年了，我们曾在同一时期都在南极洲登山，我们也有些共同的登山好友；另外，我一直密切关注着他在1993年和1994年的珠峰登山活动。

我的传真只是个普通的咨询而已，谁知道罗布还会不会再去爬珠峰。对我来说，攀登珠穆朗玛峰的念头也许很快就没了，这没什么，因为我还有很多其他山峰想要攀登。登上珠峰并不是我非得完成不可的梦想。如果罗布这儿能行得通，这确实是件值得去做的大事，但如果不行，也没什么。

接下来的几个月，我们不断地通信和通话，罗布告诉我他确实在组织一支登山队，也正在申请许可。我们就登山过程中的领导因素和具体的领队人选进行了长时间的沟通。这些对我是否会参与以及我之后到底能付出多少都甚为关键。最近的几次探险中，协助罗布的登山向导是来自美国的埃德·维耶斯图尔斯（Ed Viesturs）和来自新西兰的盖伊·科特（Guy Cotter）。此二人都是资深的喜马拉雅登山者和向导，他们拥有极高的声誉。在前几年与罗布配合带队的过程中，他们拥有最好的珠峰安全记录。对这些登山者来说，安全，而非冒险才是最重要的。他们就是我喜欢的那类领队。最后，我参与登山队的特殊条件（这些也是书面协议的一部分）就是领队团必须由霍尔、维耶斯图尔斯和科特组成。

通了这么多电话和信件，迪伊知道这件事是真的了。有好几次，她看着我，眼神仿佛在说：我已经迫不及待地想看到你们家对这事会有什么反应。但在那之前，我不会让任何家人知道关于这件事的任何消息，尤其是桑迪。她没必要这么早知道。公布这消息需要技巧，时间是关键。我跟罗布说家里需要做些工作——请示和批准。

我的大部分朋友都能理解作为一个登山者需要面对的竞技挑战。他们了解我热爱山峰以及和山峰相关的所有体育运动：滑雪、高山滑雪和登山。他们知道我曾是一名极限运动员，也特别能理解作为极限运动员所需要面对的身体和心理挑战。 他们能想象当我站在山顶眺望时，当云层在脚下飘浮而过时，是怎样一幅壮丽的景象。但是，他们也知道这些运动的危险性，严寒、艰苦的环境、困难、痛苦，所以他们经常会问："你是为了什么？"他们说登山是反理性的，因为这违背人的基本求生意识。在这一点上，我同意。我甚至同意，仅从理性的观点来看，登山是脑子有问题的人才做的事。但从个人情感的观点来看，登山带来的体验是如此完美，对他的选择完全是明摆着的。站在顶峰只是整个故事的一小部分，很多时候甚至都不是最重要的部分。我曾身处其中的那些登山故事，并不只有一个瞬间。在那些努力登顶的故事中，很多瞬间比登顶更有意义，更值得回忆。

登山故事中的主角通常是登山地点、山峰、被征服的历史、攀登中的严酷、需要克服的困难、美景、奇迹，以及人们完成梦想后深深的满足感。有时候登山者也是主角：人们关心登山者之间的故事，以及为什么我们要做这样的事。有时候人们也关心我们犯了什么错，我们如何应对突发状况，以及我们学到了什么经验。有时候人们关心的是第三世界国家的文化和现状。而那些最吸引人的则是各种特殊的值得永远怀念的时刻，比如跨过一条奔腾汹涌的大河，与当地居民一起坐在车顶，或者挂在车旁，或者和鸡鸭猪一起挤在车厢内横跨非洲大陆或者秘鲁高原。当然，还有那些我想忘掉的糟糕经历，那些我从不会告诉桑迪的故事。

尽管如此，我承认我的旅途随后就会被收入书架，顶峰也会被遗忘，照片或在墙上或在桌上积满灰尘，它们也许再也不会被重新翻看。那是一个伟大的故事，我曾深处其中。可地球并没有因此停止转动，别人也不会真的关心发生过什么，而珠穆朗玛峰也只不过是一块覆盖着积雪的大石。尽管如此， 我所经历的故事只属于我，它只在我内心鲜活地存在。渴求经历的愿望才是触动我下一次攀登的动力，无论下一次要经历的是什么。

对于我和罗布来说，珠穆朗玛峰只是一次尝试。但是为了这次尝试，我们还需要再完成一件事情，正如罗布需要获得尼泊尔政府的批准，正如攀登珠穆朗玛峰必须借助向导的协助，我也需要得到桑迪的许可。我深爱着桑迪，因此我得让她正确理解这个决定。毕竟，我们谈论的是珠穆朗玛峰，而非任何一座普通的山峰。

如果没有桑迪，我是无法攀登珠穆朗玛峰或者任何一座山峰的。我也不想去攀登。我不是那种为了获得登顶荣誉而牺牲婚姻关系的人。我知道很多登山者不顾婚姻的裂痕而一意孤行。那样的事绝对不会发生在我身上。得到桑迪的支持并非只是得到她的同意，因为那远远不够。桑迪也许是最后一两个知道我登山计划的人，但她的支持永远是我决定是否攀登那座山峰，或者完成某个人生梦想时最重要的因素。

我们是在一次相亲舞会上认识的，那时桑迪是一名一年级教师。我对她一见钟情，所以我竭力表现自己。可是即便我的舞步翩翩，也没能引起她的注意。她过了很久才渐渐爱上我。1967 年，在我的路德教牧师的见证之下，我们结为夫妇。我们有两个年纪相差不大的儿子：道格（Doug）和格雷格（Gregg）。我们是努力工作养家糊口的家庭，和大部分普通家庭没什么区别。我和桑迪有很多共同点，但在一点上我们差异很大，我比较自我（尽管我经常意识不到），而桑迪则事事为他人着想，特别是为我着想。

婚后，桑迪一直做着一年级教师，她边工作边带孩子，家里几乎都是她一个人照顾的，而我则从早到晚地工作，还要上夜大。她从来没有抱怨过。她总是放弃自己的追求而成全我的理想，无论我的理想是什么。可是她的无条件支持只有一个例外：我的登山挑战。为了获得她对我登山追求的支持，我们有一套特殊的程序，我管它叫“请示和批准的仪式”。

经过几十年时间，我和桑迪之间慢慢演化出了一套我和她之间特有的“请示和批准的仪式”。我告诉她新的攀登计划，她会问很多问题，这些问题我已能倒背如流，但她就是知道该怎么抛出这些问题。“你怎么能一下子离开我和孩子们好几个星期甚至好几个月？这么长时间你怎么能不工作？”接下来每隔几天就会有更多的问题，比如：“如果我像你这样一走就是几个星期，还没办法联系，你会怎么想？这样对我公平吗？”她想要答案，她会站在我面前，等我给她答案。桑迪最喜欢问的一个问题就是：“你能告诉我，你这么辛苦训练，离开温暖的家，抛弃我和儿子对你的爱，到那么寒冷严酷的环境中，受那么大的苦去完成实际上毫无意义的挑战，到底是为了什么？”我从未向桑迪坦诚过，很多次攀登过程中，面对无尽的痛苦和折磨，我都对自己说“以后再也不登山了”，当时我唯一所想的就是回家。然而，等回到家中几个星期后，我又会蠢蠢欲动。

这一套“请示和批准流程”通常需要四到六周。这个过程中，桑迪眼看着我的训练强度不断加大。但她还是会不断冒出新的问题。有时候是一个问题，有时候是几个问题，有时候问题是写在字条上的。“如果你回不来了，我们该怎么办？”桑迪说她宁可规划我死后的事，也比忍受我不在身边时的孤独强。她说，在我无止境的训练和攀登期间，孤独和无依无靠是她最煎熬的事。

珠穆朗玛峰！“请示和批准流程”。这是我在桑迪这儿遇到的最大挑战。迪伊知道这事的困难程度，从我和罗布开始计划登山时她的表情中就能看得出。这一次我怎么才能得到桑迪的支持呢？对其他的山峰，桑迪知之甚少或者一无所知，但珠穆朗玛峰不同，她可是世界第一高峰。桑迪知道珠峰死亡区。这一次，我的策略是耐心地、循序渐进地、选择最佳时机告诉她。

一天早上，我在厨房看着报纸吃着早餐，阳光暖暖地从厨房的窗户照射进来，广播里正放着我们最喜欢的早间脱口秀节目。看起来这是个好时机。于是我开口说："嘿，还记得我在南极洲的时候跟你提过罗布·霍尔这个人吗？我看报道说他在带领探险队攀登到接近珠穆朗玛峰顶时，竟然出于安全考虑放弃了登顶，折返回去了。这是个多么伟大的领队啊。"很显然，这么说有点不自然。

桑迪说："那很好啊。"就这么多。其实桑迪没落掉任何一点信息。她很清楚这一次摆在桌面上的是珠穆朗玛峰。"请示和批准的仪式"拉开了帷幕，一天天，一周周就这样过去了。"你做决定的时候，对于那些依靠你的人，你的责任感哪儿去了？你有个得了老年痴呆症的母亲，还有个需要特殊照顾的弟弟，一个老婆，还有两个儿子。你就这样丢下我们，冒着生命危险攀登那个所谓的什么世界最高峰？"

这"仪式"中从未掺进过强烈的负面情绪。我们都很清楚，只要桑迪说不，那就不行。我想不出来有什么事是我未经桑迪同意就去做的。她心里清楚，我爱她胜过一切，从来都是。我心里也清楚，她对我有着同样的感情。如果在登山这件事上，分歧会让我们失去彼此，我们决不会固执己见。

终于有一天，桑迪说了这样的话："你知道我并不喜欢你这个主意，但是我不想置身事外，也不想错过你人生中的任何大事。我是爱你的，也想支持你的梦想，如果你坚持要去，那我们要一起经历。我会支持你，但有一个条件。”然后她让我向她保证：1996 年的这一次将是我唯一一次尝试攀登珠穆朗玛峰。她知道很多登山者要经过两到三次或者更多次才能成功登顶。罗布也是在第三次尝试的时候才成功的。桑迪说她不想再一次经历这样的挣扎。

我觉得这要求不过分，所以就答应了。我知道一次性成功登顶珠穆朗玛峰的几率并不高，可是到达顶峰并不是攀登的主要目的。不过这一次确实与以往不同，这是桑迪有史以来第一次跟我提要求。

像以往一样，一旦“请示和批准的仪式”完成，桑迪的态度就会 180 度大转变。她十分清楚训练对我的重要性，所以她会帮助我做计划并协助我练习。如果没有桑迪，我不可能完成那样大强度的精神和身体负荷训练。

桑迪在协助我训练的时候还制定了些原则。密歇根州北部地区的冬季夜晚既寒冷又多风（温度通常在零下好几度）。我们住在一处陡峭的山崖上，远眺密歇根湖。强风常常卷携着湖水猛烈地拍打着岸边，大风也裹着雪花吹打着崖壁。温度最低、风最大的夜晚是训练的最佳时机，因为越是恶劣的天气越能锻炼技能，特别是在夜晚时分。我想在崖边安营扎寨，因为在强风中架设帐篷是一个很好的练习；然后仅凭一盏头灯（有时候为了加强训练效果还需要关闭头灯）练习烹煮冰水也能使我更好地掌握装备的使用。我很享受这个过程。桑迪也觉得这样有助于训练效果。但让她参与进来似乎有点不明智。

桑迪总喜欢跟人们讲起那个我在博因高地滑雪区训练的经历。经过一晚上的训练，第二天一早，她依照计划在滑雪区北侧山脚等我下山。她正在车里等着，一辆博因地区的巡山车停在她旁边，巡山员认识我，也知道我在山上做什么。他问桑迪要在那里等多久，并希望她不要等太久，因为山区发现了一只母熊和两只小熊出没。他还建议桑迪把这个危险情况通知我。结果桑迪对他说："我就待在这儿不动，别担心。作为登山者，洛总是说要靠自己，而且他接受训练就是为了能应付这些突发状况。我们等着瞧他是怎么对付这些熊的吧。"

实际上，这些熊一看到我或者说一闻到我的气味就跑了。它们对我毫无兴趣，我对它们也一样。也许它们还怕我。可是，珠穆朗玛峰并不怕我。

CHAPTER 3

我能亲口讲述的故事

桑迪的支持让我成了更具责任感，更重视安全的登山者。这不仅因为她在我训练中的小心翼翼和悉心照顾，更因为这是个承诺。这个承诺是登山这件事中我们和谐关系的有机组成部分。

这个承诺源自几年前我登山生涯中期的一次事件。那时候我们正在南美洲攀登一座山峰，因为恶劣的天气情况，我和同伴们被困在最高处营地已有一周。大部分登山队考虑到不稳定的天气状况决定放弃登顶转而下山。最后，剩下的食物、燃料已经不容许我们再有任何犹豫和错误决定，在那种糟糕的天气情况下，我们队和另外一支探险队发起了登顶冲刺。在接近顶峰处，情况越来越危险（特别是强风和雪崩的危险），另一支队伍的登山者们开始下山。而我们则继续向山顶进发。后来在深雪和强风中下山的路途更加险峻。我们幸运地回到了山下，非常幸运。有两名队友被严重冻伤。回到营地后我们并没有庆祝成功登顶。相反，所有人都很沉默。

一周后，在附近村庄一家登山者们常去的酒吧里，我们碰上了登顶那天中途放弃的其他登山队的队员们。对话并不愉快，但意义却很深远。他们说我们那天一定是疯了，我们并不想承认这一点，而是逞强地回应说他们不够勇猛。

我知道他们是对的，错的是我们。当时我们做了错误的判断。我们的所作所为并不是因为我们比其他登山队员能力强，我们从来没有与其他人竞赛。我们，只是太无知无畏了。那一天的确是疯了，我们并没有认真地做决定。每个人都在等其他人做出那个艰难的抉择。我们跨过了底线，幸运的是，两个严重冻伤的队友并没有落下终身残疾，而我们离终身遗憾只差一小步。其中一个人决定此生再不攀登。所以，你可以说我们最后成功了，但这个成功是付出了代价的。我从未对那次攀登感到骄傲，因为我们之所以能安全返回，运气占了大部分因素。

我没有告诉桑迪那一次攀登过程发生了什么。我知道不能告诉她那些事。有很长一段时间，想到我的朋友差一点因为冻伤失去十指，我心里就十分难受。事实上，我从未告诉过任何人真实的经历。因为不能告诉其他人这些痛苦的记忆，所以我选择忘记那次攀登。那一次登顶没有带来任何的满足和自豪感。

南美之行两年后的一个晚上，我和朋友们在一家著名的餐厅用餐，席间我跟大家讲了那次登山的经历，包括我们后来碰到其他登山者时的对话。我不知道当时是怎么想的，也许是因为喝了酒。桑迪也在场，她目瞪口呆地听完我讲的这个故事，起身走了出去；桑迪什么也没说，她也没必要说。我知道她怎么了，这让我很害怕。桑迪很生气，很受伤。我立刻追了出去，和她走了很久，聊了很久。

那些片段我至今难忘，因为那是我们生活中罕见的严肃的争吵。但那恰恰是我人生的一大幸运。它成为我们共同生活的关键。而且，事实证明，它也成为我从珠穆朗玛峰幸存的关键。当时桑迪是这样说的：

> 你为什么不告诉我？我知道为什么，你不告诉我是因为你不敢说出你的不负责任和鲁莽行事。你不敢告诉我你的判断错误。但是，你却可以告诉朋友们这些事。你是怎么想的？我在你生命中算什么？我是不是你生命的一部分？我说过很多次，我支持你的攀登梦想是因为我希望成为你生命中每一次重要经历的一分子，我想成为你生命的一部分。我们要一起经历——包括登山那部分，就算是糟糕的登山经历。所以让我们把话说清楚，这事儿现在有两个问题：一是你没有告诉我；第二点，更重要的是，你没有告诉我的原因。我不是说你的冒险经历，而是你的鲁莽行为。
>
> 我想知道所有登山中发生的重要细节，你得告诉我所有的情况，包括好的和坏的情况，不许有隐瞒。我们一起

生活的部分不允许有任何秘密。最重要的是，我希望你明白这其中的意义。无论是你生活中的什么事，特别是登山这样你要为错误付出高昂代价的事，我不希望看到鲁莽和不负责任的你。

其他登山队都折返了，你是不是对他们没有一丝敬意？你有没有跟他们讨论过为什么他们决定放弃？

我是自作自受。那时候，我还不知道这对我今后的攀登生涯有什么意义。我不记得当时我对桑迪说了什么，也许就说了几句。那时候我们婚姻相处的原则是如果我错了，如果桑迪有把柄，我闭嘴听着就可以了。

那件事并没有立刻产生影响，我们又回到了日常的生活轨迹。但是桑迪却牢记于心。待到下一次登山计划“请示和批准仪式”的末尾，桑迪清楚地摆明了她的立场。

请不要丢下我一个人，尤其不要丢下一个心碎的我。如果要我继续支持你的登山梦想，如果要我继续成为你人生经历中的一分子，我需要你答应我一件事。

我总听你跟别人说，攀登是为了“经历并留下一个故事”，我觉得你这只是为了给别人描绘一幅美好的画面。不过，如果那真是你每一次攀登的目的，我想你看着我的眼睛，答应我，你要经历并留下一个你能“亲口讲述”的故事。

“经历并留下一个故事”的意义变得不一样了。以前，它只关注我亲身经历或目睹的事情，但现在，经历并留下一个我能“亲口讲述”的故事，则更关注我所作所为的正确性，以及它们对我人生走向的决定作用。

当然，桑迪的要求并不必须加以承诺，但是当你看着对方的双眸说出“我答应你”的时候，感觉就不一样了。诺言是有力量的，特别是承载着爱的诺言有一种可以影响你行为的力量。攀登珠穆朗玛峰前我对桑迪许下的诺言，我一直坚守了这么多年的诺言，也许是拯救我的原因。

CHAPTER 4

最后的晚餐

离出发去珠峰的日子越来越近，桑迪显得愈发紧张，她表露紧张的方式很特别。她想请所有朋友一起聚餐，于是向大家发出了一封邀请信：

> 我诚挚地邀请您于：
>
> 1996 年 3 月 23 日周六晚 7:30
>
> 参加(也许是)洛的“最后的晚餐”。
>
> 晚餐后请尽情地祝福、挖苦或者给洛分享智慧经。
>
> 桑迪·卡西希克

我觉得邀请信中引用基督教“最后的晚餐”并不合适。这说明她对我的冒险之旅完全没有好感，甚至可以看出她对我此行所冒风险和结果的担忧。

这次聚会一共来了 69 人，包括我的亲戚、朋友还有一些我人生中很重要的人物。桑迪的父母埃德·科洛西莫(Ed Colosimo)和珍妮·科洛西莫（Jennie Colosimo）与我的两个儿子道格和格雷格坐在一桌。我们平常很亲近，因为当我和桑迪忙于工作时，我的岳父母们就会主动承担起照顾孩子们的重任。看来大家把邀请信里说的“最后的晚餐”当真了，有人发自内心地祝福我，有人绞尽脑汁出的主意让我觉得有些讽刺又好笑。有人甚至建议说：“洛，下次你可以把眼光往下看，考虑考虑探险世界最低谷。”

从那天晚上收到的建议可以看出两点：一是至少这次有人知道我攀登的是哪座山峰；二是很多朋友以为我已经攀登过珠穆朗玛峰了，这只是找了个借口聚会而已。在他们看来，攀登珠穆朗玛峰和攀登其他山峰没什么差别，他们不会因为我没有到达顶峰而失望。如果没有成功谁也不会对我另眼相看。从这一点上来说，我是幸运的，因为现在我明白，亲朋的压力，对我在珠峰上所做的每一个关键决定，都有着至关重要的作用。

桑迪组织这次聚会还有一个明显的意图，那就是希望我安全无恙地返回家中。她知道这些情谊对我的重要性，她希望我记着这些朋友们的脸孔、话语和鼓励，以便在我需要和想要的时候，能给我力量。那天聚会上大家所有的祝福都是希望我能睿智处事且能平安归来。其中有个朋友念了诗人拉迪亚德·吉卜林（Rudyard Kipling）的诗作《如果》，还有个堂兄念了一首自己为这次聚会作的诗。我觉得这一切都是桑迪故意安排的，因为他们一直在说此行要注意安全，登山时一定要机智。大家说会每天为我的安全祈祷，我说：“我会把大家的祝福和祈祷装进口袋带在身边，需要的时候随时拿出来鼓励自己。”

亲朋们让桑迪定期给大家通报我登山的进度。谁也不会想到后来那些情况通报有着多么重大的意义。

“最后的晚餐”后发生了一件特殊的事，那件事在我六周后面对生与死的情形下起了相当重要的作用。

我和桑迪在厨房里，泪眼蒙眬。我想起了那天晚上的一切，想到家人和朋友对我的意义，那一刻，我失去了所有的热情，我完全不

想离开，因为这世上再没有比此时此刻的家更重要的地方。桑迪搂着我，看着我说："我希望你去珠穆朗玛峰经历你的故事，但是我希望你大声地对我说'我答应你一定会回家'。""我答应你一定会回家！"我没有丝毫犹豫就脱口而出。

这看起来好像没什么，但事实上，这是一个比较奇怪的承诺。每一次远行最后不都是以回家结束的吗？每一次登山都是从家中出发，然后再回到家中啊。但是我和桑迪之间，"回家"这个词有着更深层的含意。这个词的深意来自我们俩之间非常亲密的借以表达感情和安慰的特殊方式，我已经想不起这是从什么时候开始的了。

我只记得每次下班前，我都会给桑迪打电话说："我这就回家。"进门后还没看到桑迪，我会说："我回来了。"这听起来很普通，但在我们之间，"回家"或者说"到家了"并不仅仅指我在路上或者回到了目的地。

有时候，简单的词汇承载的意义其实比它的本意更深。对我俩来说，"回家"和"到家了"表达了我们相爱的本质，那就是在一起，就是依靠彼此。"回家"和"到家了"就是爱的体现，语言只是表达方式。

那一刻，当我们手握手，站在厨房里说着"回家"二字，桑迪希望用这个词表达她内心对分离的痛苦和对重聚的渴望。她让我大声地答应她，其实是希望我用承诺告诉她，我能听到她内心的呼喊。这个承诺不是逻辑和理性的诉求（离开家和回到家），而是爱的表达，内心的呼唤。无论我在珠穆朗玛峰的哪个角落，我相信桑迪都希望我能听从那个内心声音的指引。

街道熙攘嘈杂

CHAPTER 5

加德满都，1995

加德满都位于喜马拉雅山脉东部山谷，海拔 4500 英尺（约 1372 米），北临中国、南接印度。加德满都是尼泊尔的首都，也是故事发生的中心地带。

加德满都是个让我魂牵梦绕的地方。很多年前当我第一次听说这个名字，我怀疑这是否是一个真实的地名，还是一个象征异国情调的代名词。也许就像云层中的香格里拉，或者是一条从印度到中国再到蒙古的贸易和朝圣古道。好比廷巴克图（Timbuktu），我总在想，这是一个地名吗，还是一种描述用语？比如说“从这儿到廷巴克图”。

后来我终于知道这两个地方都是确实存在的城市：加德满都在尼泊尔，廷巴克图在马里。但这两个地方对我来说还是充满神秘感。后来即便我到了加德满都，它的神秘面纱也并没有掀开多少。

我从底特律乘飞机到东京，然后转机到曼谷，再由曼谷飞往加德满都国际机场。在曼谷登机前，贝克·韦瑟斯（Beck Weathers）在我前面办理飞往加德满都的登机手续。我看到地勤告诉贝克没有他的预订信息。这当然不可能，但这种情况在某些国家是会出现的。贝克争辩了几句，不过他很清楚要想完成预订还差什么——两到三张 20 美元的票子。在我环球旅行的经验中，要想顺利前往下一个目的地，特别是顺利得到出入境签章，最重要的就是几张 20 美元纸币。我口袋里肯定随时准备着几张纸币，看来贝克也知道这个窍门。我很高兴看到这一点，因而对与贝克一同登山充满期待。

贝克·韦瑟斯四十多岁，出生在得克萨斯州的海边，有两个孩子。他特别风趣且博学多才。嘴巴永远闲不下来，说话的时候也极富感染力。贝克有着丰富的登山经验，攀登过世界上许多座高峰，他也是个特别重视训练和准备的人。

我绝对想象不到贝克后来面对的是何种恐怖的环境。没有人能形容贝克是个怎样坚强的汉子，直到六个星期后他走出海拔 26000 英尺（约 7925 米）的无人区，我才能够理解为什么美国著名的拳击手杰克·邓普西（Jack Dempsey）这样形容拳击冠军：“一个在他无法站起来时，站起来的人。”

在加德满都机场过海关、换货币、取行李的混乱中，我和贝克碰了面。我换了200美元的尼泊尔卢比。

我取了托运行李，尤其是那个又大又笨重的登山工具包，还好它们都完好无损。有时出于飞行配重的考虑，航空公司总会在最后时刻卸下某些托运行李，尤其是超大超重行李。为了容易辨识，我特意用了橘色的工具包。每一次我出发登机前，桑迪都会在登机口等一小时再走，她说万一飞机返航的话她就可以带我回家。这样做还有个目的，就是等飞机起飞前，看航空公司会不会把我的橘色包扔出来。如果你的行程由好几段组成，那些行李常常会遗失或者被运到莫名其妙的地方。有一次我的目的地是新西兰，结果我的工具包被运到了印度。这一次我还算幸运，所有的东西都安全抵达了尼泊尔。

我和贝克正准备研究怎么前往酒店，探险队副领队安迪·哈里斯（Andy Harris）朝我们走了过来。

安迪来自新西兰，他是一名获得国际登山向导协会联盟(IFMGA)认证的专业向导，这是登山向导中的最高荣誉。安迪有着丰富的南极洲和崎岖的新西兰山脉的攀登经验。那一年他32岁，已经是个准新郎。身形健硕的他非常客气，说话带着浓重的新西兰口音。另一名来自美国的队友乔恩·克拉考尔（Jon Krakauer）在曼谷和我们乘坐的是同一航班。乔恩以写作为生。我们把登山工具包装上了一辆日本小轿车车顶，四个人也都挤进了车里，前往位于加德满都泰米尔区的嘉鲁达酒店。街道熙攘嘈杂，咆哮的狗、牛群、人力车、小轿车、卡车、自行车和行人随处可见。空气中满是柴油车排放的黑色尾气，路两旁的房子都很老旧。

从有人攀登珠穆朗玛峰起，探险队就将商业运作与攀登捆绑在一起。领队和某些登山者经常利用媒体曝光来为他们下一次的探险筹措资金。这一年也不例外，某些登山者和大部分领队都选择通过吸引大众目光来帮助他们完成珠峰挑战。

人类首次尝试攀登珠穆朗玛峰就得到了英国报业的赞助，然后电台、电视台、出版社等纷纷加入，争夺来自珠峰的视频、照片和通信的独家播放权。这些年，探险队领队和一些登山者们绞尽脑汁，想出了很多诸如科学项目、探索实验或者“环境清理”等理由，来吸引大众为他们的下一次攀登活动捐款资助。就和在赛车比赛或者其他竞技项目中，你能在选手队服上看到赞助商的标志一样。

罗布·霍尔靠组织并带领专业登山探险队赢利谋生，我们都很清楚他做的决定会受商业利益的影响。罗布向媒体曝光以寻求资助的行为并不奇怪，但有点过分的是，罗布为了与《户外》杂志社合作，竟然允许杂志社的一名专栏作家加入登山队。然而，这样的事就真的发生了。作为《户外》杂志社对罗布赞助合作的一项内容，乔恩·克拉考尔就这样加入了我们的队伍。我从来没有听说过这样的合作方式，绝对没有。到达加德满都后一听说这件事，我就知道乔恩的参与肯定会给队伍的整体行动带来压力、风险，甚至是不良后果。这很显然是置其他队员安全于不顾的行为。珠穆朗玛峰本身就是个极其危险之地，更别说人为地制造更大的风险。

我保持缄默，但感觉并不舒服。这不仅仅是因为队伍中罗布的利益关系，而且乔恩参与探险队的目的与我们其他人都不一样。队伍中有一个人登山是为了工作和晋升，一想到这一点我就感觉浑身不自在。乔恩登山的目的会导致他的决策和风险承受力与其他队员难以协调一致。而且他在那里是希望将来能写出一个令读者兴奋的探险故事，也许故事的主角之一就是我。这也违背了我想拥有一个只属于自己的探险故事的初衷。

可是罗布对此不以为然，他说："乔恩只是去攀登珠穆朗玛峰，然后记录下自己的登山经历罢了。"听起来好像挺简单，但谁都不是傻子。我们都知道在罗布眼里，乔恩是受雇来帮自己扩大探险生意的社会影响力的。与《户外》杂志社合作的内容之一就是让乔恩撰写登山故事，为此罗布预支了大部分合约金，也为将来的广告拿了很多折扣版面。

攀登珠穆朗玛峰是一件非常危险的事。领队和登山者们都需要做一些关键决定。这些在登山过程中所做的决定，特别是跟安全和风险相关的决定，会被一个安插在队伍中的写手影响吗？

毫无疑问，媒体的出现一定会影响山上山下发生的一切。看看法庭上发生的一切，一旦处在媒体的聚光灯下，法官、律师、陪审团的行为都会变形。一切都会不一样，谁都知道这一点。

晚上 10 点我们到达嘉鲁达酒店时，为了安全起见，那扇超过大楼宽度一半的大铁门已经关上了。嘉鲁达酒店是登山者的酒店，在全球各地的登山圣地，你会发现很多类似的酒店。这些酒店通常比较经济实惠，它们之所以受追捧也是因为那里曾住过的著名登山人物。酒店里所有的元素都与登山相关，比如墙上的照片和信件，无不说明这里就是喜马拉雅登山者的聚集地。这些登山者中包括一些世界著名的人物，比如莱茵霍尔德·梅斯内（Reinhold Messner）和彼得·哈巴勒尔（Peter Habeler），当然还包括罗布。

办完入住手续后，我要往返三趟把登山工具搬到四楼的406房间。最后一趟的时候，前台递给我一封传真，那是桑迪发来的：

> ……像以往一样，我一直等到你的飞机起飞。没有橘色的行李包被退回来，看来这次很顺利。但我一直期望你改变主意，从飞机上下来。所以飞机起飞后我又等了几个小时，万一飞机返航的话，我希望能接你回家……

还没读完我就把信塞进了口袋，然后快速搬运行李，我想到屋里慢慢看。可想而知，信里肯定有很多问题，包括我们何时以及如何能够联络。桑迪在信里说了三次“我爱你”，也重复了多次“机智攀登”还有“回家”。最后，还有一个例子可以看出她对我的支持：

> ……我读了你留在家里的两本关于珠穆朗玛峰的书，看到书后附录里那些成功登顶的人的年龄精确到了天数。注意了，我现在说的很重要：算上整个五月和攀登那些天，你登顶的时候应该是53岁287天。你不能只说“大概54岁”，我要提醒你今年是闰年，二月有29天。

我看着信大笑，这就是桑迪。没有她和家人感觉有点孤单，但此刻我一个人坐在尼泊尔酒店的房间里，也很兴奋。在我进行内心独白（这里指的是我的想法）时，我实际上是在与桑迪对话。

在攀登毫无遮挡的山地时，我们通常会用绳索互相连接以确保安全。面对六个星期后那些生死攸关的时刻，我的安全绳已经就位系好，绳子的那一端就是家中的桑迪，以及她的面容和声音。

安顿下来后，贝克、安迪、乔恩和我决定去市区走走。很难想象这座传说中的古老城市直到 1956 年才建成公路与外界联通。尘土飞扬的街道上挤满了三轮车和向来往行人兜售大麻的孩子。我们约定稍后在一处开放式餐厅一起吃晚饭，随后另外三名队友：斯图尔特·哈钦森（Sturt Hutchison）、难波康子（Yasuko Namba）和道格·汉森（Doug Hansen）也加入了我们。

当然，还有罗布。

直到 90 年代初，大部分珠峰探险队在风险把控和组织管理上还不能达到我对登山安全性的要求。很多探险登峰都是政府或科研项目，使用的是纳税人的钱，那些领队和登山者在高海拔地区显得缺乏经验，因为这些登山者要么是熟人，要么是和政府签了合同的人，而不是真正具有登山专业技能的人。有些登山队毫无团队合作的组织观念，因为那些说到底只是费用共享的合作。有些登山队是因为看到登山杂志上的招募广告或者在网络上看到的告示而临时组建的。这种组织就像上网找对象一样，完全不是我找队友的方式。

直到登山费用来源的变革，珠峰攀登探险队的组织管理才变得更为专业。登山变成了一个商业性的活动，或者说某人得为此掏钱，而不是政府花纳税人的钱。探险费用的自给自足，让登山水平登上了一个台阶。

从 90 年代初起，部分珠峰探险是在经过国际认证的专业登山领队的组织下完成的。这些领队除了技术精湛，他们的安全记录也令人刮目。职业登山领队已经有 175 年的历史，在欧洲尤其盛行。

专业化的组织显著地提升了这项运动。职业登山运动员开创了更高的标准、更强的技巧，也训练了更有责任感的登山者。这反过来也吸引了更高水准的登山者，这些登山者带来了更广泛的登山经验，尤其是他们在高危情况下做决策的经验。

安全性是职业登山领队的首要目标。高山攀登免不了要遭遇危险，评估危险和控制风险就是职业领队的主要任务。这些领队收取费用不是为了让大家去冒险，而是要靠他们判断哪些情况值得冒险。有数据显示，自从探险队引入了职业登山领队的高标准和强技能，登山死亡率大幅度降低。到 1995 年，专业登山探险队是安全攀登珠穆朗玛峰的最佳选择。

但直到 1995 年，我仍然不确定是否要加入珠峰探险队。攀登珠峰的危险性相当高，尤其是在珠峰高海拔地区。拥有海拔 26000 英尺（约 7925 米）之上丰富经验的职业登山领队寥寥无几。我想寻找的优秀领队必须拥有一个关键优势，那就是在珠峰死亡区拥有良好的判断力和决策力。然而，面对困境时不是每个人都能做出正确的选择。我想要找的领队必须经历过那样的艰难抉择，且在其中表现出他的过人胆识。

一个又高又瘦的男人大步走进了饭店的庭院。那时罗布只有35岁，留着浓密大胡子的他看起来比实际年龄要老很多。这是他第八次组织珠峰探险队。罗布是世界顶尖的职业登山运动员和探险队领队。若以登顶人数来作为成功标准，他保持着最高的登山成功纪录。除此之外，他还十分擅长宣传自己的成就。罗布坐拥四次成功登顶珠峰的世界纪录（此纪录针对的是非夏尔巴族人）[1]。在那个时候，我并没想这些，我只知道他是我遇到的第一个保持着探险队队员成功登顶纪录的职业领队。他的纪录是39人，这些人分别来自十个国家。

然而，罗布这一骄人业绩并不是我选择参加他探险队的原因。事实上，原因正与之相反。1995年5月10日，带领队伍艰难攀登了六个星期后，在即将抵达顶峰享受最高荣誉的时刻，罗布决定全体队员从珠峰南峰附近掉头下山。而那时，他们距离顶峰垂直高度只有85米。罗布，还有他的两个助理领队盖伊·科特和埃德·维耶斯图决定在中午12:30返回，因为如果继续向上，他们就来不及安全返回距他们3000英尺（约914米）以下海拔26000英尺（约7925米）的南山口。罗布之前就设定好了这个时间，他也坚持了他的决定。

他所做的决定综合考虑了时间和安全性，他的判断是时间太晚了，没有足够的时间下山。罗布做出这样的决定可见他的与众不同，这一点让我印象深刻。

罗布之前带领过多少人成功登顶并不是我决定加入他们团队的原因，恰恰是他在如此高海拔地带，已经如此接近最高峰时，毅然决

[1] 编者注：此纪录已由11次登顶珠峰的英国人家肯顿·库尔（Kenton Cool）打破。

然放弃第二次尝试而安全返回的决定，让我来到了这里，留下一个属于我的珠峰攀登故事。

罗布还有另一点打动了我，那就是他做决断的勇气是我所没有的。如果是我的话，经过六个星期极端的身体和心理磨难，当胜利近在咫尺的时候，我能有这般勇气和果敢选择放弃吗？

那天晚上我们在饭店的庭院里听罗布讲述那些攀登中的人和事，我们每个人都对未来的几周充满期待。我也很高兴有机会认识队友们，通常我只和熟悉的人一起登山，这一次我感觉既新鲜又刺激，他们每个人都有着丰富的登山经验。尽管我知道未来几周我将面临人生中的最大挑战，但此刻我却倍感轻松和愉快，因为至少我的同伴们都是风趣且友善的人。我的珠峰之旅在加德满都有了个很棒的开头。不过多年的探险经验告诉我，那些带回家中的登山记忆，与出发时的预期相差万里。

很多年后，加德满都饭店庭院里的那一晚历历在目，同伴们亲切的音容笑貌，还有对未来的激情澎湃在记忆里依然清晰。可是六个星期后，一些同伴的身体在世界屋脊上冷却的画面，我却不愿再想起。

回到嘉鲁达酒店房间，尽管对面街道上的红石酒吧还在放着震耳欲聋的音乐，我还是可以放松地享受我在加德满都的第一个夜晚。这时我想到了桑迪，于是决定给她发一封传真：

嘉鲁达酒店

GPO Box 1771，泰米尔街，加德满都，尼泊尔。传真号：

+(9771) 413614 或 472390，电话：416776

致：桑迪·卡西希克，美国

自：洛·卡西希克，406 房间，日期：96 年 3 月 30 日，第 1 页

亲爱的桑迪、道格和格雷格：

这里一切顺利。加德满都是个古老而神秘的地方。探险队一切就绪。今年山上的雪比以往多。要把登山设备运到大本营比以前更困难。但大雪对通过第一关——昆布冰瀑（Khumbu Icefall）有利。

想你们、爱你们的洛

如果要给桑迪打电话或者发传真，我得计算一下时间，因为尼泊尔和密歇根之间有 10 小时 15 分钟的时差。我从来没弄明白为什么会多出这 15 分钟的时差，但我从来不计算这 15 分钟。通常我晚上 6 点给桑迪打电话或者发传真，她那里收到的时间是早上 8 点。

后来的几周我和桑迪就这样通过传真联络，信件的内容大多是生活琐事，但这些小事对我来说也有特殊意义，因为我能从中听到桑迪的声音。我们会调整段落字体，让信件尽量控制在一页纸之内。格雷格正在准备期末考试，而道格已经回到洛杉矶生活。桑迪经常和朋友出去聚餐打发时间。密歇根的春天很冷，桑迪计划着等我回来一起去打高尔夫或者旅行。当然，我们来来回回地表达了许多爱意，这对我们来说再平常不过了。而六个星期以后，那些信件上传来的桑迪的声音却不再平凡，那些声音最终成为我死里逃生的关键力量。

静默的见证

CHAPTER 6

进入昆布地区

第二天，探险队来了另一名成员：约翰·塔斯科（John Taske）。塔斯科今年五十多岁，来自澳大利亚布里斯班，是个有着丰富经验的登山队员。他主要在喜马拉雅和欧洲地区的山脉活动。塔斯科还很擅长讲故事，特别是他担任澳大利亚SAS特种部队（相当于美国的海豹突击队）上校期间两次出征越南的故事。他粗糙的皮肤和黝黑的肤色一看就让人联想到那些久经沙场的人。和其他人一样，塔斯科也很瘦高精壮。

塔斯科戴着一顶纽约洋基队棒球帽，自信满满，即便在后来的攀登中也是这样，他向大家证明了一个专业级登山运动员应有的素质，以及一个天才勇士不屈不挠的精神。后来在炼狱一般的顶峰附近，我和塔斯科成了生死之交。

第二天早晨，我们回到加德满都机场，搭乘一架庞大而老旧的苏制米-17直升机前往卢卡拉（Lukla）。这架直升机是苏联对阿富汗战争遗留下的退役飞机。卢卡拉海拔9200英尺（约2804米），我们将用8天的时间从卢卡拉步行到位于海拔17500英尺（约5334米）的大本营。大家紧贴飞机机舱而坐，双手抱膝，我们的露营工具和登山装备放在机舱中央。为了保证飞行安全，控制载重量，他们会测量货物的重量，那方法很有意思。

登机柜台旁有台大型的红色磅秤，但尼泊尔的行李转运工并没有使用它的意思，而是把头转来转去，目测货物和直升机舱门的宽度；他检查着包裹，摸摸脑袋，然后丢出一两件他认为不能带上飞机的行李包。

我们刚塞好了耳塞，就听见螺旋桨越转越快，发出砰砰砰的声音，机上每根螺栓，每个人的身体都剧烈地振颤着，飞机终于飞上了天空。我们个个表情惊恐，这可能是我们抵达大本营前做过的最危险的事（后来我才知道，边走路边吃东西比这个危险多了）。之前我们就听说过，在这样偏远的地方，因为飞机年久失修，航空飞行标准较低，又缺乏有经验的飞行员，飞机失事率很高。不过此刻，我们的注意力完全集中在令人绝望的振颤中。

飞机在稻田上空飞行了一百多英里（约161千米），到达位于都德科西河（又叫“奶河”）河谷的卢卡拉小镇。到了这里，我们就真正站在了喜马拉雅山脉脚下。此处海拔 9200 英尺（约 2804 米），我们在昆布地区的徒步就从这里开始。我带着轻松愉悦的心情从飞机上走了下来，背起行囊，踏上了我已为之训练良久、梦想良久的征途。

我们将用 8 天时间穿越昆布地区。沿途所见的小麦地，土豆田，夏尔巴人的茶馆，扛着我根本提不起来的货物、脚上布满老茧的搬运工，都德科西河上摇摇欲坠的悬索桥，奶河中川流不息晶莹剔透的河水，还有河岸边长年累月被路人双脚打磨圆滑的石头，都让人如痴如醉。

从卢卡拉到大本营没有大路，只有小道连通沿途各个村庄。大本营在小道 60 英里（约 97 千米）外的地方，但我们计划用 8 天时间到达那里，目的是让身体慢慢适应这里稀薄的空气，这个过程就是“环境适应性训练”，即让身体的血氧输送系统逐渐适应空气中越来越低氧含量的过程。

不妨举个例子来解释一下这个适应训练的必要性，如果你突然从海平面抵达位于海拔 17500 英尺（约 5334 米）的大本营，那里的氧气含量只有海平面的一半，在你倒下离开人世之前，你估计只有半小时的时间来写遗嘱留遗言。而你如果从海平面突然来到珠穆朗玛峰峰顶，那里的氧气含量是海平面的三分之一，你可能会立刻昏厥，用不了几分钟就会死去。

我们沿着小道前进的途中经常能看到一处处刻着佛教经文的玛尼石堆，其中最常见的经文是：“唵嘛呢叭咪吽”，意思是“法性如莲花般纯洁”。如果路上遇到高达数英尺的玛尼堆，按照当地的习惯，你需要从左侧绕过石堆以显示你对佛祖的尊敬。

我们歇脚的第一站是海拔 9186 英尺（约 2800 米）的帕克丁村（Phakding）。我们在一家小客栈的木头通铺上过了夜，至于吃的，就是些土豆、牦牛肉、面条还有一点蔬菜。

第二天早晨，我们出发前往的是位于海拔 11300 英尺（约 3444 米）的纳姆泽巴扎尔。纳姆泽是昆布地区最大的村落，有银行、电话，还有集市，能享受到现代生活的便利。这里也是喜马拉雅山脉高海拔地区最后一处能见到现代生活痕迹的地方。

沿途我们也遇见了很多徒步旅行者，这些人来自五湖四海，通常都装备精良，他们背着高级背包、穿着昂贵的徒步鞋，目的只是想探寻一下昆布冰谷，最多也就是走到大本营的位置。周围的一切都让他们兴奋不已，简直就像仙境。他们脚下是古人的足迹，眼前大片晶莹剔透的冰川，还有周围锋利的冰脊都让他们流连忘返。那些游人不停地拍照留念，互相愉快地交谈着，为有幸到此一游感叹不已。

我也在那里，同样的时间看着同样的景色，但我却感受不到他们那样的兴奋。我的攀登目标和与之相伴的挑战破坏了当下的美景。对未来的焦虑不安、对前途的一无所知，还有对逆境、痛苦和艰辛的提心吊胆让我无法释怀。面对着昆布冰川的壮美，我无法像那些徒步旅行者们那样享受当下。我记得那时候自己心里想着，将来某一天我再回来，绝不攀登，只赏美景。可我再也没有，也不会回到那个地方。

一天，我们在小道边休息时碰到了福兰克·菲施贝克（Frank Fischbeck），他正在擦他的徒步靴。这种事如果是我肯定不会现在做，但这就是福兰克。

福兰克也是我们队的成员之一，他是英国后裔，南非公民，但居住在香港。他身上有着英国人的绅士风度，但爬起山来一点也不含糊。福兰克在攀登珠峰上比其他人都有经验，这是他第四次珠峰探险。前几次冲顶都因为天气、风雪和其他不可抗力失败了。我们都很想跟福兰克攀谈以便学习更多经验。

在纳姆泽，我们迎来了最后一名队友——麦克·格鲁姆（Mike Groom），他之前在昆布冰谷给一个徒步探险队当助理向导。在纳姆泽见面前我还不太了解这个人。他 33 岁，登山履历令人刮目，但这其中也有悲惨的故事。大约十年前，在一次攀登喜马拉雅山脉的过程中，他的十个脚趾全部冻掉了。那时他被困在世界第三高峰干城章嘉峰（Kanchenjunga）附近的空旷区，独自过了一晚上。麦克成功登顶，但也为此付出了高昂的代价，最后他“死里逃生”。

麦克没有因为脚上留下残疾而放弃登山的梦想，那次事件之后，他又征服了乔戈里峰、洛子峰，1993 年还登上了珠穆朗玛峰。麦克和塔斯科一样来自澳大利亚布里斯班，他平常少言寡语，几乎所有的性格都写在脸上。我很诧异麦克居然话这么少，因为毕竟他是我们的助理领队之一。后来我才知道他只是偶尔担任登山向导，而且从未在珠峰上担任过向导。

4 月 2 日，在纳姆泽，我遭遇了旅途中的第一个问题——水土不服。一开始并不严重，但两天后到了佩里泽山（Pheriche），情况变得越来越糟。住得也不好，有时候住在客栈小床上铺，有时候住在杂物房，我躺下的时候连门都关不上。

在亚洲如此偏远的地区，加上如此严酷的环境，水土不服很正常，一开始我也没有在意。沿小道前进的时候，我会吃自己带的食物、喝瓶装水。晚上在沿途茶室吃的一般是土豆、蔬菜、汤和各种茶——夏尔巴人的茶，用奶、茶、汤和牦牛油熬制而成。要喝惯这种茶需要点时间。有一次我路过某家茶室的厨房，看到厨子一边做饭，一边带着个光屁股的孩子，从那以后我就改吃油炸食物了，我想高温热油能杀掉点细菌。不过，后来我发现某些胃肠细菌在人体内存活的能力极强。

罗布崎（Lobuche）村往下不远就没有土路了，从这里开始就是昆布冰川，绵延上升 12 英里（约 19 千米）便到了大本营。在一个叫察克珀拉尔的地方，有一个壮观的行列，由三十多个石陵构成。这里是夏尔巴人纪念死者的地方，更确切点说是一处祭祀和举行仪式的地点。如果一个夏尔巴人死在了山上，尸体一旦被发现就会运到这里火葬，而骨灰则会投入其中一个石陵。

在通往大本营的路上，我还看到了其他纪念死去登山者的碑石。很难想象，一年以后，在距离察克珀拉尔不远处，会竖立起纪念我们探险队队友的石碑。一想到我的名字差一点就会被刻在上面，我的心就一阵刺痛。

CHAPTER 7

大本营，17500 英尺

攀登珠穆朗玛峰的探险队能够正常运转的一个关键因素就是物资运输。数吨重的食物、设备、供给跨越半个地球，过海关出边境，再从昆布冰谷运送到 60 英里（约 97 千米）以外的大本营，尤其是从卢卡拉到大本营是没有任何道路更没有任何交通工具的。

我们原计划用牦牛从卢卡拉将食物、工具和供给运送到大本营，但是过了石陵后，雪越下越大，牦牛的腿深陷在雪地里很难前行，夏尔巴牧人也无能为力，他们挥舞着鞭子驱赶着牦牛，但依旧困难。一旦情况严重威胁到这些牦牛的安全，牧人们肯定会放弃运输工作。

从海拔 16200 英尺（约 4938 米）的罗布崎往上，雪的深度已经让牦牛队无法前行了，我们只能利用当地雇的搬运工人将物资运送到最后 7 英里（约 11 千米）外的大本营。

罗布崎就像一个被遗弃的西方小镇，还没看见它时我已经能闻到它的气味了。小路的坡上零星盖着几处茶室和棚房。那些用几块石头堆砌起来的厕所，看起来就像是露天化粪池。关于这些厕所有个笑话，说这些厕所是锁着的，你得用钥匙打开门才能用，因为他们看起来像是某人专用的洗手间。所以登山者和夏尔巴人一样，从来不用这些厕所。

在罗布崎时，从大本营下来的一个夏尔巴人告诉了罗布一个坏消息，为我们探险队做前期准备工作的一个名叫阿旺丹增（Ngawang Tenzing）的夏尔巴人，从一座雪桥上掉进了位于海拔 20000 英尺（6096 米）的冰裂缝，摔断了大腿骨。从罗布的表情能看出事态很严重。我们前往大本营的计划改变了。

罗布和麦克前往大本营，而其他人要在罗布崎再待一天，直到大本营那儿一切恢复平静。营救工作动用了 35 人、持续了一整天，才把阿旺从极其危险的昆布冰瀑中救了出来。

我的水土不服症状并未减轻，所以我倒是很期待尽快前往大本营，也许在那里拉肚子的时候能有一些私密空间。

从罗布崎向上到达大本营，需要穿过昆布冰川，这座冰川自珠穆朗玛峰山脚绵延而下，据说某些地方冰层厚度有数千英尺。在这些冰面有一小段人行路，那是以前的攀登者们一点一点堆起来的路线。

如果牦牛也能走到这里，那它们肯定也会留下它们独特的路线标志。

大本营位于海拔 17500 英尺（约 5334 米），这个珠峰的山脚也比美国本土任何一处都高。由于氧气稀缺，我的肺需要更辛苦地工作才能保证一切运转正常。在攀登的这一阶段，只是站在那里就已十分煎熬，而一切才刚刚开始。

我们的营地位于冰川上一处碎石和冰层交杂的山坡，非常靠近著名的昆布冰瀑。这里是过去 50 年里各类探险队设立大本营的固定地点。夏尔巴人用镐和铲来平整碎石和碎冰面，在其上搭建帐篷用作伙房、餐屋、设备房和通讯室。

每个大帐篷都有蓝色防水布做的屋顶，周围建有登山者和夏尔巴人居住的小帐篷。我们需要与来自世界各地的探险队共用这片区域。你会看到色彩各异的帐篷，还有夏尔巴人绑在上面迎风飘扬的经幡。

彩色的经幡点亮了冰冷的天空。经幡上满是佛经，因为夏尔巴人相信风会阅读佛经，会把它们带上天空，以祈求神明允许人们攀登这座神圣的山峰，并且保佑登山者一路平安。

我很开心终于可以住进自己的帐篷了，我在帐篷两侧放了工具包，中间放上睡袋。我扫了一眼里面的空间，立刻想好每件东西摆放的位置：水壶、对讲机、夜壶、食品袋、两本书、纸和笔，还有录音机。

我的登山工具上都标着“洛克”字样[1]，很多人读起来像“路加（Luke）”。我喜欢这个叫法，因为路加是《圣经》里的名字，路加也是《圣经》故事作者之一。当然，大部分登山者都叫我洛克（Louk），

[1] 编者注：原文为 Louk，即洛·卡西希克 Lou Kasischke 的简称。

你只要看看我的姓，就会明白为什么了。

每天我都会在速记本上记日记。我带了两本书：一本推理小说，还有一本《圣经》。如果我有大段空闲和安静时间，通常我会选择慢慢阅读《圣经》，仔细理解里面的奥义。作为一名路德教牧师的儿子，我自小就受到很深的宗教教义影响。当我面对人生挑战的时候，我的信仰通常能给予我力量和安慰。我的父母教会我，在需要帮助时，通过祈祷可以获取力量。如今，我祈祷时说的祷告文依旧是小时候母亲教我的那些。

为攀登珠峰而祈祷会怎样呢？神力的介入会让我变得更坚强吗？它会让这座山峰更容易征服吗？我当然是开玩笑的。我知道祈祷并不会带来这样的结果，因为我在大学考试的时候试过祈祷的作用。

行李中最重要的一件是桑迪和我的一张合影，它是我的最爱。这照片是一年前圣诞节时拍的。我把它当作书签。在营地时我每天会看上好几遍。我想念在家的日子，想念和桑迪在一起的日子，我喜欢待在家里，我喜欢我的工作、我的家庭、我的朋友，还有我在密歇根平原的家。对我来说，登山绝对不是为了逃避无聊的日常生活。我深爱着那些平常的日子。离家万里来登山最难熬的就是离家万里。

所有的时间里，我几乎只穿同一身衣服，多带的袜子和内裤除外。如果我实在忍受不了袜子和内裤的臭味，我就会把它们塞到帐篷里的工具包下面。毛绒夹克就是我的枕头，我知道怎么叠它睡觉才舒服。这些年来，它已成为我的密友。

整理好帐篷后，我做了一个与桑迪联络的计划。通常，如果是在偏远地区登山，我很少与桑迪联络；如果是在登山旅途中的城市里，

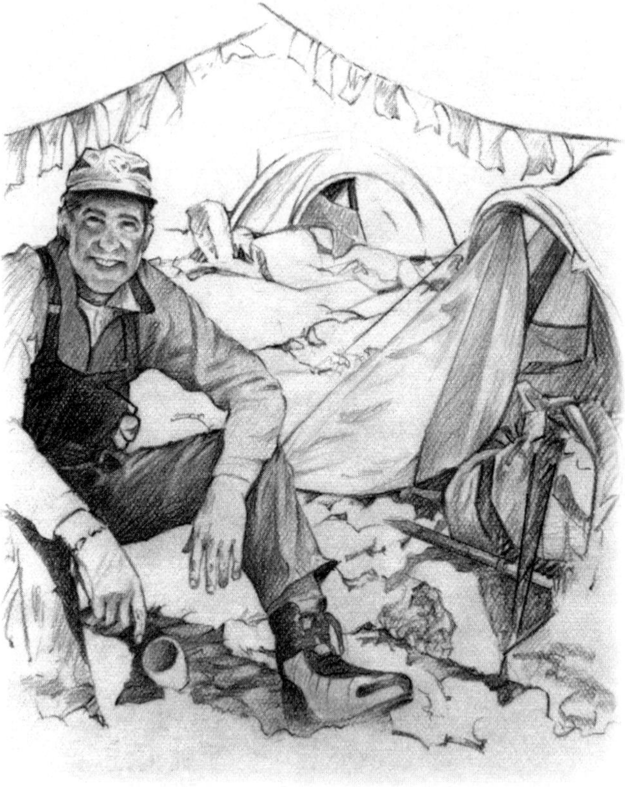

比如厄瓜多尔的基多市，瑞士的策马特市，我就会给桑迪打电话。但在山区或者偏远地区，我们是没有联络的。

实际上，不联系有不联系的好处，想想桑迪如何看待登山风险这件事就知道。几年前，我登顶了科罗拉多州的克雷斯通山，这是科罗拉多州最值得攀登的山峰之一，是座非常有意思的山峰，有些地方还有攀岩挑战。当我在峰顶兴奋地打给桑迪时，只得到了她冷冷的回应：“ 那很好啊，你能开心，我很高兴。” 这些话在纸上看来足够友善，但说出来时就不只局限于字面意思了。时不时地，我就会忘记桑迪是体会不了我成功后的喜悦的，但那冷冷的回答总能提醒我这一点。

这一次，在珠穆朗玛峰上，我们沟通得更频繁也更不同于以往。我们有一个公文包大小的卫星电话，通过大本营的太阳能蓄电站充电。天气不是很冷，蓄电池的电够用时，我就会给桑迪打个电话或者发个传真，反之亦然。

我更想收到传真，这样我就能留住那些文字。我会把传真装进衬衫口袋，晚上钻进睡袋也带着。桑迪真切的文字对我来说意义重大，它们能持续地带给我力量。电话里说的话就像风一样留不住，而传真发来的文字，常常能让我联想起桑迪的样子，还有说话的声音、节奏，我甚至能看到桑迪在写这些文字时思考的样子。我会慢慢地逐字逐句地阅读，有时候我都能猜出下一个词或者下一句话是什么。最重要的是，每当我看到纸上的这些文字，我就能听到桑迪的声音，第二天或者任何一天，我都可以再拿出这些文字，静静地听着桑迪的声音。

到达大本营的首日，除肠胃的问题外，我感觉非常良好。大本营很舒适，尽管这里空气已经非常稀薄，这个高度的氧气含量几乎只有海平面处的一半。通常在这种状况下，人会出现头疼、轻微眩晕、呼吸急促、缺乏食欲、疲惫、虚弱和易怒。有点像宿醉后的感觉。

用餐时间总是很有趣。厨师做好饭之后会拉响铃铛，我们会换上标准的聚餐装束——羽绒服、帽子、手套还有一双暖暖的大靴子；除此之外，我还必须得戴上头灯，以便在黑暗中绕过我帐篷后面的冰堆。

去往大本营的路途中，这些队友让生活变得丰富而有趣，尤其是晚饭时间。来自加拿大刚刚三十出头的斯图尔特·哈钦森是最有趣、最机智的一个，他很喜欢在晚饭时间讲各种故事和笑话，他和贝克总是一唱一和配合默契。塔斯科仅次于他俩。好像总有讲不完的故事和笑话，斯图和贝克还经常在笑话和严肃的话题间迅速切换，有时他们能突然对某个科学或政治问题来一场即兴且有说服力的演讲。还好我本来就更适合当听众，因为和他们比起来，我简直望尘莫及。

罗布说之所以让斯图加入登山队，是因为他在喜马拉雅山脉和阿拉斯加山脉（Alaskan Range）地区有超过 15 年的登山经验。他曾三次攀登喜马拉雅山，上过珠峰北坡，登过乔戈里峰（也叫 K2，世界第二高峰），布洛阿特峰（Broad Peak），阿拉斯加山脉上很多高难度的山峰，还曾两次登顶麦金利山德纳里峰（Mt. McKinley Denali），其中一次还是从更困难的西侧山脊路线登顶的。这一次是斯图第二次尝试攀登珠峰，第一次是在 1994 年，当时他为了营救另一名登山者而放弃冲顶。

在加德满都时，斯图从泰米尔集市上到处都是的裁缝店中挑了一家，在他那件毛绒夹克的后背上绣了一双佛眼，这双佛眼象征了斯图的某些特点：仁慈、警觉。斯图是我这次探险之旅最好的朋友之一。

在吃晚饭的大帐篷里，来自日本的队友难波康子总是坐在固定的位置。她身上有两个非常突出的特点：一是尽管她英文很好，却很少与人交谈，只有别人和她说话时她才回话。她是个天生腼腆、安静的人，但在那安静的外表下却有着坚毅果敢、目标明确的心灵。二是她的身材十分娇小，几乎只有我的一半：她身高一米五出头，体重不到 90 斤，而我有将近一米九，体重一百七十多斤。[1] 话虽如此，我却一直搞不懂她怎么能比我吃得还多。通常她会先吃自己专有的日式晚餐，然后再吃跟我们一样多的西餐。我总拿她的饭量开玩笑，她每次都冲我咧嘴笑笑，也不多说什么。

康子是日本首屈一指的女登山队员，和罗布一起攀登过世界上多座山峰，她在日本甚至亚洲都家喻户晓，因为登山者在亚洲非常受人尊重。康子已经 47 岁了，看起来却像 30 出头。如果她这次冲顶成功，她将是日本成功登顶珠峰的第二人，也将是世界上登顶珠峰年纪最长的女登山队员。全亚洲的媒体都在关注着她的这次破纪录之行。

晚餐时我常坐在道格·汉森旁边，他来自西雅图，今年 45 岁左右。我和道格有很多相似之处：我俩都很高很瘦，家境殷实；我们都擅长耐力运动，比如跑马拉松，尽管我没有他跑的次数多；我们俩也都喜欢在运动场的台阶上奔跑来锻炼体能；还有，我们都超级热爱登山。

在欧洲与亚洲山脉攀登方面，道格早在跟随罗布之前就已有了长长的简历。意味深长的是，他是罗布 1995 年率领的那次珠峰探险中的一员，也就是在离顶峰 85 米处放弃的那一次。

道格说，1995 年折返之后，他每一天都想再回到珠峰。这听起来有点夸张，但随着时间的流逝，我完全能够体会他的心情。一年后，道格真的回来了，这一次他要彻底扫除那次半途而废的遗憾。

道格在他老家是个很受欢迎的人物，我觉得他是我们中间收到

[1]　编者注：此处译者为行文的生动易懂，将原文的英制单位英尺与磅转换为中国读者熟悉的公制单位米与市斤，原文直译为："康子身高约 5 英尺，重约 95 磅；而我 6 英尺 3 英寸，有 190 磅。"供参考。

消息最多的一个。晚饭时，道格会开心地与我们分享他收到的各种奇闻异事。他离婚了，有两个孩子，其中女儿是他最忠实的啦啦队员。我和道格相处愉快，我很喜欢他的性格，我们俩也都对喜马拉雅山的攀登历史感兴趣。经过纳姆泽时，道格看到一个古董冰镐，他好像没带够现金，所以我就借钱给他把这个纪念品买下了，他说家里收藏柜有个地方放这古董正合适。

在大本营的第一晚，道格在大帐篷里对大家说："你们知道今年尼泊尔政府批准了 11 支探险队吗？"竟然有 11 支！过去几十年间，尼泊尔政府每年一般只批准 3 或 4 支登山队（1993 年是个例外，发了 4 份批文，因为那一年是首登珠峰十周年）。1994 年签发了 4 份批文，1995 年签发了 3 份。我本来的预期是今年的珠峰上除了我们之外最多也就 2 或 3 支探险队。

尼泊尔之所以放宽审批数量限制主要是因为专业登山探险业的兴起。专业探险队对自然更敬重，也更负责，这对尼泊尔来说是有益无害的。那些留在珠峰上的垃圾是早期登山者们不负责任和自私的产物。专业登山队不仅定期清理以前登山者遗留的垃圾，还十分关注本地夏尔巴人的需求，帮助昆布地区人民提高了生活条件和经济水平。

现在，珠穆朗玛峰上一共有 11 支登山队，这会有什么影响？我应该警觉吗，或者应该担心吗？这种情况会让登山变得更危险吗，还是不会有什么问题？我无法得知这种情况有什么负面影响，珠穆朗玛峰这么大，也许 11 支队伍根本不算什么大事。"山路应该够宽敞吧？我们还是听听罗布怎么说吧。"塔斯科提议。

罗布说他一点也不担心，其他登山队人数都很少，尽管他们也有夏尔巴向导，但跟我们比也远远不如我们向导的人数众多。听完这些情况，我也觉得没必要紧张。我只是从数字上来判断情形。实际上，生活中，包括登山中，真正的问题并不是它看起来的样子。

第一天晚饭后，大本营管理员海伦·威尔顿（Helen Wilton）递给我一张桑迪发来的传真。海伦 39 岁，是个来自新西兰的资深大本营管家。后来的几周里，每次看到她手里拿着几张纸朝我走过来我都兴奋不已。因为那些肯定是来自家里的消息，尽管那些内容都是密歇根家中的日常琐事，但我每天都会反复阅读它们，因为这让我感觉并未离家太远。

收件人：洛·卡西希克

发件人：桑迪·卡西希克（1 页）1996 年 4 月 10 日

亲爱的洛，今天早上 5 点收到了你发来的比较清晰的传真。我挑了些比较重要的内容发给了你“点名”的那些人。我很高兴接到了你的电话 + 传真，但又有点担心，尤其是桃瑞丝打电话来说珠峰发生了雪崩，还有人死了。听说你病了，我很难过，这将是你人生中又一次全新的经历。我希望你能吃好喝好这样才能有力气攀登。一定要确保身体好了再继续向前出发。我知道，如果身体健康还有天公作美的话，你一定能如愿以偿。不过，我想再说一次，你一定要平安回来……

我这里一切都好，我真的很想你。我要等你回来再装修房子，你不回来我肯定不做。我很沮丧，特别是夜晚和周末的时候。我知道无论自己有多难受，你只会比我更难受，因为至少我这里是安全的、健康的、温暖的。我爱你，我想要你陪在我身边。

那边有多冷？你的手脚会冻着吗？柯达相机好用吗？还没拿它拍照片吗？大本营那儿雪下得大吗？给我讲讲你每天的生活，还有夏尔巴人的祭祀仪式。医生到了大本营吗？如果有可能的话，尽量多给我打电话发传真吧，这能帮我熬过你不在身边的艰难时光。我真不敢想象自己有多想念你。记住我是如此爱你，如此希望你在我身旁。希望你安全健康，我每时每刻都在为你祈祷。我全心全意在爱你……

爱你的桑迪

CHAPTER 8

领队团

我们队伍的领队们从出发时就是一个大大的问号。1995年初筹划探险队时的领队成员包括罗布·霍尔、埃德·维耶斯图和盖伊·科特。埃德和盖伊都是珠峰登山老手，他们以往协助登山队的经验，特别是在1995年罗布放弃冲顶的那次登山中的表现，是我决定加入罗布团队的主要原因之一。然而在出发前几周，罗布打电话告诉我，之前计划的领队不能成行了，因为埃德和盖伊有其他安排。罗布最终选的助理领队是麦克和安迪。

当时我对麦克和安迪一无所知。

在尼泊尔见到安迪后，我对他的能力产生

一丝疑虑。安迪说他从未有过极高海拔山峰的攀登经验，他所攀登过的最高峰也不超过 22000 英尺（约 6701 米）。我们探险队里其他任何一个人都比安迪更有经验，而他竟然是我们的领队之一。我尽量不去想安迪缺乏经验这个事实，而是安慰自己他拥有超强的登山技巧、助人为乐、无私奉献的精神，还有乐观积极的态度。

麦克是五个星期前才加入罗布向导团队的。他并没有登山向导的国际认证，也不太情愿当一名领队。他之所以加入是帮他的好友罗布一个忙，因为探险队缺人手。

可见我们探险队的领队团体先天不足：安迪从未登过珠峰，而且也没有高海拔登山经验以及决策经验；麦克只是偶尔当当领队，他也没有在珠峰当领队的经验；罗布认识麦克才两年；他们三个人从来没有合作过；安迪和麦克在来尼泊尔之前根本就不认识。

这个领队团能带好队伍吗？这样一个全新的、经验不足的、没有合作过的团队能在珠峰的危险地带发挥好向导的作用吗？

这里可不是练习场所。

CHAPTER 9

大环境

我攀登珠峰的目的简单明了——征服世界屋脊。人们常问我为什么，1995 年，我给出的答案既符合逻辑性又简单明确：珠穆朗玛峰很特别，她不同于世界上任何一座山峰，她是最高的、最具代表性的、最著名的山峰；她代表着喜马拉雅的精髓；她是任何艰苦卓绝努力的象征，这世上绝无第二个可与之媲美的山峰。从逻辑角度来看，攀登世界最高峰肯定胜过攀登世界上任何一座山峰。换句话来说，珠穆朗玛峰是我岳母所了解的唯一一座山峰。

世界上第一批珠峰攀登者之一，英国人乔治·马洛里（George Mallory）在回答“为什么要攀登珠穆朗玛峰”时有一句名言：“因为她就在那儿。”多么经典的答案啊，我就喜欢简洁明了。

尽管，我完全不明白这到底是什么意思。

不过，我还是觉得这个答案是神秘的、意味深长的。我喜欢这个回答。也许有一天当我理解了“她”是什么之后，我就能理解这个答案的深意。“她”是指珠穆朗玛峰，还是其他什么？

攀登珠穆朗玛峰对体能和心智都是极大的挑战，我相信这个过程中一定会有很多有趣的事发生，哪怕那些事只有我觉得有意思。那些会是什么样吸引我的事呢？我会发现比登顶更重要的事吗？我很想亲自经历那些故事。

旅途中的经历，无论什么样的经历，都是最重要的财富。对我来说，能够亲眼看到、亲身经历登山史上著名的地点，比如昆布冰谷、昆布冰瀑、洛子峰、珠峰南坡、三角面、东南脊、南峰顶、希拉里台阶，当然还有顶峰，都是终身难忘的记忆。毕竟，世界上只有一座最高峰。

不过，攀登珠穆朗玛峰并不能用来衡量你是否是个伟大的登山运动员。攀登珠峰的行为主要取决于你是否能够接受较高的事故风险，以及承受这种类似外太空的极端环境下的身心折磨。有些世界知名的登山运动员没有也不能够攀登珠峰，并不是因为他们能力和水平不够，而是因为他们身体的客观原因无法适应如此高海拔的缺氧环境。1952年时，瑞士珠峰探险队的一名队员安德烈·洛克（Andre Roch）形容得很好：“珠峰的挑战不仅在于她本身是座困难重重的大山，还有就是，她有一点点太高了。”

非登山界盛传只有登上珠穆朗玛峰，你才能成为一名“真正”的登山者。而在登山界，事实并非如此。如果你登上了珠穆朗玛峰，当然是一个很好的履历，但并不证明你有多了不起。我到珠峰之前，已经有 66 名美国人成功登上这座最高峰，我可不是来制造早间六点档新闻的。

除了那些吸引我的特殊经历，我也清楚那些我不愿面对的事物。比如说我比较抗拒直面自身极限。我从来没有想过去触碰我的底线，看看自己超越极限后的状况。更何况，在珠穆朗玛峰上超越极限，那就意味着死亡。这不像跑马拉松，如果你超过身体极限不小心摔倒了，有人会把你扶到医护站，然后给你叫辆车回家。

我们的登山计划是惯用的经典方案，也就是在四月到五月间在攀登沿线设立五处营地，每个营地间是行走一天的距离。大本营位于海拔 17500 英尺（约 5334 米），另外四处营地的情况为：1 号营地海拔 19000 英尺（约 5791 米）；2 号营地海拔 21300 英尺（约 6492 米）；3 号营地海拔 24000 英尺（约 7315 米）；4 号营地也叫最高营地，海拔 26000 英尺（约 7925 米）。我们按照设定好的前进和休整计划一个一个营地向上进发，目的是让身体有时间慢慢调整，适应更高海拔、空气更稀薄的环境。向上一点、休整恢复，再向上一点、休整恢复。冲顶日之前这六个星期的攀登，其主要目的就是为了身体循序渐进地“适应环境”。这就是登山者能够登上珠穆朗玛峰这样的极端海拔的原因。成功站上顶峰绝大部分取决于登山者的适应程度。

很早以前我就发现自己天生适合高海拔登山运动。我猜我可能投胎投对了人家，我天生就有这样的耐受高海拔缺氧环境的基因。除了喜马拉雅山之外的最高峰我已经征服过了，我的身体对缺氧环境适应良好。这一点自信让我对成功登顶抱有较大希望。

我们的计划总体来说就是保证身体健康、准备充分，在五月份的一个短暂窗口期登顶。这个窗口期是指珠峰上长期迎面吹拂的急流风（这个风向使得攀登根本无法实现）向北偏移的时期。罗布根据经验判断这个窗口期会在 5 月 5 日到 15 日之间。遗憾的是我们没有官方的天气预报信息。

在窗口期到来之前，我们要做的就是在最高营地准备就绪，整装待发,希望到那个时候我们不仅健康如初,且依然充满斗志。麦克·格鲁姆常说，要想有一次不折不扣的冲顶，前进的动力必不可少。从攀登第一天直至冲顶日，从低海拔到高海拔，一路走来的艰辛和磨难，不会让珠穆朗玛峰对我们手下留情，她只会变本加厉地消磨我们最后一点动力，直到我们再也不愿意听到珠穆朗玛峰这个名字。

过去的四周里，我要不就是在其中一个营地，要不就是在两个营地之间行走。从我住的帐篷向四周望去，珠穆朗玛峰——这座世界上最著名的山峰总会呈现不一样的面貌。每一个营地所见的珠峰都别有一番韵味。

从大本营，我需要抬头仰望昆布冰瀑；从 1 号营地和 2 号营地的冰碛岩上，我可以看到努子峰（Nuptse）、寂静谷、洛子峰，还有珠峰西侧山脊；而在 3 号营地，景色就大不一样了，我们的帐篷驻扎在洛子峰冰架之上，唯一能看到的是洛子峰山脚，还有寂静谷外普莫里峰（Mount Pumori）的山尖一隅。这些都是世界闻名的圣地，能亲眼看到它们已经三生有幸了，更何况还能身处其中，这样的经历也能很好地解释“为什么”选择攀登珠穆朗玛峰。

除了能亲眼看见那些绝世美景，我还能亲耳听到那来自四面八方的各种声响。大本营旁的崖壁上，雪崩夹杂着冰雪和岩石咆哮而下，隆隆声响彻山谷。山间的风从不停歇，一刻不停地拍打着帐篷和悬挂在营地围栏绳索上的经幡。每天一大早，夏尔巴人离开营地出发之前，都会听到杜松枝在石祭坛内燃烧得噼啪作响。每一个营地还有一个不绝于耳的声音，那就是人们的咳嗽声，因为空气极其干燥，登山者大多患有这个令人厌恶的“昆布咳”。除此之外，我还能听到人们走路时，登山靴底铆钉每一步挤压积雪的声音，以及人们用各种语言互相打招呼的声音。住在大本营时，我的帐篷底下便是昆布冰川，冰川缓慢向下移动时总会发出撕裂的闷响。现在我还总能想起我的睡袋和帐篷横跨在移动的冰块上的情景。所以我需要时不时地移动帐篷里的东西来顺应整个冰川的移动。

在最高营地，我什么都看不见，因为那里不是没有能见度，就是一片漆黑。最高营地就是一个梦魇，最高营地是我永远不想再听到的名字。

当我一个人静静地躺在睡袋里时，最响亮的声音不是我耳朵听到的声音，而是我内心听到的声音：“我爱你。”“回来吧。”那是桑迪的声音，是她孤独和爱恋的表达。

还有一件事让我匪夷所思，我们在海拔三英里之上的一个偏远营帐内说的话和做的事，几乎立刻就会传遍全世界，然后这一消息通过网络几乎同时又能传到 20 英尺（约 6 米）外的另一个营帐内。这在今天看来很正常，但早在 1996 年还是相当令人惊讶的。

珠峰和大本营上发生的一切，桑迪都了如指掌，有时我和桑迪打电话会问她："最近珠峰上都有什么有趣的事啊？"一开始我觉得这样挺有意思，但是后来我发现网络和媒体上那些未经核实的消息竟能影响珠峰上的真实生活。

乔恩·克拉考尔作为一名安插在登山队内的作家兼队友，我对此安排存在的隐患始终存在担忧，当我们发现网络上出现了关于乔恩登山情况记录的"内部报道"时，这一担忧得到了印证。某日，桑迪在电话中告诉我，有一个叫乔恩·克拉考尔的人（桑迪并不知道他是我的队友）在"户外在线"网站上实时发布他对攀登珠穆朗玛峰登山者的情况报道。桑迪说："网上的消息已经铺天盖地了，我都接到好几个关于这个消息的电话了。"

我不明白桑迪说的是什么情况，不过乔恩是《户外》杂志社的记者，桑迪指的"户外在线"是该杂志社的官方网站，这让我很担忧。我最初本能的害怕和担心是对的。

这是一个问题，一个让人感觉非常不舒服的情况。我们在面对人生中从未有过的困难和危险，有时甚至在生死边缘挣扎，而这时，却有一个受雇于著名杂志社的专栏作者，悄悄记录着你的一举一动，为的是取悦大众。他对其他人登山状况的主观评判严重影响着大众对此事的认知，这比起报道事实更加糟糕。

我们所有人对此安排都未表示赞同。攀登珠峰完全是个人的挑战，把这样一次属于私人的探索之旅变成一次众人皆知的公共旅程，罗布只是想将媒体曝光的价值最大化。我们感到深深的背叛，罗布与我们之间的信任也大打折扣。

而乔恩回应我们对这件事的关切时，他说他也不知道“户外在线”记者把他的记录传到了网上。

乔恩的登山记录实际上让每个登山者的素质和表现在彼此之间一览无余，这也说明了他在队伍中存在的危害性。后来大家还知道乔恩的表现不仅影响着北美地区的读者，他在全球也有大批粉丝，也许只有时间能告诉人们他在队伍中的表现及外界对他表现的压力会带来怎样的后果。

经过四周的攀登，我的内心五味杂陈：有对大山的谦卑、有焦虑、有激动，还有对自我的怀疑，只要能想到的情绪，我统统都有，毕竟这里是珠穆朗玛峰，她如此宏伟又如此冷酷。这可不是一次休闲的周末登山之旅。

每当我面对巨大挑战时，我都会产生自我怀疑，但这种自我怀疑从未阻止过我前进的步伐。我甚至慢慢习惯于期待这种自我怀疑，因为它在某种程度上能够引导我走向成功。然而，在珠峰上我没想到这种自我怀疑变成了一种自我否定。资深的珠峰攀登者常说，这种无能为力的自我否定感十分正常，我也确实在现实中体味到了这种感觉。在各营地间的短距离行走中，我已经深深体会到了攀登珠峰的不易。

在珠峰上行走，由于空气极为稀薄，人的身体很快就会出现疲乏感。这里也正是因为极高极稀薄的空气，才成为举世闻名的珠穆朗玛峰。

我需要保持头脑清醒才能控制身体继续前进。凡是经过训练的登山者，只要他们体能充足，他们都知道克服疲劳和困难的能力来自大脑。

每一次高海拔攀登或者较大耐力挑战时，我需要克服的不仅是身体上的疲劳和痛苦，还有对这种疲劳和痛苦本能上的抗拒心理。这是一种很自然的反应，是你内心的自我抗争：一个声音告诉你放弃，而另一个声音告诉你要坚持。你必须善于承受这种煎熬。根据我以往的经验和训练的结果，我承受这种煎熬的办法就是从自己的毅力中获取自信。即使你的身体已经在说“我再也不想做这件事了”，而你的大脑还是可以给身体继续坚持的信号，通过这种训练，你的承受力越来越强，也就意味着在你真正放弃前，你可以达到更高的体能极限。这就是为什么很少有耐力运动员真正达到过他的体能极限。每一次你似乎真的坚持不下去了，而事实是你总是能坚持到最后。

在这场坚持与放弃的煎熬中，意志力始终是胜者。只要你内心告诉自己“我能做到”，身体就一定会听从指挥（即使它很不情愿）。我知道，一旦我的内心说“我做不到”，那这场攀登就立刻结束了。

在珠穆朗玛峰上，随着攀登海拔的提升，困难也在加剧，这样的煎熬无时无刻不存在着，而且愈演愈烈——在严寒侵袭的大部分时间里，我的身体都感觉极其不适，初次登上珠峰和喜马拉雅山脉的兴奋感也渐渐消失，身体的每个零件都好像要停止工作，当我抬头看顶峰时，它好像距离我有万里之遥。

我的煎熬不仅于此，还有一个完全不受我控制的难题，那就是我的肠胃疾病。我从未想过自己攀登珠穆朗玛峰的最大困扰会是消化道疾病。我以为雪崩、强风、登山条件、事故、高原病或者其他很多困难是登珠峰的主要挑战，结果我却苦于食物消化问题。然而，这也确实不是小问题，因为食物是能量来源，没有能量我就不能攀登。这直接影响了我的体能素质，同时也严重影响了我的意志力和信心。

从纳姆泽直到后来的几个星期，我吃了就拉。我怀疑我可能是从水或者食物中感染了某种寄生虫。

以前登山时，除了头疼和其他一些小毛病，我从来没有生过病，即便是在第三世界国家旅行时，我的身体也没出过什么问题，我总沾沾自喜地认为自己有个钢铁肠胃。高海拔对身体功能的影响显而易见，包括身体恢复功能，人们常说："如果你在珠峰上生了病，病就好不了了。"另外一个说法就是："在珠峰上表现最好的登山者往往是那些连续六周都保持身体健康的人。"

身体无力导致精神萎靡，我开始焦虑。这样的情况对我来说并不常见，我开始无法集中注意力，开始失去动力。我曾想过，即使没有登顶，我也经历过终身难忘的故事；至于为什么没能登顶，肯定是因为猛烈的暴风雪，或者是雪崩的风险，或者其他富有戏剧性的原因。我想不到还有什么比因为拉稀而不能登顶更糟糕的原因了。

通常在登山过程中，特别是在高海拔地区，我从不吃药，除了吃一点泰诺治疗头痛或者布洛芬治疗肌肉拉伤炎症。之所以不吃药是因为我觉得药物会损害或者影响身体在适应过程中的自然反应。可是现在我需要接受治疗，因为我的体重在持续下降，用来储存能量的脂肪也在不断被消耗，所以我找到队医卡罗琳·麦肯齐（Carolyn Mackenzie）博士，她给我开了盐酸环丙沙星，一种长效的抗生素。

有些人认为如果长时间在高海拔地区登山，最好在出发前增重10到15磅[1]，以便身体储存足够的能量。这个理论是考虑到如果在山上生病，或者因为其他原因身体卡路里的摄取量小于消耗量，你需要有额外的能量储备。但这么做的坏处是增加你的负重，也就意味着你需要更多的能量来带动这个负重。我经过仔细的计算后决定不刻意增重，因为我想我从来不生病，所以不需要给自己增加额外的脂肪负担。

后来我觉得这病无须小题大做，乔恩和塔斯科也病了，但他们都康复了；安迪也是时好时坏，不过他也康复了。我想我只是需要些耐心吧。

经过四周的相处，我觉得罗布完成了他作为领队组建探险队的任务，我们从分散的个体，成为一支拥有技能、经验、独立性、自我决策能力的团队。我们当中的大部分人都是普通人，每个人在其他方面都有值得钦佩的一面，只有少数几个人以登山为职业，比如罗布和安迪，我很敬佩他们投入全部的时间使自己成为这个领域的专家。这是一个很棒的职业，我们其他人只是严肃的业余登山爱好者。业余这个词的词根来自拉丁文，意思是爱，从字面上理解，我们登山完全是出于对这项运动的喜爱。

登山自立能力是一个人在决定是否要攀登珠穆朗玛峰之前进行判断的主要依据。登山自立能力很明显应该包括体能、体力、技巧，特别是在极端环境下的登山技巧。更重要的是这项能力要求你能了解你身处的环境和危险程度、判断你自己的能力、具有谦卑心以及良好

[1] 编者注：1磅等于0.4535924千克，故此处增重范围约为4.5到6.8千克。

的心态以便在需要决策时做出正确的判断。这个判断和决策包括如何照顾好自己的决策，尤其是在恶劣的情况之下。

一名登山者的登山里程记录、时间记录或者垂直登山距离等并不重要，也许他有过很多年的登山经历，也数次登上过最高峰，但他依然可能是个粗心、鲁莽和不负责任的人。

一名登山者如果曾经侥幸从登山特技中逃脱也并不说明什么。遗憾的是，在登山界，如果一个登山者在某个难挑战的山顶完成了一次特技，只是纯粹因为走运而活了下来，他却能从此名声大噪，被奉为一个伟大的、有经验的登山者。在登山界，只要你有胆量做一些哪怕是愚蠢和鲁莽的事，你就能出名，因为事故发生的概率并不高。

霍尔探险队里的一些人有着丰富的决策经验，这多少能给我些安慰。这些人包括福兰克和斯图，他们有攀登珠峰的经验，还有一些人虽然在登山方面不突出，但他们的职业（比如在医院和军队中工作）培养了他们在生活中通常需要于高风险下进行决策的能力。

塔斯科、贝克和斯图有着丰富的经验，他们在时间紧迫、信息有限以及生死攸关等不确定的情形下，都能沉着应对。大部分人都能独立做判断，但不是每个人都能够做决策。在登山过程中，一个决定可能关乎生死。在那种情况下，我们每个人都期望其他人能做决定。

攀登珠穆朗玛峰不仅要依靠技巧和做决策的能力，它还依赖团队合作。这是一项由人来完成的任务，我们每个人都需要自己去攀登，但任何人的成功都建立在团队其他成员也成功的基础上。要实现这样的成功，就必须同心协力。

罗布是攀登珠穆朗玛峰的专家，他在队伍里的作用是向导和决策者，尤其是负责管理后勤以及风险防控。他不是受雇来帮助或照顾我们的基本需求的。探险队中有些人在登山技巧上要强于罗布，但这并没有什么用，因为没有任何一个人对珠峰的了解胜过于他。

支持罗布是我们每个人的义务，而非听命于他。如果我们对罗布马首是瞻，那我们的团队就不再强壮，我们应该也能够对罗布施加影响，如同他对我们的影响，这样做的效果将会在冲顶日显现，因为那一天我们每个人（的身体）都会被绑在一根绳上。除此之外，我们每个人也有义务协助冲顶日登山计划的执行，尤其是时间管理。罗布说："时间决定一切。我们必须准时到达计划中应该到达的地方。"

我对这些队友们很有信心，因为他们大部分人在工作中或多或少都是个领导，所以他们清楚每一个决定都会带来一定的后果。他们对各种风险有自己的评判和承受力，只有在他们能接受的范围内，罗布才能有效地进行领导。

有经验的登山者都知道领队有时会需要帮助，甚至需要其他人营救。实际上，这样的情况经常发生。打个比方，罗布、麦克或者安迪中的一个人总是在我们前面带队，如果有冰裂缝，这个领头人肯定是第一个掉进去的，这时就需要其他人营救他。鉴于这样的情况，凡是攀登冰川，我首先练习的就是冰裂缝营救技巧。

好的登山队友从不会等着领队发话。罗布需要的是能够主动提出帮助挺身而出的队友，他说："我不想看到队伍中有一只绵羊，尤其在冲顶日。"在海拔相对低处，这些登山者看起来都是很好的队友，因为通常在环境平和，一切按部就班时，自然相处融洽，但当环境艰难或者计划出现问题时，就能检验出一个团队是否真的团结。

CHAPTER 10

昆布冰瀑

从尼泊尔一侧攀登珠穆朗玛峰最大的挑战，以及最危险的区域就是昆布冰瀑。住在大本营时，它随时可见，因为一打开我的帐篷卷帘，它就矗立在我面前——高达 2000 英尺（约 610 米）的大块冰川，如摩天大厦一般直冲云霄。

山体表层的雪经过长年累月地堆积便形成了冰层，冰的自重使得冰层逐渐向山下运动，有人将它形容为流动的冰层，也就是我们常说的冰川。昆布冰川沿着珠穆朗玛峰自上而下绵延两英里，在海拔 19500 英尺（约 5944 米）处因基岩陡峭，冰川骤降至海拔 17500 英尺（约 5334 米）处，也就是大本营所在位置。

想象一下一条高2000英尺纵深400英尺（约122米）的瀑布是什么样的情形，再想象一下这条瀑布不是流水，而是由大块大块四十多吨重的冰块组成的冰瀑布是什么样的情形。这就是我们要攀登的，一条从悬崖峭壁飞流直下2000英尺的冰瀑布。

冲顶前的几周，我们在冰瀑上往返于1、2、3号营地和大本营之间，为最后的冲刺做充足的准备。这是攀登珠峰中最需要技巧的一段路程，因为昆布冰瀑在珠穆朗玛峰上是最特别的一处地点，它在登山史上也具有独特的历史性和传奇性。

在冰瀑上行走的风险性极高，因为它是活动的，它每天移动的距离不尽相同，这取决于冰层本身的重量、阳光和气温。有时它纹丝不动，有时一天移动一两公分，多数时候它的移动相当明显。平均来看，那些不稳定的冰块每天会缓慢移动两到三英尺。这样的移动表现为冰裂缝的开与合，以及巨大的冰塔轰然倒塌，数千吨冰块倾泻而下。

冰瀑里发出的声音也很可怕，这一秒冰层撕裂的声音，下一秒冰层挤压的吱吱声，有时是冰塔倒塌砸在其他冰块上的巨大轰鸣声。不过真正恐怖的声音和画面是，一阵刺耳急促的风声，以及随风扬起的看起来像烟雾一样的浮雪，因为那是雪崩显示出的巨大威力。

我第一次从远处看到冰瀑时，觉得那里根本不可能通行。当我身处其中时，某些地方唯一的通道就在那些摇摇欲坠的冰块下方。

攀登昆布冰瀑时，为了给自己打气，我在心里一直不停地说“我一定能做到，我一定能做到”。可这个声音在昆布冰瀑却显得苍白无力，因为冰瀑实在太可怕了，在其中行走很多时候就像在玩俄罗斯轮盘赌（赌运气的危险游戏，参加者轮流持只装一颗子弹的左轮手枪，旋转弹膛，将枪口指向自己头部，然后扣扳机）。你根本无法控制那些巨冰，无论是你脚上踏过的，还是钻过的冰块，也许某一天就会崩塌，数千吨冰石呼啸而下，冲毁沿途的一切。攀登珠峰所有的危险情形中，没有比昆布冰瀑更真实更可怕的。过去那些年里，牺牲在这里的登山者是最多的。第一位在珠峰牺牲的美国登山者就是死于坍塌的冰塔，他是 1963 年美国第一支登顶珠峰探险队的队员之一。

攀登珠穆朗玛峰需要的技巧和实力是多样性的，有时你需要有耐力运动员那样的力量和毅力；有时你需要有狙击手那样的专注力和控制力，能在心跳暂停瞬间扣动扳机。

我们探险队首次登昆布冰瀑的那天早晨，夏尔巴人举行了一场特殊的礼拜仪式——普迦[1]。这场仪式是为了向山上的神灵祈求许可和祝福，允许我们登山且保佑我们一路平安。夏尔巴人的礼拜仪式的场所叫作“lhap-so”。

仪式中最重要的一部分在夏尔巴人用石头垒砌的石塔处举行。石塔的中央是风马旗杆——一根系着经幡的、高耸的桅杆。登山队员们在石塔上供奉各自的食物酒水，一名来自昆布村落天波切喇嘛庙（Tengboche Monastery）的喇嘛则在不远处高声诵读着祈祷经文。

经过这场仪式，人和工具都得到了净化——绳索、冰镐、冰爪还有其他工具都要从松柏枝燃烧的桑烟上过一遍，还需要喇嘛在一旁

[1] 译者注：英文 Puja，或 Pooja，是印度教一种向神祇膜拜的常见仪式，普迦仪式必须由祭司担任。有时也会专门为重要的宗教领袖、神职人员、特别重要的贵宾举行这种法会。

诵读经文。作为祈福仪式的一部分，夏尔巴人给我们每人一根他们称作“Sangdi”的红绳，可以保护我们不受伤害。我们把它绑在脖子上，整个登珠峰之旅，它就是我们的护身符。

尽管夏尔巴人的这些礼拜仪式与我的基督教信仰完全不同，但我觉得应该尊重他们的信仰，也有必要参与其中。夏尔巴人是登山队的重要组成部分，这是他们对我们的祝福。不管怎么说，珠穆朗玛峰毕竟是在他们国家内的。

天刚蒙蒙亮我们就向冰瀑出发了，这么早出发是为了避开正午的阳光，那时冰块会因为温度升高而松动。从尼泊尔一侧沿东南山脊攀登珠峰，冰瀑是必经之路。

攀登昆布冰瀑有一件特殊的工具，那就是梯子。1953 年英国登山者也是走的东南山脊路线，他们是第一批在冰瀑使用梯子的人。自那以后的五十多年里，每一支从东南脊攀登珠峰的探险队都会沿用这一方法，不仅因为这是传统做法，也因为某些地方冰川间的巨大缝隙只能用梯子通过，有时甚至需要用两三个梯子接起来才足够跨越鸿沟。

从那些梯子上通过是对我们精神上的极大挑战，因为我们要穿着冰爪（为防滑而装在鞋底的靴铁，每个靴铁都有 2 英寸长），走过那些晃晃悠悠的“梯桥”。

在北密歇根州的家中，我在院子里架起铝合金梯子，练习穿冰爪走铝梯。我的邻居常常笑话我，还出去跟别人说我滑稽的样子。他是一名漆工，冬天时没有多少活，我就借了他的梯子，架在两堆水泥块上，背上全部负重，穿着冰爪走在梯子上，不过走到中间时梯子就弯曲变形了。有时候我会在高强度训练后去练习走梯子，主要是为了练习在精疲力竭时能集中注意力有效通过梯子。

练习和真实情况的差别在于，在家里的后院，我的双脚距离雪地只有几英尺，而在昆布冰瀑，梯子两端间的缝隙深度有 10 层楼高。想要知道两者的差别吗？试想一下地面上有一块 2 英尺 ×4 英尺[1]的木板，几乎所有人都能轻而易举地从上面走过。但假设这块木板放在 10 层楼高，这就有难度了，站在上面时你很难集中注意力，因为你会担心万一掉下去怎么办。一个小错误带来的后果会极大地影响你的行为能力。训练归训练，它与现实完全是两码事。

通过梯桥的技巧和在鸡蛋上行走所用的技巧差不多——不要往下看、不要停留、尽快通过、呼吸、不要犯错。冰爪在铝合金上摩擦得吱吱作响，尽管我努力得像只蝴蝶一样在空气中“飞舞”，梯子还是因为我的重量变了形。呼吸、不往下看、不要停留、不要犯错。我抓住拴在两端的绳子，它们在左右摇晃。每一次我都祈祷能尽快通过梯桥，我并不是想冒险，而是如果出了问题，那将是个大麻烦，非常

[1] 编者注：1 英尺等于 0.3048 米，此处提到的木板，长宽约为 0.6 米 ×1.2 米。

大的麻烦。攀登冰瀑不允许我们花时间来处理麻烦。我们需要聚精会神，集中精力在下一步上，保持前进，而且要快。我需要足够的冷静和迅速高效。我需要具备狙击手般镇定专注的能力。有一次我跟在塔斯科后面过梯桥，那是一架由两把梯子连接而成的天桥。他走到中间时梯子向下弯曲，在他走过去后，梯子又反弹回原形，如此这般，他慢慢地将身体重心从一只脚换到另一只脚。我在后面等着、看着，我想等他过去了之后再踏上去。他一步一步向前，梯子也一上一下随着他的步伐晃动。突然，梯子晃动的节奏被打破了。冰爪有 12 个 2 英寸长的靴铁，他后脚跟处的两个靴铁卡在了梯子上。塔斯科像个杂技团中空中走钢丝的演员试图保持平衡，我目瞪口呆焦虑不已。可是我什么也做不了，梯子承受不了我们两个人的重量，如果我要走上去，无疑是破坏塔斯科的平衡。

他接下来做的动作，是我绝对不会做的。他一边保持平衡，一边蹲了下来，暂停了一会儿以便继续保持平衡，然后将身体重心挪到前脚，扭动了一下后脚把卡住的靴铁拔出来，再站起来，继续向前走。他到了那一边回头对我说："老兄，你觉得那招怎么样，我向下看的时候，好像能看到地球那头的美国。"

夏尔巴人的协助、在大片开放地区使用绳索连接固定每一个人、使用固定营地，以及领队加向导的模式，无论是传统登山还是朝拜登山，这些都是惯用做法。如同在冰瀑使用梯桥一样，如果我们抛弃以上任何一种惯用方法，也许就没有人能够站在珠穆朗玛峰的顶峰。

完成攀登珠峰的挑战需要团队协作，它要求该团队组织严密，方向明确，这向来都是毋庸置疑的真理。尽管在1953年的媒体报道中，埃德蒙·希拉里（Edmund Hillary）和丹增·诺尔盖（Tenzing Norgay）两人是“珠峰征服者”，但他们背后其实有很多不为人知的故事。

事实上，开拓从东南脊通往山顶道路的是1952年的一支瑞士探险队，这比1953年登顶记录要早整整一年。在夏尔巴人的协助下，瑞士人穿过昆布冰瀑，沿西库姆冰斗（Western Cwm）向上到洛子峰，越过日内瓦岭（Geneva Spur），在南山口（South Col）建立了最高营地。自那以后，依循瑞士人那样的领队模式，雷蒙德·兰伯特（Raymond Lambert）、丹增·诺尔盖还有其他人使用供氧装置爬升到南脊并在海拔27230英尺（约8300米）处建立了另一处营地。从那个营地，他们继续向上攀爬至28200英尺（约8595米），差不多到达了南峰顶，那里已经非常接近真正的顶峰了。

瑞士探险队的努力，为后一年英国探险队奠定了两个重要基础。

第一是瑞士登山者的脚步已到达距离顶峰垂直距离不到800英尺（约244米）的位置，这证明该路径是可以攀登的。在此之前有一个最大的心理和生理障碍，那就是人类从未达到过这个海拔，在这个海拔能否存活是个未知数。兰伯特和诺尔盖证明了这一点可以实现，他们未到顶峰就折返不是因为生理或心理上的障碍，而是因为风雪等严酷环境已无法继续前进。

第二点，也是对英国探险队成功更重要的一点，那就是丹增·诺尔盖曾是瑞士探险队的一员。诺尔盖熟悉这条路线，他当年就在距离顶峰不远处。他能够指导希拉里（埃德蒙·希拉里和其他英国人在

1951 年，也就是瑞士人登山的前一年，甚至连昆布冰瀑都未能通过）。

瑞士探险队之后的英国探险队也是组织性极强的团队，他们有很多夏尔巴人向导，团队管理制度清晰，领队是喜马拉雅资深登山家约翰·亨特（John Hunt）。他制订的计划详细完善，他的队伍也纪律严明。

他们有 14 名夏尔巴人负责将工具和补给运输到沿途各处的营地。亨特的计划是让登山者汤姆·博迪伦（Tom Bourdillon）——一名研究火箭技术的英国物理学家和查尔斯·伊文思（Charles Evans）——一名英国脑外科医师打通从瑞士人的最高营地到南峰的道路，然后希拉里和诺尔盖可以紧随其后冲顶。

这个计划奏效了。博迪伦和伊文思到达了南峰顶，成为历史上站得最高的登山者，在他们面前只有一小段距离便是顶峰。他们查看并分析了这最后 279 英尺（约 85 米）的距离，留下了希拉里和诺尔盖需要使用的氧气设备，然后回到了南山口营地。

博迪伦和伊文思讨论过他们要不要自己冲顶。野心告诉他们继续向前；名誉和荣耀告诉他们自己登顶，但对团队的责任感告诉他们要按计划返回最高营地。尽管回到营地意味着放弃一举成名的机会，但他们最终还是认为强行冲顶风险过高。这风险主要是当天日光已不足，如果登顶可能无法在天黑前安全返回营地。

下午 1 点，博迪伦和伊文思到达了南峰，根据他们的判断，这个时间已经不能再继续前进了。如果天黑时他们被困在雪地，任何营救措施都无法挽回灾难性的后果。顶峰是有魅惑力的，但团队精神告诉他们最好还是按照亨特的计划，为希拉里和诺尔盖铺垫道路，向团队反馈最后一段路的情况。

两天后，希拉里和诺尔盖还有另外三个负责运输工具和供给的登山者一同从南山口出发。他们途经瑞士人建立的营地并继续走到海拔 27900 英尺（约 8504 米）处，放下所有工具和补给后，其中三人返回南山口营地，希拉里和诺尔盖则在此处扎营过夜。这里距离顶峰只剩一千多英尺（约 305 米）。

第二天，希拉里和诺尔盖经过五小时的攀登抵达了南峰，又到了博迪伦和伊文思最后折返的位置，直到冲顶成功。诺尔盖一年前参与了瑞士探险队，所以这一路都是他在引领着希拉里，最后他们成为历史上第一批走完这最后 279 英尺（约 85 米）垂直距离，并成功站在世界之巅的人。

从第一批珠峰探险队的经验可以看出成功的关键要素，某些传统方法如今还在继续沿用：空旷区人和人之间的固定绳索、冰瀑的梯桥、冲顶日的备用氧气设备、专业的领队组织结构、补给和运输中夏尔巴人的协助、对时间的掌控和对日光天色的敏锐观察。

夏尔巴人是攀登珠峰中不可或缺的关键角色，即使是今天，如果没有夏尔巴人的协助，几乎不可能有人成功登上顶峰。大部分夏尔巴人生活在昆布，分布在珠穆朗玛峰山谷地区。

通过协助登山队，夏尔巴向导在同族中获得了更高的社会地位，他们的参与最初是因为高昂的收入吸引而非挑战精神。1996 年时，尼泊尔的人均年收入仅为 175 美元，而夏尔巴在登山季的每一次向导费用就高达 1500 到 2500 美元。这一收入成为喜马拉雅地区数十年来最主要的经济来源，它不仅提高了每个夏尔巴人家庭的生活水平，还促进了尼泊尔很多村落的发展。如今夏尔巴人有自己的学校和医疗机构，多亏了有探险队向导一职。

如果需要自己扛工具、食物、燃料、绳索和帐篷，恐怕我永远都攀登不了珠穆朗玛峰。或者说 99.8% 的人都不能攀登珠峰，这其中也包括埃德蒙・希拉里和丹增・诺尔盖。有些无知的人嘲笑依靠夏尔巴人登山的探险队。确实曾经也有独自攀登珠峰的队伍，据我所知就只有一次，或者最多两次。

CHAPTER 11

“同一天冲顶”的决定

过去的四周，我们在高海拔和低海拔营地间往返，5 月 2 日到 5 日我们回到大本营休息调整，为冲顶日做准备。那一天就快来了，这是最重要的日子。罗布为冲顶日做的登山计划已经完成，这份计划中包括两项重大决定，且都是最后时刻做出的，其中一个决定简直不可思议。

如果我们是当年唯一一支准备冲顶的探险队，那么我们可以慢慢等待登山窗口期的到来，从容不迫地选择最终冲顶的日期。可是如果有很多探险队都在等待窗口期，一旦有机会就准备冲顶，那我们就无法做到耐心和从容。而这种情况很有可能发生，因为当年尼泊尔政府发放了大量的登山许可。

登山者的数量本身并不是问题，因为珠穆朗玛峰如此巨大，但如果在一天时间里有众多登山者在东南山脊线路上，这就可能是个巨大的安全隐患，因为人多拥挤，以及最后一段名叫希拉里台阶（Hillary Step）的屏障，从而导致时间延误。希拉里台阶是一段高 40 英尺（约 12 米）的天然岩石断层，为安全起见，一次只能有一人通过。大家都知道很多登山者因为在此处延误而陷入危险之中。

过去的几周里，有几人表示对大量登山者齐聚珠峰的担忧。通常每个探险队都会根据自己的计划和时间表进行冲顶准备，这些时间计划都不尽相同。然而如果登山天气条件的窗口期比预期到来晚很多，延误风险就很可能发生，因为每支探险队已经整装待发，就等那一刻到来向顶峰冲刺。

几支主要探险队的领队们召开了一个会议，分析各队的准备情况。罗布和其他一些领队担心“交通拥挤”带来的安全隐患，于是他们决定人数较多的登山队分不同日期冲顶，以避免在希拉里台阶处形成拥堵。换句话说，将登山人员分散开来。这样的协调方案在珠峰攀登历史上还从未有过。

所以这是一个出人意料的决定。如果大型登山队分别在不同日期冲顶，那么希拉里台阶这个天然屏障处就不会出现进度延误。尽管罗布总说“珠穆朗玛峰很宽敞”，但希拉里台阶处可不是。

罗布说我们队伍的冲顶日是 5 月 10 日。他曾经有两次都是在 5 月 10 日登顶的，所以他觉得这一天是他的幸运日。其他大型探险队冲顶时间都比我们早。Imax 探险队在 5 月 9 日，南斯拉夫探险队、瑞典探险队和西班牙探险队原计划的时间就比这个早很多。剩下的探险队在 5 月 11 日及以后的时间冲顶。

5 月 10 日的天气情况我们当然不知道，哪怕是大概情况都不可能知道。我们不知道即将出现的适宜天气是否会出现在 5 月 10 日，我们也无法看到在更高海拔处的天气情况，特别是大风有趋于平静的态势。各大探险队错开登山时间看起来是个好主意，但提前选好日子的想法则不够稳妥。但罗布说我们不能在大本营等待好天气的到来，我们必须依据以往的经验判断，不断向山上进发到预定位置，抓住稍纵即逝的机会一举登顶。这么说也有道理，毕竟全球性的气候和风向并不随登山者的意志和选择的登顶日期而转移。大自然自有它的一套法则。

当罗布宣布这个计划时，我们都清楚 5 月 10 日是个随意暂定的日子。很显然，最终登顶日期取决于实际的天气情况，至少在我看来，或者以我的估计，5 月 10 日并不是一个板上钉钉的计划，而且这也是罗布传达给我们的明确信息。

当时我对此计划并没有太多疑虑，毕竟面对大量登山者可能带来的风险，有应对方案总比没方案强。但是这个计划有一个问题没有解决，那就是如果好天气并没有如期而至该怎么办。到那时登山时间表该如何调整？所有的队伍会淤积在山上吗？那些本应该在前面登顶的队伍会把时间向后调吗？确定一个固定登顶日的风险在于，领队在面对其他人对天气的质疑时，他的反应会因为要遵循这个既定日期而受到影响。当我们问罗布这些问题时，他还是一如既往的乐观，他眨了眨眼睛，用手指弹了下帽檐说：“不用担心，5 月 10 日是我的幸运日。”

我们得知各探险队计划分批错峰登山的计划后不久，罗布便宣布他和美国探险队队长斯科特·费希尔（Scott Fischer）决定，我们两支队伍将在同一天，也就是5月10日一起冲击顶峰。费希尔的团队和我们人数差不多，其中也有一些著名的登山者。斯科特和罗布都是攀登珠峰的职业领队，他们在专业登山业务上是竞争关系。

这一决定和5月10日冲顶的决定一样出人意料。但这个同一天冲顶的决定太意外了，太不可思议了，完全不合情理。我仿佛听见警钟已敲响。罗布刚说完，我歪着脑袋以为自己听错了，再看周围，一头雾水的不止我一个，所有人都在试图理解这个决定。

探险队领队们开协调会决定错峰登山，目的就是为了防止因同一天人数过多造成延误而产生危险。罗布怎么会同意两支人数最多的探险队在同一天出发呢？罗布和费希尔的探险队人数加在一起超过了其他所有队伍人数的总和。这个“同一天登山”的决定显然和“错峰登山”的初衷相违背。这完全没有道理。什么叫“同一天出发”？团队协作？互相帮助？为什么两个竞争对手选择同一天带队冲顶呢？

罗布做这个决定之前没有和任何一名队员商量过。我们平常的交流中也从来没有谈到这种情况发生的可能性。谁能想到有这样的事？这与我们的想法和计划完全背道而驰。在罗布以前的珠峰探险中，他绝不会与其他队伍在同一天冲顶，无论其他队伍人多还是人少。现在不是进行配合练习的时候，况且，我们已经在和罗布及其领队的这个首次合作的团队进行着练习了。

很多队员十分担心这个决定，因为更多人同时在山上意味着更多问题会同时出现。原先“错峰登山”的方案出了什么问题？如果已经有了这个方案，为什么还要选择“同一天登山”这个完全相反的方案？这些疑问并不是针对费希尔团队的，我从别人那里得知他们队伍中有很多优秀的队员，我完全没理由怀疑他们。

如果两支探险队碰巧同一天在冲顶，那就接受现实，毕竟这不由我们控制，那样的情况我们也经历过。但是刻意选择同一天冲顶确实无法理解。既然我们知道了这个决定，我们想知道为什么？到底发生了什么情况要做这样的决定？

大家开始对罗布发问，最基本的最重要的问题就是“为什么”。我们进行了一次漫长的讨论，没有人认为这个方案是个明智的决定，除了罗布自己。

我记得好像是塔斯科说，冲顶日之前我们在冰川上时，这么多人还能有足够空间轻松通过，甚至某种程度上来说攀登冰川时人多力量大。可是冲顶珠峰是需要在山脊上行走的，那里是东南山脊，人数众多没有任何优势。

实际上，人越多危险越大。这是一个隐患，因为如果这么多人在山脊某处出现混乱，那就意味着一大帮人需要一起行动，对于那些从来没有合作过的队员，这种情况会造成混乱，从而导致在那样危险的地带出现进度延误。

罗布用空洞的、咄咄逼人的言辞对我们的担忧和问题轻描淡写、不屑一顾。他说：“你们想得太多了。”有人说：“我们连那些人是谁都不知道。”罗布十分强硬地回答说这些都不重要。我们和他们不是一个大团队，所有人会分布在 3000 英尺（约 914 米）的山脊上，这些人不大可能会同时出现在同一地点，我们不会穿插混杂在一起。罗布特别强调说："我们两队各管各地独立运作。"

"砰"的一声，大门就这样关上了，讨论就此结束。我们独立运作，不会穿插混合，不可能同时出现在同一地点。作为总结，罗布又强调了一遍："你们知道的，珠穆朗玛峰又不是弹丸之地。"

关于是否需要合并夏尔巴向导，协调他们开辟道路、固定前方安全绳等工作的事宜也从来没有讨论过，就算讨论他们也会说这些问题无关紧要。我们预计无论是哪支队伍在我们前面，他们应该已经固定好需要使用的绳索了，就算他们没有这么做，我们自己来固定绳索根本不是什么难事，也费不了多长时间。在这个问题上我们不需要任何帮手。

罗布的话打消了我的疑虑，我感觉那些隐患并不严重。此刻我有更重要的事情需要关注。而且到目前为止，团队运转一切正常，所以我们并不想挑战罗布的权威，因为我们信任他。

可是关于为什么选择在同一天冲顶，我们的确没有得到任何答案，哪怕是一个牵强的答案。罗布轻描淡写地说"这不重要"让我们更好奇这背后的原因。如果不重要，那为什么要这么做？

真实的原因到底是什么？

答案也许永远不会有人知道。我们想不出什么理由——任何理由可以解释这一做法对成员有何益处，这一点在内部讨论时大家都很清楚；也许从某种意义上来说，罗布从中有利可图。

我直到后来才知道这个决定的真实目的。如果当初没有这个"同一天冲顶"的决定，也许就不会有1996年的珠峰山难。

CHAPTER 12

家中的桑迪，5 月 4 日

过去的几周里，我面对的最大问题是肠胃疾病和随之而来的精神折磨。我开始屈服于现实，这也许意味着我的珠峰探险会以失败告终。从某个角度来说，这是很正常的反应，当我们面对巨大的挑战，开始担心结果惨败时，我们会本能地寻找能让自己宽慰的理由。不过这件事实在让我难以释怀，如果没能登上珠峰是因为两条腿断了，那理由还可以接受；但因为拉稀而没能登上珠峰，我实在接受不了。这个理由太丢人了。

桑迪也知道了我的状况，我们隔一段时间才能交流一次，自从她得知我的病情，这段珠峰之旅对她来说变得更加漫长和痛苦。桑迪习惯于杞人忧天，特别是关于家庭和健康的问题。我们共同生活了多年，为了做一个好丈夫，我尽量避免让桑迪知道那些她会担心的事。这就迫使我自己对困难和担忧守口如瓶。桑迪总说我是幸运的，因为我从不操心任何事。

三周前我和其他人在大帐篷里，海伦·威尔顿递给我一张桑迪发来的传真。和往常一样，我塞进口袋等着回到营房一个人的时候看。很简单，一支笔、一张纸、几行字。但这些文字蕴含了巨大的力量，字里行间都充满着爱意，它深入我内心，在 5 月 10 日那天支撑着我、影响着我、拯救了我。

我和桑迪有过一个不能反悔的约定，那就是 1996 年将是我“第一次也是唯一一次”珠峰探险。尽管桑迪知道我会信守这个承诺，但正因为如此，她反倒开始担心这个约定。

桑迪了解我对理想和目标的理解，也知道我可以为了追求理想而放弃冲顶。理想只是一个有截止日期的目标，如果过程并不能让你实现理想，那就换个截止日期再进行尝试。任何一座山峰，未登顶还可以再尝试，理想并不会消亡。桑迪知道这就是我的思维方式，因为在别处登山时如果安全性难以保证，我就会放弃冲顶。不过因为这个“第一次和唯一一次探险”的约定，攀登珠峰就意味着不能重来。桑迪担心虚弱的我会太过于拼命。

1996 年 4 月 13 日，周六（中午）

收件人：洛·卡西希克

发件人：桑迪·卡西希克

亲爱的洛：

我非常担心你的健康问题，如果你再逞强，你得花多少时间来康复呢？登上一座莫名其妙的山峰哪有你更重要。请不要只想着那一天，千万千万想想以后的很多很多天，还有你的余生。你身体那么虚弱，还得继续一天一天向高海拔攀登，然后你还要有足够的力气回到山下，然后再回到家里，接着享受今后的日子。我保证，如果这一次因为身体原因你无法继续登山，过几年我会再让你去尝试的。千万别像平常一样犯傻，行动之前一定要三思。我希望你能实现理想，但并不是以损害健康为代价。如果需要吃药就一定要听医生的，多喝水、休息、吃饭，然后再思考。

记住，就算你身后有三十多个人支持你，事情也需要你自己做。大家都希望你健康，也希望你能成功，但更希望你平安归来。我不会告诉其他人你最近病了，但如果你真的病得很严重，我想你应该回来，如果你需要，我可以飞去加德满都接你回来。记得吗，你说过你想活100岁，你肯定想做个健康的人，而不是一个病歪歪的老头对吧？你现在得为将来着想。我为你遇到了这样的事而难过，我知道你肯定很沮丧，我多么希望能在你身边照顾你，看着你吃东西。也许你是对某一种食物不适应。不知道为什么我发给你的传真不清楚，我是用黑色钢笔写的。今天是个阴雨天，让人心情很暗淡。你一定要好好保暖。除了关爱和祝福，我想我没法给你更多的东西。我醒着的每分每秒都在想念你，担心你。晚上我经常失眠，就算吃了安眠药我也几乎24小时都在想着你。我爱你，想你。等你归来。

桑迪

看到桑迪主动打破了我们的约定，我笑了。这一点都不奇怪，这就是桑迪——宁可牺牲自己也要为我的安全着想。

在珠穆朗玛峰上，我经常独自思考，有时也会拿出桑迪的信反复阅读，尤其是这一封信。桑迪主动废除我们之间的约定，这让我内心充满了感动，我甚至能听到她亲口在说这些话。

我的肠胃炎在逐渐好转，也许是因为药物起了作用，也许是因为我改变了些生活习惯（比如我用自己的水壶，亲自烧水装水），尽管病去如抽丝，我还是觉得这病已经好了，因为我不再拉稀，消化功能也恢复到这个海拔高度的正常水平。我觉得自己慢慢恢复了力气（因为不再焦虑所以睡眠质量也提高了），但我还是瘦了将近15磅（约6.8千克）。我不知道到底体重轻了多少，但从自己的衣服和别人的评价来判断，肯定是轻了不少。

这么遥远的距离，还有通信上的困难，让桑迪的日子更难过。

1996年4月14日，星期天（早8:30）

收件人：洛·卡西希克

发件人：桑迪·卡西希克

亲爱的洛：今天中午12点我就开始给你发我昨天写好

的信件，可是试了几个小时都不成功……因为没有收到你的回信，我猜你病了，或者是又病了。我非常非常担心你，也为你碰到这样的遭遇而难过。也许上帝希望你拥有以前的成就就足够了，因为你有那么多精彩的回忆。或许这座山今年不适合你，就像我说的，如果你愿意以后可以再来挑战。千万不要固执，别想着既然你已经在那儿了，就算病了也要坚持。

收件人：桑迪·卡西希克

4 月 15 日

信件收悉，抱歉让你为我的肠胃病担心了，不过我现在好多了。盐酸环丙氟沙星起作用了，现在我已经恢复力气，胃口也好了，所以不必担心。探险队预料到有人会病倒，所以准备了应对措施。攀登珠穆朗玛峰是一件很严肃的挑战，毫无疑问这也是我攀登过的最困难的一座山峰。我的病已经成为过去时，现在我应该开始认真对待登山这件事——一步一个脚印。大家都很友善，所以完全没有问题。我希望你继续给我支持和鼓励，我知道你一定会的。不管发生了什么，这次经历都是无与伦比的，即使是我曾上吐下泻。此刻，我更关心的是你，你的健康还有格雷格的考试。我希望他能像我攀登珠峰这样努力。这次经历（包括我离开家之前的经历）让我们俩靠得更近了，也再一次提醒我你对我的意义。所以，我们确实有很多需要感恩的地方。

打起精神来，告诉大家我现在已经恢复了，而且正在努力向更高处攀登……

但4月22号，我的肠胃病又犯了，而且比之前更严重。那一天是我向山顶进发中前进距离最短的一次。

非常懊恼和沮丧，不能报告这个情况，但我确实因为这个情况而失去信心。吃下去的东西一个半小时后就被排泄出来，这让我有些虚脱。从高处营地回到大本营时我已经非常虚弱了，我的意志正在消沉，这是不能接受的，我只能重新靠药物治疗。

这是我在攀登到1号营地和2号营地后给桑迪写的信。我请求桑迪每一天都给我一点鼓励。她的回信很鼓舞人心，因为她知道我需要精神上的力量。“家里一切都好，只是我非常想念你，我比任何时候都想要你在我身边。”看到她的笔迹我总会觉得无比开心。信中的签名是“桑迪、道格、格雷格和小宝贝”，她还手绘了“小宝贝”的图片（我家的小猫）。

到4月底，我的病情和心情都有所好转。继续前进的动力又回来了，尽管我也想快点结束这段旅程。桑迪从信件中得知我最终摆脱了疾病，于是开始想着我回家的事，尽管听起来有一点点挖苦的意味。

……我想在你回家的欢迎仪式，或者是欢迎晚会上做一个幻灯片，名字叫“亚洲假期”，我们可以让其他朋友也做些他们旅游、宠物、孙子孙女的幻灯片（开玩笑）。你怎么想？……也许我们可以办一场甜点自助，你正好需要多长点肉。我有个特别好的主意，邀请函可以这么写：“诚挚邀请您参加帮助洛增肥的超级甜点自助大餐。”

桑迪希望到5月份，这一切都能顺利结束，我也回到家中，她更希望珠穆朗玛峰探险是我登山生涯的退休之作。

大家都想知道珠穆朗玛峰之后你是不是就金盆洗手了。我希望最好是这样，否则真是够了。我希望过正常生活，而不是好几个星期自己一个人待在家里，而你却在什么鬼地方经历什么难忘的回忆。

5月4日，也就是我们冲顶前两天，桑迪发来这样一封信：

再一次祝你成功。我希望你能如愿以偿，平安回来。顺便说一句，我改主意了，明年你不许再去了……我相信你的理智还是能做出正确的决定的。

她又收回之前说的话了，难以置信吧？现在她知道我身体恢复了，自信心也回来了，她不再担心我的决策能力，所以她又准备执行之前的约定了。看到这里我哈哈大笑起来。这就是我为什么如此爱她，她总是那样难以捉摸。

5 月 5 日晚，我开始准备第二天登山用的物品和工具。我需要仔细思考背包里带些什么，这么高的海拔地带背上去的东西一定是不可或缺的。对我来说，不可或缺的东西包括桑迪的来信。我把这些信件装进一个小拉锁袋中，万一我被风暴困住无事可做，我可以重新温习一下桑迪的文字，我想听到字里行间她的声音。

寂静谷

CHAPTER 13

天亮以前

5月6日凌晨3:45，我的闹钟准时响起。睁开眼后我的第一感觉就是被火烧得吱吱作响的松柏枝，以及松柏烟雾的气味，这意味着夏尔巴人已经准备就绪了。尽管今天是个巨大的挑战，但我昨天睡得不错。昨天晚上我已经准备好了所有的东西，一切整装待发。

然后我去大帐篷吃早餐，我需要摄入足够的食物和水分：茶、更多的茶、燕麦、酸奶、鸡蛋、面包加果酱、更多燕麦。燕麦是很好的能量来源，但那个时候我并没有意识到这一点。

过去几天休整期间，吃饭喝水是我们的主要任务，因为只有补充足够的营养、水分和睡眠，才能有力量面对我人生中最大和最危险的挑战。经过五周时间，我的身体已经遭受了很大的打击，精神和意志力也受到了很大的挫折。现在准备阶段终于结束了，大赛即将拉开帷幕。

空气中弥漫着紧张的气氛，大帐篷里所有人默不作声。就现在了，这是最后一次向上攀登，这一次的目的地是——顶峰。我很紧张，但我尽量不表现出来，所以把所有注意力都放在吃和喝上。罗布走来走去，和往常一样镇定，这正是我期望看到的他的天赋所在。他已经不是第一次经历这样的时刻了，此时他完全可以泰然自若。

天还未亮，我们就离开了大本营，此时松柏枝还在祭坛内燃烧着，而我们安静地有序地向前走着，这正是罗布喜欢的秩序。穿过冰川我们到了昆布冰瀑脚下，然后穿上冰爪准备攀登。我们已准备就绪，如果一切如预期和计划的那样顺利，我们将会一鼓作气，在第四天达到陆地上最高的地方。第一天的计划是到达位于海拔 21300 英尺（约 6492 米）的 2 号营地，这意味着今天一天攀登的垂直距离是 3800 英尺（约 1158 米）。

我们的计划是这样的：5 月 7 日到达 2 号营地，休整、评估队伍情况、制订最终计划、做最后准备。5 月 7 日是个关键日子，需要根据大家的健康情况、准备情况和天气情况做最终决定。如果有证据显示适宜天气已经到来或正在到来，如果一切准备就绪，5 月 8 日我们将上到位于海拔 24000 英尺（约 7315 米）的洛子峰。我们将在那里的一处天然冰架下度过一晚，如果一切正常，全队将于 5 月 9 日早继续向洛子峰 25000 英尺（约 7620 米）处进发。接下来我们需要穿过洛子峰，翻过日内瓦岭，到达南山口（珠峰和洛子峰之间的山口）和位于海拔 26000 英尺（约 7925 米）的最高营地。然后休整数小时，假设一切正常，那么所有人将在当晚继续向上攀登，并于次日，也就是 5 月 10 日上午 11 点左右到达珠峰峰顶，然后在天黑之前回到最高营地。真是一场漫长的征程。

这就是珠峰冲顶计划——前提是天气情况良好。不过在此之前，我们还需要再一次攀登昆布冰瀑。

现在我已经很熟悉冰瀑的环境了，过去几周内我曾攀登过 5 次，这使我信心大涨，登山速度也有所提高。进展很顺利，天亮后 1 号营地已不再遥远。想到我只需要在下山时再走一次这个“死亡冰瀑”，心情顿时轻松了许多，那时也就离回家不远了。

1 号营地位于海拔 19500 英尺（约 5944 米）的冰瀑顶部，沿途我们休息了几次，顺便带上之前训练时留下的登山工具。

1 号营地位于冰瀑形成后的第一个冰原，它由一小群集中的帐篷组成。这里风光极美，抬头可以看到 2000 英尺（约 610 米）外的昆布冰川河谷，绵延到壮观的洛子峰脚下。我的左侧是珠峰西南山坡，右侧是陡峭的努子峰岩壁。从 1 号营地我们还无法看到珠峰峰顶，因为高大的西侧山脊挡住了我们的视线。

从 1 号营地开始，我们要沿着冰川谷底向上攀登，这一段路程多为雪地，其中暗藏着很多危险的冰裂缝。我走在这长达两英里的冰蚀地面上，周围是连绵不断的珠峰山脊、洛子峰、努子峰还有其他珠峰山脉此起彼伏，高达数千英尺，直冲云霄。

这段冰谷名叫西库姆冰斗（“库姆”是威尔士语，意思是山谷）。这里还有个更被人熟知的、能让人立刻产生联想的名字——寂静谷，因为这里没有风声，非常安静。这里你唯一能听到的声音就是自己的呼吸声，它能让你思绪平静，专注于前方的征途，直到来自努子峰、洛子峰、珠峰的雪崩轰鸣，打破这片宁静。昆布冰川正是在一次次雪崩后慢慢形成的。

通常来说，一次雪崩会夹带10万吨冰雪以200英里（约322千米）的时速倾泻而下，这是大自然最致命、最具破坏力的灾害之一。相当高比例的殉难登山者都是死于珠峰的雪崩之下。

登山者面临的另一大危险就是脚下暗藏的冰裂缝，这些冰裂缝是冰川中深深的冰隙，由于常年风雪堆积，它的上面有一座座冰桥覆盖。如果登山者不小心从冰桥上掉进了冰隙，他很有可能被掉下来的冰雪砸死；如果他走运没有被冰雪砸死，那他所掉下去的位置是一个光线昏暗温度更低的世界。他的体温会迅速降低，血液将从手和脚流向更重要的器官（比如大脑、心脏和肺部），也就是说他的手脚已无法使他独自爬出冰裂缝，从而必须等待救援。如果没有救援，在这样的极寒中，这位不幸的登山者将在几个小时内死去。

我们进入寂静谷后的前一段路途，需要一个接一个地被捆绑在同一条绳索上，这也是唯一一段需要把大家连接在一起的旅途。如果有人掉入冰隙，绳索上的其他队员可以牵住他/她，防止他/她跌入太深，同时也更便于救援。

夏尔巴先遣队在穿越这片地区时遇到了危险，所以安迪决定我们要用绳索绑在一起走。因为他们都是独自穿越，阿旺丹增不小心掉入了冰裂缝，幸运的是阿旺落在了一处不够深的冰台阶上，救援人员及时将他救出才避免他被冻死在里面。

在珠峰上没有冰裂缝的地带，如果要用绳索绑在一起走，那完全是出于别的目的。攀登那些高海拔地区不能让大家连在一起，如果3到4人组成一个捆绑的小队，队员们在力量上是无法救助掉落下去的队友的，相反，落下去的那个人很可能拖累整个小队。所以通常情况下，我们会将安全绳用锚栓固定在山体上，或者采取更费时间的方法，那就是由领头的登山者将自己拴在固定锚栓上，再拖拽后面的队友。

1953年珠峰探险时，埃德蒙·希拉里和丹增·诺尔盖还不认识彼此，但在攀登昆布冰瀑时，他们俩之间有了一次特殊的交集。希拉里穿越一处隐蔽的雪桥时掉入了冰裂缝，诺尔盖用传统的安全高山救援方法营救了希拉里，从此希拉里将诺尔盖视为救命恩人，对他十分感激。

穿越西库姆冰斗还有一个特点，那就是气温的变化。正午阳光下，气温可以达到90度，夜晚温度会降到零下40度。日出后攀登就如同在烤箱里，阳光从努子峰和珠峰山体反射进冰川的雪地里，形成一个太阳灶，一旦云层遮住太阳，温度能在数分钟内骤降50度。

在西库姆冰斗内，刚过西坡山脊，我第一次看到了珠峰峰顶，但那据我还有8000英尺（约2438米）。我停下来，久久地凝视着它，然后拍了几张照片。那就是顶峰了，那就是我梦寐以求的地方，这感觉就像看到了月球。

寂静谷尽头，便是一处陡峭的冰壁，这就是著名的洛子峰冰壁。

2 号营地就位于海拔 21300 英尺（约 6492 米）的洛子峰冰壁脚下，这里是一处石堆（叫作冰川堆石），形成于冰川运动期间。2 号营地内有厨房帐篷、大帐篷和小的睡觉帐篷。

5 月 6 日中午时分，我到达了 2 号营地。从大本营到 2 号营地是个漫长的过程，这对体力要求也极大，我已经精疲力尽，身体和精神上都是。我想立刻脱掉鞋子躺进自己的帐篷。我躺了整整 20 分钟，然后才开始考虑休整的事，还有前方迎接我的挑战。

2 号营地的位置有天然的屏障远离大风，在海平面 21300 英尺处，没有比这里更舒适的地方了。5 月 7 日在 2 号营地，我们的主要任务就是吃、喝、休息、准备。这一切都是为了向顶峰攀登而做好充足的精神、身体的准备。

有人说，如果你不能享受通往目标的旅途，那这个目标就不值得去努力实现。我一直都很享受这个过程，直到在纳姆泽病倒后，我就不怎么享受了。经过这么长时间的煎熬，登上这座世界最高峰对我来说已经不那么有吸引力了。不过我还是继续坚持着，身体恢复后继续攀登，但那只不过是想快点结束这一切。

这些天我经常想起桑迪，我会反复阅读桑迪的来信，最主要的是因为我想回家了。回家的日子已经不远了，这一切快结束了，我想说出那一句在过去 28 年婚姻中我说过无数遍的话，那就是“我回来了”。我想念桑迪，想念我们平常的生活，我们在一起很快乐，我有喜欢的工作和幸福的家庭，我想要来一杯香浓的咖啡配一个百吉饼。我这辈子再也不想喝酥油茶了，再也不想吃燕麦了。不不不，我得修正我这个想法，起码得等到这一切都结束后。现在我要尽可能多地吃这些东西、喝这些茶，因为它们都是能量。我的油箱需要加满油。然后，永远不再碰这些东西。

白天在营地，我们会讨论好几次风雪的情况。2 号营地不太能感受到外面的风雪，但我们关心的正是珠峰山顶处的风雪情况。2 号营地是唯一一处能够观察到南峰和希拉里台阶之间山脊的位置。从 2 号营地，我们能够听到那里的声音——如果一切顺利的话，两天以后我们就会抵达那个位置。所以，不久后我们将在 2 号营地做出一个最重要的决定。

我们严肃地讨论着登山时间安排，之前从来没有像这样重视这一问题。过去的一个月里，每到傍晚时分，高海拔地区的风就开始咆哮。珠穆朗玛峰不仅是地球上海拔最高的山峰，她也是唯一一座高度进入地球上空喷流层[1]的山峰。在喷流的作用下，人类根本无法攀登珠穆朗玛峰，每年只有短暂的一段时间适合攀登，那时由于受亚洲季风的影响，喷流会移动到喜马拉雅山脉北部，这就是所谓“天气窗口期”。

这个窗口期会在我们冲顶时开放吗？如果是，有哪些表现呢？我们如何能准确判断？从历史记录来看，窗口期相当短暂，在过去的 5 到 10 年里，窗口期平均长度只有 3 天。今年窗口期也许要到月末

[1] 译者注：喷流，是围绕地球的一条强而窄的高速气流带，集中在对流层顶或平流层，在中高纬西风带内或在低纬度地区都可能出现的偏西风。其水平长度达上万公里，宽度达数百公里，厚度达数公里。中心风速有时可达每小时 200 至 300 公里，而且可以有一个或多个风速极大的中心，具有强大的水平切变和垂直切变。

才可能到来，这并不是天气预报的结果，而是根据经验的推断。判断天气变化的情况是一项特殊技能，而罗布在这一点上比其他任何一个领队都有经验。不过，这窗口期的开放到底有没有任何迹象呢？

罗布说如果早晨的风速和下午一样强，那我们就无法继续攀登了。但是即便早上看起来风平浪静，难道这就能说明窗口期到来了吗？毕竟，下午的天气情况才是最重要的，而不是早上的天气如何。

罗布总是信心满满，我并不太担心他的决定，作为领队，我们相信他的经验和技能。我认为该来的总会来吧。我觉得没有必要太急躁，我们可以等待，我也以为我们将会等待窗口期的到来。

高海拔攀登最重要的一点就是耐心，这不仅是一项必要能力，更是一项关键素质。如果由于上方风速原因导致人员滞留在 2 号营地，我觉得没什么问题，尽管这里位于海拔 21300 英尺（约 6492 米），但营地位置相对舒适，我的身体也一切正常，吃得好睡得好。这里是我们在登顶前最后一处能摄入并消化固体食物的地方，所以对我来说，能有足够的时间休息、摄食，等待云淡风轻的到来也很好。我从来没有想过 5 月 10 日是个不可变更的日子，我们有足够的时间和食物来等待正确的时间。

在帐篷内休息时，我想到了乔恩·克拉考尔，他在队伍中的目的之一就是报道探险过程中发生的事，同时他对事件的报道又会影响事件本身。乔恩在队伍中有一个风险隐患，他的报道影响了队员间的诚实互信，阻碍了罗布获取信息的渠道，造成他缺乏有效领导和决策需要的反馈意见。队员们对乔恩如何报道自己的不同意见或看法都心存疑虑。

乔恩的存在有个最大的风险，那就是他会给其他人的行为造成压力，包括领队和队友。对于罗布来说，他的压力在于要让尽可能多的队员登上顶峰。众所周知，人一旦被曝露于媒体聚光灯下，他的行为举止就会不自然。作为领队的罗布，和其他队员一样，都需要突破自我，以便适应更大的风险，超越体能的极限。乔恩在《户外》杂志社上发表的文章很大程度上会影响罗布的事业，给他带来更多的收入和更高的人气。其他登山者无法从乔恩的报道中获益，但他们的一举一动，他们在全球读者眼中的形象，完全掌握在乔恩不受约束的言论之中。毫无疑问，乔恩的存在对每个人都有影响，而这种情况，在攀登珠峰这场赌博上，似乎赌注下得有点大。

让乔恩加入探险队完全是个错误的决定。对乔恩来说，这只是他的工作，我们也无法埋怨乔恩。他只是靠自己的写作技巧获取收入，撰写一个吸引读者眼球的登山故事。乔恩来这里是为了自己的职业发展，在罗布看来，也是为了他的职业发展。

此外，我还想到了过去几周内领队团队的表现，之前我对他们是否能有效配合表示过担忧。作为一个小团队，他们是全新的组合，毫无合作经验。而在这样极端的环境下，他们的领导力对登顶成功起着至关重要的作用。

麦克和安迪都是能力极强的登山者，这几周里他们表现不俗，但说到领队能力，多数还是罗布在主导。整个队伍的计划制订和决策制定中，罗布并没有让麦克和安迪参与过多，至少从表面上看是这样的。大多数时候都是罗布在带领队伍，所以从中并不能看出麦克或安迪的弱点。高海拔地区，尤其是死亡区（Death Zone），对领导力和决策力的要求相当高，我们需要的不是只有一个人的团队。到那时罗布会下放权力吗？麦克和安迪能分担罗布的压力吗？如果罗布不在场，他俩能临危受命吗？

我们这支由领队和登山者组成的团队，在冲顶日之前从未经受过严峻挫折的考验。在真正困难来临时，没人知道我们到底是个什么样的团队。这就好比在人生历程中，如果没有遇到过极大的困境，你无法了解自己或者这个组织的实力。罗布能做到吗？我们能做到吗？我能做到吗？

我们大家唯一讨论的队友是道格，他的健康出了问题，这几天脸色很难看，而且也不如以往健谈，因为咽喉炎说话也费劲。在大本营的某一天晚上，道格说："我的探险之旅结束了。"我之所以记得这个，是因为那一天他把我在纳姆泽时借给他买古董冰镐的钱还给了我。我们大家都有过身体不适的时候，也从不隐瞒这些状况。道格对我们也很坦白，包括他的休息和恢复情况，尽管他已找回自信，也在继续努力，但还是没能像其他人一样顺利适应各个海拔高度。现在我们在向着更极端的环境挑战，而他的健康问题将是个棘手的问题。

5 月 6 日离开大本营时，健康出现问题的还有安格·道吉，他的牙齿一直隐隐作痛，这看起来好像是个小事，但其实是个安全隐患，因为安格是夏尔巴向导的领队。冲顶日所需的物资全部依赖夏尔巴人，他们的效率不容任何闪失。

CHAPTER 14

洛子峰

5 月 8 日早，我坐在帐篷旁边的冰川堆石上穿上冰爪，开始向一处平坦地带走去，那里是一片通往冰川的雪地。时间大概是早上 7 点多，我很高兴终于可以出发了，由于罗布需要最后确认天气情况，因此原计划出发的时间从 6 点推迟到了现在。

罗布确定出发时间为早上 7 点。我不知道他是否与那些在同一天攀登的队伍交流过。2 号营地内另一支探险队的夏尔巴向导认为此刻山上风太大，登山队需要等待强风过去。但是，我们出发了，判断天气是罗布的专长，这是他作为领队给出的决定。我相信罗布，因为我们是有回旋余地的。如果事实证明出发时间不对，我们还是可以灵活机动的。

在等罗布做决定期间，我选择在营地旁穿上冰爪，而不是像其他人一样到下方雪地时再穿。这就意味着我需要穿着带有12个2英尺(约0.6米)长铁钉的鞋子走下岩石堆，虽然有点磕磕绊绊，但这样我就不会是最后一个从冰川积雪地带出发的人。每次出发我都是最后一个，因为我需要花很长的时间穿上冰爪。其他人的冰爪都是一脚蹬的，而我那13号[1]的大脚没有办法穿上“一脚蹬”的冰爪，所以只能用老式的皮带绑扎式的冰爪。虽然穿起来麻烦，但我还是喜欢这种冰爪，因为它从来没有脱落过，否则你不知道它会在何时何地脱落，那样可能非常危险。

我既兴奋又焦虑，经过近六周的时间，我们终于踏上了冲顶的征程。一旦我们决定离开2号营地，后面的道路就是一条不停歇的旅途，3号和最高营地只会是我们在通往世界之巅途中短暂的停留之地。

据我推算，一旦出发，我们将连续行走至少59小时，中间也许能小憩一会儿，稍微吃一点固体食物。

缺乏睡眠和营养，进一步增加了登山的难度。尽管我的肠胃已能勉强消化固体食物，但我却无法依靠食物支撑身体。在缺氧环境下，我的身体需要垂直爬升至7800英尺（约2377米），我的每个细胞都在饥渴地呼吸氧气。此外，曾经登过珠峰的人告诉我，山上没有任何地方可以坐下来让你休息一会儿。如果你实在想休息，那就只能在你停下来大口喘气的时候休息片刻。

如果中途出现什么问题不能继续前进，我们可以在2号营地上方短暂停留，待条件允许后继续攀登；或者返回2号营地等待时机再

[1] 编者注：相当于中国的47.5号。

洛子峰壁

次尝试。这种情况很常见，我们也有所准备，无论时间还是物资都很充沛。但我们没有讨论过这种可能性，因为罗布总是信心满满。他说，我们的目的和首要任务就是培养耐心，争取一次性登顶成功，尽量避免二次尝试浪费体力和物力。

5 月 8 日早上是一个重大时刻，我紧张不已。不过我知道一旦踏上冰川开始有节奏的前进，我就能恢复正常，呼吸一口前进一步，有条不紊循序渐进，无论我有多精疲力尽，一旦恢复这个节奏，我就能够一直向前。对我来说，这样有规律的节奏能够保证效率，同时增强我的愉悦感。愉悦感？这个词用来描述海拔 22000 英尺（约 6706 米）处的感受似乎不太恰当，我前进的目的地可是珠穆朗玛峰上的"死亡地带"。事实上，自从 3 月份达到尼泊尔后，我没有体会到哪怕一时一刻的愉悦感。

接下来的 59 小时也将充满痛苦、挣扎、坚持。从 2 号营地出发那一小时开始，到从顶峰返回最高营地那一小时为止，我给这段旅途取了个名字叫"59 小时的征途"。我也可以叫它"60 小时的征途"，但好像 59 听起来更符合长征的感觉。

出发后，我们的第一个目标就是抵达洛子峰脚下。过去的几天或者一周的时间，我觉得身体和精神上都很轻松，登山条件也不错，温度正常也没有风，不过那样的情况也许是因为 2 号营地地理位置远离风雪。当天，我们的最后一个目的地是海拔 24000 英尺（约 7315 米）处的 3 号营地，这里是洛子峰的半山腰。前期适应性阶段训练时，我们曾两次到达过 3 号营地，根据以往的经验，这一段路程将会非常艰难。

在珠穆朗玛峰上，海拔越高，困难越多，而且难度越来越大。洛子峰高达 4000 英尺（约 1219 米），它的岩壁是陡峭且光滑的冰面，这一段是最难攀登的部分之一。

攀登这一段山体，精神和身体都会面临诸多挑战。我需要保持冷静，我不想去思考、分析和担忧某个困难，我只想一步一个脚印，有效地分配我的体能。鉴于这个想法，我在攀登洛子峰陡峭岩壁前做了特别的思想准备。

为了让内心强大，我必须先提高自信心，于是 6 个月前，我来到秘鲁攀登了一座名为阿尔帕玛尤（Alpamayo）的山峰。阿尔帕玛尤山海拔够高、冰面更陡峭。那次尝试很顺利，所以我觉得拿下洛子峰不在话下。那次实践很重要，因为如果我在洛子峰上出了什么错，那我可能就会跌落到一英里（约 1600 米）外。

通过东南山脊路线攀登珠峰必经的一站就是洛子峰。通常人们提到洛子峰，感觉它是珠穆朗玛山的一部分，但实际上并不是。洛子峰是珠峰的近邻，是地球上第四高峰，海拔 27940 英尺（约 8516 米）。如果要到达珠峰峰顶，必须穿越大半个洛子峰。

洛子峰离我们越来越近，我终于能看清它光秃秃亮闪闪的冰岩面，在阳光照耀下，反射着刺眼的光芒。山上几乎没有积雪，因为多发的雪崩和强劲的大风带走了大部分松散的积雪。3 号营地就位于洛子峰的半山腰，海拔 24000 英尺（约 7215 米）。

离开 2 号营地之后的第一处挑战就是从冰谷平地踏上洛子峰。

洛子峰山体上覆盖着冰川，山脚处冰川从山体上剥离断裂落在冰谷平地上。这处断裂地带是洛子峰和西库姆冰斗（冰谷平地）的分界线，叫作冰川边缘裂隙。我们首先要穿过这个裂隙地带。

任何一座山峰上的冰川边缘裂隙都是天然的屏障。而这一段垂直高度为 50 英尺（约 15 米）的“伸缩缝”（登山者给裂隙取的名字）之所以更困难，是因为我们所处的海拔是 22000 英尺（约 6706 米），这里就没有简单的事。

跨过裂隙后，我在固定绳索上装好“鸠玛尔式”上升器和安全扣准备攀登。上升器是一种手握式机械装置，一头连接我身上安全带的吊扣，另一头连接固定绳索。向上运动时，上升器可以在绳索上轻松移动；如果上升器与绳索反向运动，内部偏心装置的棘轮在加紧力的作用下会使运动停止。也就是说如果登山者不小心从高处滑下，上升器内的棘轮会锁死绳索从而防止登山者坠落。安全扣（用弹簧控制关合的 D 型卡扣）连接安全带上的另一个吊扣和固定绳索。这就是我们的安全保护系统，如果登山者坠落时上升器未起作用，或者在通过固定绳索铆接处未能锁死，备用安全扣上的绳索可以在登山者掉落到下一处铆接头时拉住登山者，防止事故发生。

在某些高海拔开放区，安装固定安全绳索是很常见的做法。历史上第一批登山者就已经使用固定绳索攀登洛子峰。固定绳索顾名思义就是固定于山体上的绳索，通常它会被留在原地，帮助登山者更有效的攀登，且有助于防止上山下山的登山者在某些困难区域过度集中。使用固定绳索比起其他防护措施来说也更省时有效。

登山者并不是沿着固定绳索在攀登，或者说登山者不是拉着绳索在攀登。固定绳索的作用并不是帮助缺乏技巧和能力的登山人，如同其他登山工具一样，它只是一套防止坠落的备用安全系统。

真正有效的登山方法，也是我努力坚持的做法，就是靠自己的实力攀登，就当安全绳不存在。如果你能集中注意力攀登，且能忽略安全绳的存在，登山效率更高，而且也更节省体力。这样的心态也能防止固定绳形成错误的安全暗示。

固定安全绳索的任务通常由所有登山队伍共同完成，或者由第一支出发的探险队安装。1996 年，洛子峰上安全绳的固定工作由 3 支探险队一同完成。

真正的攀登者认为最厉害的登山者是最注重安全性的人。不过在登山圈子里某些讲究精英能力的人也常常对固定绳索不屑一顾，暗示寻求安全措施在某种程度上来说是怯懦的表现。所有人都有权利选择是否使用固定绳索来保证安全，在我看来这是明智的做法，更重要的是，在昆布冰瀑、洛子峰还有其他珠峰山脉地区，我看到几乎所有的登山者都在使用固定绳索。

在洛子峰上通往 3 号营地的途中，我们碰到了 Imax 探险队的成员。他们的领队是受人尊重的珠峰名将大卫・布里谢斯（David Breashears）和埃德・维耶斯图。他们正在从 3 号营地前往 2 号营地。据之前探险队领队会议协商的方案，Imax 探险队冲顶日期在我们之前。不过现在他们却在向下走。

在交叉道路上与其他登山者相遇是件棘手的事。我们要在同一条固定绳索上交叉侧身通过，我的全部精力和身体活动都聚焦在这些危险的动作上。我完全顾不上思考他们为什么下山，他们下山对我们来说意味着什么。我所有的关注点都在安全通过固定绳索交叉点上。

安全绳是系在锚栓上的，每隔一段距离就有一个锚栓固定在山体上，一段绳索和锚栓形成一个独立的安全系统。登山者遇到每个锚栓时，需要将上升器摘下后安装到后一段绳索上。这个动作非常危险，所以要先移动安全锁扣，再移动上升器。

安全绳上可以同时固定几个登山者，但每个登山者之间必须间隔一个锚栓的距离。但有时也会出现特殊情况，我们和 Imax 探险队遭遇时就发生了这样的事：同一条安全绳上既有人上山又有人下山。这时需要登山者将注意力集中到每个细节，尤其是在陡峭的冰坡面上。为了安全起见，上山的人通常需要停下来等下山的人调换安全扣和上升器，然后再各自前行。这种地方我不敢掉以任何轻心，因为相遇的两个登山者之间如果交流困难很容易犯致命错误。

突然，有个上升器从山上滚落下来，差点砸到我。如果砸到下面任何一个人的头上，他估计会立刻丧命。这是上方某个登山者掉落的，这再一次提醒所有人要万分小心。

大卫·布里谢斯和埃德·维耶斯图在海拔 24000 英尺（约 7315 米）的 3 号营地观察点密切关注着山顶处的风向。5 月 7 日晚，3 号营地 Imax 队员们的帐篷被强劲的阵风吹得呼呼作响。阵风间歇，大卫和埃德听到山上狂风乱作，风声如大货车的轰鸣。显然，5 月 8 日日出前，也就是罗布从 2 号营地观察点做决定时，在罗布有限的视野范围内，强风移走了。

但是大卫和埃德所在的 3 号营地有更好的视野，那里能看到

3000英尺(约914米)以上的东南脊全貌。他们能听到狂风拍打着山脊，也能看到被风卷起的山顶上的积雪烟尘。有经验的珠峰探险家能通过扬起的尘雪长度判断风速的大小。

Imax 探险队的领队决定放弃 5 月 9 日冲顶的原计划。他们认为窗口期还未到来，山上风速太大，不能保证安全登山，于是他们决定下山等待天气转稳。

罗布和一些夏尔巴向导 8 日早在 2 号营地观察点时也把握不准天气情况，因为那个观察点的视野非常有限。不过罗布还是做了比较乐观的决定。

大本营、1 号营地和 2 号营地海拔处的天气情况完全无法代表南山口及以上海拔的天气情况，这一点我们都很清楚，因为低海拔营地有周围洛子峰和努子峰山体的庇护，而珠峰峰顶附近不仅没有遮挡，而且这个海拔也接近喷流常年活动的高度，即海拔 29000 英尺（约 8839 米）。珠峰以上三分之一的范围会直接受喷流影响，而下方三分之二则影响较小。也就是说我们在 2 号营地以及 2 号到 3 号营地间感受到的天气并不足以判断顶峰处的天气状况。

碰面的时候，大卫和埃德向罗布说明了他们放弃冲顶的原因，罗布有了新的一手信息来重新评估之前的决定。

他的决定是：继续向 3 号营地进发。

快到 3 号营地时，我终于碰到了费希尔探险队的队员们，这是过去六周以来我第一次也是唯一一次碰上他们队的成员。我们队伍里只有几个人认识费希尔团队的人，之前我看到前方有其他登山者，直到有认识的人告诉我说他们是费希尔队伍的人我才知道。5月8日前，我除了见过费希尔，没有见过他们队伍里的其他人。不过在洛子峰上，我们中的一些人意外地遇见了费希尔的人，我们愉快地交谈，我还帮他们拍了些照片。交谈中，谁也没有提过我们要在同一天冲顶，看起来他们也觉得这件事“无所谓”。

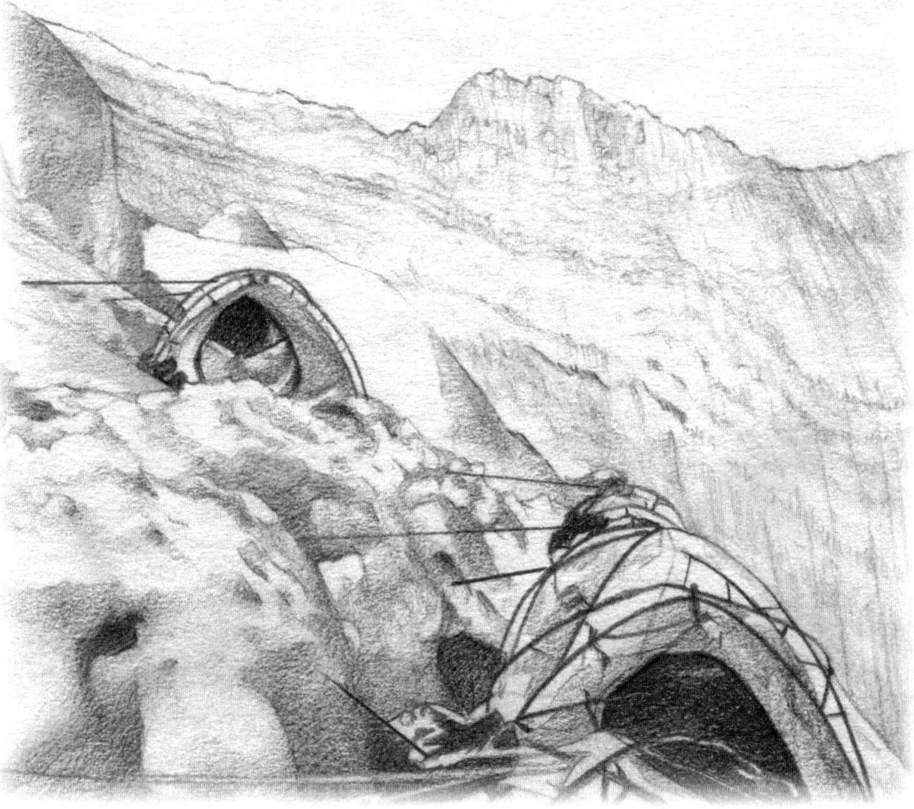

3 号营地冰架

CHAPTER 15

煎熬

洛子峰长达 4000 英尺（约 1219 米）的陡峭冰坡上，完全没有平地可以安营扎寨，所以我们只能在冰层上挖出一小片营地，刚刚够塞下我们的帐篷。这个狭窄的冰棚小得我只能扒开冰层，蜷起身爬进去。我时刻提醒着自己走出帐篷很危险，很容易掉下万丈深渊。如果我要去其他帐篷，我需要穿上安全护具挂上安全绳，否则，一瞬间就会回到 2000 英尺（约 610 米）以下的寂静谷冰川上。越是极端环境不稳定因素越多。

在这个海拔高度，一切的挑战、所有的困难（以及高山登山需要的素质）等，全部集中表现了出来。这就是一个痛苦煎熬的过程，只有煎熬，如同一个病人默默与病魔抗争。

然而，我们的任务还没有结束，它是如此简单：继续向上攀登。

如果没有能量，“继续向上”是不可能的。抵达3号营地时，我已经精疲力尽，我记得自己从来没有如此虚弱过，甚至比向3号营地出发前一周还虚弱。这种状况有点出乎意料，因为登山前我休息得很好，也特别注意饮食和营养补充，体力应该恢复得不错。也许这只是某一天不在状态吧。

那种状态已经过去了，前路漫漫，我需要利用在3号营地内的有限时间恢复体能。

体能和力量的来源是水分+营养+休息。水分是这个能量方程中最容易获取的一部分：我只要坚持喝足够的水就可以。幸好我的身体在如此特殊的海拔地区还能正常摄入水分。我的计划是每天至少喝7—8升水。3号营地的锅炉满负荷工作，融化冰雪供我们饮用，而我就负责尽可能多地喝水。

营养和休息就不那么容易保证了。我的消化系统已经很久不能正常工作了，其他人也或多或少有些问题。海拔22000英尺（约6706米）以上，身体不仅出现厌食症状，连固体食物都不能正常地消化。从有经验的高山攀登者和耐力运动员那里得知在做极限攀登时，营养是否充足影响巨大。技巧、经验、坚强的意志、克服困难的勇气都是成功的必要因素，但如果身体没有足够的营养支撑，这些便完全无用武之地了。

我无法强迫自己睡着，但可以强迫自己进食，这就是我在3号营地主要做的事情。我不停地吃、喝、睡，积极调整状态。那些一路过来的艰辛和伤痛，必须尽快抛诸脑后。恢复体能才是关键。热汤、冷罐头肉、咸饼干、奶酪、巧克力和冷燕麦，能吃多少就吃多少。我盯着这些食物，内心有个憎恨的声音在呼喊，可还是硬把它们塞进嘴里。我不确定身体是否能消化得了，但我总得将它们吃进去试试。热汤是我的最爱，也是最容易下咽的食物。

继续前进所需的最后一个要素就是睡眠。在山上睡一个好觉几乎是不可能的，或者说睡一觉也是不可能的。在 3 号营地，我彻夜难眠甚至连打个盹都没有。我的睡眠只能被形容为“休息”。通常在长距离和条件艰苦的登山过程中，我最担心的就是缺乏睡眠。不过很多年前我的医生告诉我就算是躺在那儿“休息”，也可以在很大程度上帮助身体恢复力量。

谁又会想到 5 月 8 日以后的四个日日夜夜，我再也没睡过觉，也没有“休息”过。如果我知道那场梦魇般的旅程，我此刻肯定开开心心地打包回家。

为什么人们想要攀登珠穆朗玛峰?

除了吃喝睡，大家没有时间和精力做其他事，没有交流也听不到笑话。人人都很安静，连贝克都一声不吭。在 3 号营地，只有登顶这一件事。我心里只想着快点结束这一切，我的士气低落，曾经攀登喜马拉雅山的雄心壮志渐渐离我而去。太煎熬了，太痛苦了。几乎所有人都告诉过我第一次登珠峰就是那种感觉，可那时并没有真切的感受。

士气低落时，优秀登山者过人的技巧和素质也起不了什么作用。

真正的挑战是要忍受一刻不停的寒风、低温、缺乏睡眠、缺乏像样的食物（我已经有五六个星期没有好好吃过饭了）、不停拍打着的帐篷，还有不时掉落的大块冰石。如果能有片刻的安静，如果能暂时忘却恶劣的环境，还有能正常地吸一口气，让我付出什么代价我都愿意。

躺在睡袋里，我不停地在想我有多讨厌周围的环境。我恨这冰冷的环境、我讨厌冰雪、我讨厌冻硬的靴子、我讨厌燕麦、我讨厌冰镐、我讨厌在罐子里尿尿还要将尿壶拿回睡袋防止它冻上。我讨厌我的T恤、我讨厌开裂的嘴唇和手指、我讨厌冷燕麦。我讨厌风、我厌恶头疼、我讨厌彻夜难眠、我讨厌呼吸困难、我很讨厌很讨厌风声。我讨厌燕麦、我讨厌黑夜。到底还要忍耐多久？我想回家。我极其痛恨这风声。

就是讨厌。

我不知道还能用什么形容词来描述我的感受。

“既然你感觉这么痛苦，为什么还要做这些事？既然你每天都想放弃，为什么还要继续坚持？为什么你要把自己置于如此艰难和痛苦的环境中，先不说有多危险，难道就为了站在顶峰的那一刻？做这些总得有个理由吧？必须得有个理由啊。我知道所有这些都是有缘由的，是吗？是的。”

我在内心自问自答。有人问我同样问题的时候，我有个标准（模棱两可）的答案：“经历一个属于自己的故事……就是亲身经历，之类的等等。”

不过现在发问的人是我自己，不是别人。在一个温暖的夏日夜晚坐在海边小船的甲板上，喝着啤酒随便给别人一个模棱两可的答案是一回事，钻在海拔 24000 英尺（约 7315 米）的一个小冰棚内，等着狂风随时把我吹走、想着前路漫漫，甚至对前路一无所知，要给自己一个答案，那就是另一回事了。我那个标准答案一点都没有说服力。如果说是为了“经历一个属于自己的故事”，那我已经经历了人生中最珍贵的故事。

我知道自己没有必要来受罪，我甚至都不再喜欢这样的冒险，那里又不是从未被踏足的处女地，我去了也发现不了诺亚方舟。地球也不会因为我站在了顶峰而停止转动。登不登顶无所谓。

谁能真正想明白我们为什么要做那些我们正在做的事？

是不是去做那些做不做都无所谓的事，才让我们觉得自己有完全自主的选择权——难道这才是背后的原因？

还是为了探究冲顶日垂直上下的过程中有什么特殊的不同之处？

或者是为了寻找我的命运所在必须要付出巨大的艰辛？

如果这些理由都说不通，那也许是因为 5 月 8 日晚在海拔 24000 英尺（约 7315 米）处，我的脑子由于过度疲惫和饥饿，已经无法想到更好的答案了。我仿佛能感觉到大脑在缩水。

事实是，一旦开始做一件重要的事，如果没有非常正当的理由，比如说安全原因，我是不能放弃的。如果我认为自己继续攀登就是个傻子，这个理由不够充分。我低估了珠穆朗玛峰的难度，早知如此，当初肯定不会来这里。不过既然在这里了，比站到顶峰更重要的事就是我没有因为困难而放弃。桑迪希望我能亲口讲述这段经历，但如果这是一段半途而废的故事，别说我从未有过这样的经历，就算有我也不会愿意说的。

现在是 59 小时倒数计时煎熬中的第 12 个小时，一切都会过去的，还有 47 小时。我会见到终点的——如果我可以做到。而且我也一定能见到终点的（希望如此）——因为我不曾放弃。

进入死亡区

CHAPTER 16

缓慢死亡

5月9日早，离我帐篷不远处的一个冰棚里，陈玉男从他的帐篷里爬出来解手。因为没有把握好平衡，他在冰面上滑了一下，从洛子峰上跌落下去。陈是一名36岁的钢结构施工工人，也是台湾探险队的成员之一。他滑倒的时候既没有穿冰爪，也没有挂安全绳。他没有掉进下方的冰裂隙，情况看起来还可以，不过也许坠落过程中受了内伤，后来人们在下方安全绳上发现了他的尸体。

登山与其他运动不同之处就是你会为一个小错误付出巨大的代价。而最常犯的错误就是一瞬间的走神。陈玉男为此付出了最昂贵的代价。

那天早上晚些时候，罗布把头探进我的帐篷说："可以出发了。"我想都没想天气窗口期的问题，只想着"走吧"。我爬出帐篷准备出发时天空晴朗，风也不大。

我注重准备工作中的每个环节：套上一体裤、穿上安全护具、准备好登山工具、穿上冰爪，反复检查每个细节。所有的准备工作都要百分之百正确，不允许有任何差错。登山者往往为自己事无巨细的能力而自豪；确实，登山运动，细节致胜。

我觉得自己昨晚没有睡着，但感觉还不错，所以我想应该得到足够休息了。人体的恢复功能还是奏效了。我已经迫不及待踏上新的征途，恢复我的登山节奏。"昨天，我前进的动力遭遇到了很多挑战，这一天过得很差。今天是全新的一天，我可以做到的。"我一边在安全绳上装好上升器，一边默默跟自己对话，然后踏出了第一步。

我们沿着洛子峰一路直上，越到高处攀登难度越大，困难程度成倍增长，比如 20000 英尺处的难度比 15000 英尺处大两倍，25000 英尺处的难度比 20000 英尺处大两倍。我不确定这是不是准确，但至少我的感觉是这样。

到达海拔 25000 英尺后，我们已经越过了洛子峰踏上一段名叫"黄色地带"的石灰岩地带。从珠峰和洛子峰的照片上能看出，这一地带非常特殊，也极其危险，因为这里是石灰岩堆，因为我们脚上穿着冰爪，每一步都要小心试探脚下的石头是否稳固。否则在这个海拔哪怕只是扭伤脚踝都会产生致命的后果。

我一直期待着赶紧结束洛子峰之旅，比起攀登垂直陡峭的冰面来说后面的路也许会容易些。没想到后面这一段路程一样艰难，而我们连喘息的时间都没有。

每个人对无法规律休息的接受程度不尽相同。我以往登山和耐力训练时，哪怕“一直在路上”，有规律和有计划地摄入食物和水分都是我的首要任务。对我来说，仅仅在营地时才吃喝是不行的。

罗布常常提醒我们他的存在是为了给我们提供专业的珠峰攀登知识，以及后勤保障，而攀登的事只能靠我们自己。整个探险过程我们要对自己全权负责，比如何时补充食物完全取决于我们自己。登山者全身心投入，不停前进最后倒在山顶的事并不少见。优秀的登山者了解自己的身体何时需要“加油”，何时需要停下来补充食物和水分。

每个登山者需要在规定的时间内自己决定登山的节奏和进度。节奏很关键，有人说有速度才能保证安全性，但这么说有点太笼统了。攀登一座高峰就像一段长征，你需要缓慢的，但是以平稳的速度前进，以便身体从疲劳中恢复，同时也保存足够的体能继续完成第二天、第三天以及以后的任务。登山不是冲刺跑，你不能用爆发力将体能耗尽，留着体能是因为某些时候比如天气突变或者风雪来袭，你需要随时跟上节奏，否则，就老老实实地让身体恢复力量。

我比较习惯和小团队一起登山，通常我们一起前进，一起休息和吃饭。不过在珠穆朗玛峰上，这种情况比较少见，我会根据身体的情况随时停下来补充能量，不过这个频率还是远远低于我实际需要的频率。那可能是我在前往 3 号营地前一天感觉不舒服的原因。

2 号营地往上还有个困难，那就是没有合适的地方可以坐下来休息一会儿，一处都没有。幸好我在黄色地带找到了一处可以停下来吃点东西的地方。我喝了点水，吃了一把 M&M 巧克力豆，还有一小片奶酪。

目前一切看似正常，没有什么可抱怨的，当然，除了我已经累得半死这件事。我的策略就是按部就班地一步一步向前走，任务和目标非常明确：海拔26000英尺的最高营地，登顶之前的最后一个营地。

大部分时候天气情况良好，天空晴朗，视野也比较清晰，就连风都似乎小了些。不过在洛子峰上，因为周围山体的保护我们感受不到最顶峰处风速的情况，所以我们并不能判断上方天气到底是什么情况。

正午时，前方的一名队友能看到顶峰的情况，他说南脊上积雪扬起来的烟尘看起来好像上面在狂风大作。

攀登高海拔山峰，最大的挑战通常都是强风。极寒的天气、冰雪、较差的能见度不会像强风一样，哪怕是晴空万里，都会让你寸步难行。这迎面而来的大风，目的就是要把你打垮，击碎你的意志，摧毁你的身心。攀登高峰，风永远不会在背后助你一臂之力。

后来我才知道，当我从3号营地帐篷里爬出来时，探险队曾犹豫过是否要继续攀登。费希尔探险队的副领队安那托利·布克瑞夫（Anatoli Boukreev），也是一名经验丰富的喜马拉雅登山者，他曾质疑费希尔对海拔8000米（距离3号营地以上2000英尺）处风速的判断。他对继续攀登的决定持保留意见，也曾与斯科特·费希尔和罗布·霍尔进行过讨论。不过罗布否定了他的质疑，而斯科特决定听罗布的。斯科特也是有经验的领队，但他在珠峰探险上经验不如罗布，所以他似乎唯罗布马首是瞻。罗布再一次与另一位资深探险家的意见背道而驰，而布克瑞夫，在两队人马中，除了罗布之外，也许就是喜马拉雅山脉登山者中最有经验的人了。

过了黄色地带后，我们要穿越一处名叫“日内瓦岭”的松散岩石地带，这是一处从南山口延伸过来在洛子峰垂直下方的裸露岩石。此线路上有前人留下的安全绳索，过了这里，通往南山口上的最高营地只剩最后一段路程了。

在很多人的印象里，那片区域还有个更恰当的名字——“死亡区”。之所以这么形容它，是因为一旦身处这样的环境，你的身体就在慢慢死去。你体内的细胞和身体组织因为寒冷和缺氧在一点一点死去。这种衰亡状态是一位名叫彼得·哈克特（Peter Hackett）的著名高山生理学医生首次提出的，他称其为“因饥饿、脱水、缺氧和暴晒造成的缓慢死亡”。我切身体会着他说的每一种症状，但唯独有一点他说得不太对，这个过程对我来说一点都不“缓慢”。

夏尔巴人说：“那里只有神灵居住，而非人类。”这一点，我完全赞同。然而，从另外一个角度来说，这个观点不完全准确，很多死去的登山者也居住在那儿。当年我的某些朋友和队友最后也留在了那里，而我也差一点长眠于此。

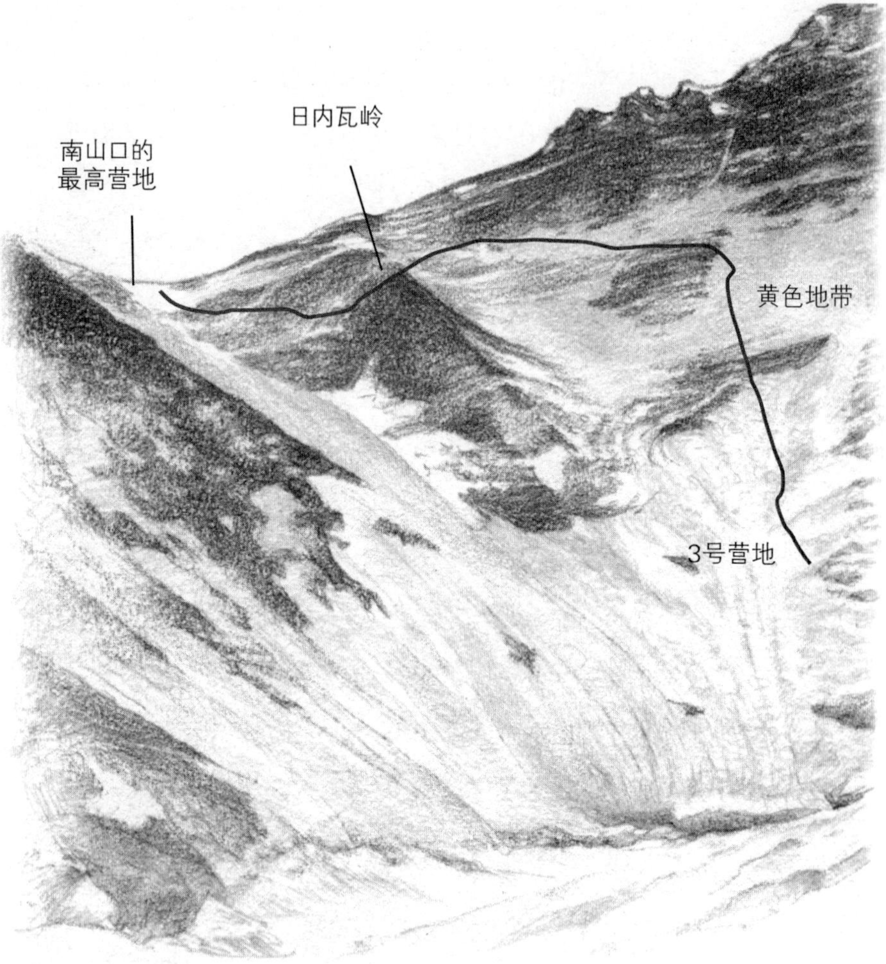

从洛子峰通往最高营地路线图

CHAPTER 17

南山口

过了日内瓦岭，我们就已经接近著名的南山口了。这里有位于海拔 26000 英尺（约 7925 米）的最高营地，也就是登顶之前我们最后的休息地。我读过无数篇关于南山口的报道，也看过很多这里的照片，当然我也无数次幻想过自己站在那里的情形。

南山口是珠峰和洛子峰之间的一片鞍状山口，它是由风雪、冰霜和碎石堆积的荒芜地带。它的东侧 7000 英尺（约 2134 米）以下是中国边境，西侧 4000 英尺（约 1219 米）以下接壤尼泊尔边境。

南山口是地球上最寒冷、最荒凉的地带，

如果没有特殊目的，你绝不想来到这样的地方，而 24 小时后的我，以为自己不可能活着走出这片区域。

我们通过日内瓦岭后，天气情况开始急转直下；当我们到达南山口时，狂风伴着大雪，能见度极差。实际上那段日子里，每天下午都会刮起大风，所以这样的天气变化也不奇怪。

我们已经接近喷流层，因为南山口是马鞍形的山口，所以这里成了一个天然风洞，从珠峰和洛子峰吹来的风因为漏斗效应变得更加猛烈。我们把这里叫作“营地”，但它根本不是遮风避雨之处。

不管能不能躲避暴风，只要到了营地我就感觉踏实了许多。我也不在乎能不能看到举世闻名的珠峰之巅，那是摄影师在乎的事。我只想坐下来休息一会儿，为接下来的活动做好准备。此刻能见度几乎为零，你根本看不清应该往哪个方向前进。

我们有几个人同时到达了南山口，但是狂风乱作下你根本听不见彼此的声音。突然，罗布出现了，他指了指营地帐篷的方向。后来我才知道，有人告诉你最高营地的位置是多么幸运。

我钻进了一顶帐篷——北面（North Face）牌的“喜马拉雅酒店”。里面已经有道格、贝克和安迪，他们各自划分了自己的区域，为了取暖我们通常都是 4 人共用一顶帐篷，于是他们同意让我进去，我分到了靠近帐篷门口的一小片空间。我脱下冰爪，把它和冰镐等工具放在了帐篷门外。

攀登死亡区是登山运动中公认的最危险的活动之一，因为在死亡区最大的问题就是你只能获取生存——或者说新陈代谢所需的最基本的氧气，来为身体产生热量。室外零下三四十度的低温并不是最大的威胁，失去体温才最可怕。

要产生体热，身体机能必须工作正常。从体温来看，我的状态还可以，我的身体是台热能发动机，我的穿衣习惯，以及适应热量流失的能力都表现正常。

极高海拔处身体的活动能力是必须保证的；如果因为某些原因，比如说受伤、生病、事故或者因为延误天黑后被困在户外，身体不能行动了，那将是致命的危险。如果只是因为疲劳而摔了一跤，或者在穿冰爪时跌倒（尽管很简单），或者扭伤了脚踝，你很可能无法活着下山。

设置最高营地的目的并不是为了让登山者在此处睡觉和就餐。这里更像是登山者在前往顶峰和返回时，临时休整的落脚点。因为在死亡区内身体体能退化极快，你不想也不能在这里过多停留。到达这个海拔高度，即便是在休息，你的身体退化的程度也比恢复要快。不过不做适当的休息和能量补充，你的体能恶化得更快。所以到最高营地的目的只是为了在继续前往顶峰前，休息几个小时（如此高海拔处你是不能够睡觉的）。

我感觉正常，没有特别好也没有特别差，甚至比到达 3 号营地前的状态还要好。这一点有些意外，因为我理解 3 号营地到最高营地的攀登对体能挑战更大。

登顶日的安排，是科学性、艺术性和自然性的融合。科学性是指周密的准备工作，包括身体上、精神上、设备、补给、登山技巧、登顶计划等。艺术性是指人的行为，包括他们做什么、不做什么、为什么这么做、不断变化的人与人之间的相互影响、决策制定和行为方式。自然性指大自然就像最后的舞伴，如果大自然提出领舞要求，人类就要听从召唤。

登顶前在最高营地内度过的时光，是整个珠峰登山中最重要的一段时间，因为我们要在这里完成最后的决定和准备工作。我头枕着背包，静静地躺在帐篷内狭小的空间里，开始总揽全局思考整个登山之旅。

我已经好几天没有睡觉了，身体严重缺氧、营养不良，有些脱水。我不是特别冷，但呼吸困难；我没有因为咳嗽而震裂肋骨，但我的嘴唇和手指有很多裂纹；我手脚也没有骨折，所以我觉得自己应该继续攀登。但是人类为什么要主动来这样的地方？还要过多久才能熬过这一切？

这难道就是缓慢死亡的感觉？如果是，我需要尽快收拾行囊准备下山。在死亡区我已经没有太多时间可以耽误了，缓慢死亡在我这里好像是快速死亡。我看到的天气情况似乎在告诉我大自然正在领舞，而这支舞我不想跳。

晚上 8 点。如果一切正常，按计划我们需要开始冲顶然后返回。我们心里特别清楚这个计划的细节：晚上 11 点离开南山口开始冲顶；天亮前后到达海拔 27600 英尺（约 8413 米）的平台区；早上 10 点前从东南脊到达南峰顶；上午 11 点左右穿过东南脊，爬上希拉里台阶；在顶峰停留几分钟后回到位于南山口的最高营地。

这个时间表的前提是使用备用氧气瓶、保留足够的体能和体热，在日光消失前登顶并返回。我们希望能提前到达每个节点，在 18 小时内完成珠峰之巅的冲刺。

我们要密切关注时间，每一处地理标志就是我们时间表的对比坐标。罗布曾七次攀登珠峰，所以他十分清楚要什么样的攀登速度才能保证安全返回最高营地。队友们需要保证特定的速度才能满足罗布的时间表要求。罗布说如果我们攀登得太快，有可能耗尽体力而无法返回；如果攀登得太慢，我们就没有足够的时间安全返回。他说他会设定、规划和监督我们的速度。

冲顶日当天所有容易造成时间延误的事都是我们的大敌。希拉里台阶就是一个众所周知的拥堵点。我们都知道这一点，罗布和麦克之前登顶的经历也都在此处耽误过时间。罗布的计划是在希拉里台阶安装安全绳索防止拥堵延误。我们估计之前冲顶的探险队也许已经安装了安全绳为我们所用。但罗布并不这么认为，他计划让两位能力最强的夏尔巴人提早 1 小时出发，去安装绳索以防万一。

以往大多数探险队都没有在南峰顶和希拉里台阶之间安装绳索，因为这片区域尽管是开放的，但并不难以攀越，所以这一措施并不紧要。我们这些人的能力不用绳索也可以通过这一小段走廊。

这是 59 小时长征的第 37 小时，后面还有 22 小时了，一想到很快就能看到曙光我就兴奋不已。我知道一切还都没有结束，我知道没有回到大本营就没有踏上安全回家之路，但这 59 小时的征途中我看到的主要是折磨，一旦从峰顶回到最高营地，我觉得后面的路都不再痛苦，因为那是回家的路。

任何一个攀登顶峰计划中最关键的部分都是一个经集体认可的折返时间。这个折返时间的目的是为了让登山者安全返回，也就是说无论你在什么位置，必须保证在此时间之前登顶；否则你就无须再前进，可以直接折返。假设折返时间为下午 1 点，如果上午 10 点你已经到达南峰顶，毫无疑问下午 1 点前你可以顺利登顶。依据这个计划和时间节点判断，你可以继续前行。但如果因为某些原因上午 10 点时你还在平台区，那么你就可以从平台直接回最高营地了，因为无论如何你是不可能在下午 1 点前从平台区抵达珠峰峰顶的。

有经验的登山者通常都了解自身的能力，也能准确判断自己登顶所需的时间。如果设定的折返时间是下午 1 点，如果明知没有足够时间登顶而一意孤行直到下午 1 点再折返，那是相当危险的、没有道理的也不负责任的行为。

攀登珠穆朗玛峰的各支探险队不会制定统一的折返时间，比如正午或下午 1 点整。折返时间的确定是依据每支队伍的综合情况判定的。对于罗布来说，他的决策依据是：我们从最高营地出发的时间、日光情况、备用氧气瓶的使用情况、探险队员的体能表现、风雪情况（从前方队伍反馈的情况预判是良好的）、当下的体验以及对午后天气情况的预估。

罗布确定的折返时间是下午 1 点。

下山也是登山活动的重要组成部分，它与上山一样危险重重。攀登珠峰的基本原则之一就是在天黑前回到最高营地，千万不要在天黑后困在野外。一旦太阳下山，一切情况都会突变，变得越发糟糕。

通常天黑时间是下午 6 点半，但如果午后天气转差，那“实际天黑”的时间就会大大提前，这就是我们到达最高营地那天遭遇的情况。

黑暗中，前路难寻，在浩瀚的山野中，下方的营地无法辨识，那些地理坐标也消失于茫茫黑夜。幸运的话，如果已经使用一整晚的照明灯还能在极寒下发出亮光，可在如此恶劣的天气情况下，你也很容易因为迷失方向而跌入万丈深渊。

一旦太阳落山，气温也会骤降四五十度。冲顶日那天，周围空气极为稀薄，连续两天的攀登，几乎不吃不喝，没有睡眠，你已经精疲力竭，一切都异常艰难。身体和精神上的你都处在崩溃边缘，而下午时分，正是暴雪和强风来袭的时候，气温下降而狂风又火上浇油。这就是珠峰探险队特别是规模较大的探险队领队们制定折返时间的原因，在天还有亮光之前返回大本营关乎生死：遵命则生，违命则死。

罗布说：“如果天黑前你还没有回到最高营地，你必死无疑。”这话听起来刺耳但不无道理。如果你回顾珠峰登山历史，他的这一论断多半是正确的，如果冲顶日当天天气晴好；如果当天天气糟糕，那这一论断就是百分百正确的。以往那些未能在天黑前回到营地但幸存下来的人，原因是天气情况良好，但大多数情况下他们都会因为严重冻伤而失去手指或脚趾。比如 1963 年第一支美国探险队的两名队员向珠峰峰顶发起挑战时天色已晚，在下山时夜幕已降临，他们不得不在海拔 28000 英尺的野外度过一晚，这一晚的代价是多数脚趾被冻伤坏死。

大型登山探险队总结了一条常规经验：在正常天气情况下，如果一切按计划进行，从南山口到达顶峰再返回最高营地需要 18 小时（12

小时冲顶，6 小时返回）。所以我们制订的计划是 5 月 9 日晚 11 点从最高营地出发，5 月 10 日上午 11 点登顶，5 月 10 日下午 5 点返回最高营地。这个时间计划为白天登山过程中万一出现任何闪失预留了一个半小时的缓冲时间。但这个计划的前提是当天下午天气情况良好。如果恶劣天气出现，时间上就不可能有任何余地。

罗布设定的折返时间并非只考虑了日光因素，还有一个关键因素就是备用氧气。罗布为每名登山者只准备了够 18 小时冲顶使用的备用氧气瓶。因为这一点，我们的活动也不能出现任何差池。18 小时就是 18 小时，因为延误造成下山时氧气短缺一定会带来大麻烦。

从出发时间晚上 11 点推测，12 小时登顶 6 小时返回，那折返的时间应该是中午 11 点左右。罗布设定的时间是下午 1 点，如果综合考虑氧气供给来看已经是个非常晚的时间点了。也就是说下午 1 点这个时间，如果从氧气量来推算，那是在极其理想状态下的最后可能安全折返的时间点。

折返时间是个死命令，无论出现什么情况我们都必须遵守。帐篷内我们围坐一圈，罗布看着每个人的眼睛，而我们则用眼神向罗布保证、向其他同伴保证，也向自己保证坚决执行这一规定。

罗布掷地有声地说："我希望大家都听清楚这一点，我的话就是戒律，折返时间绝不容蔑视。"他故意用戏剧表演的方式，一边说一边盯着我们每个人的眼睛，让我们从心底和眼神向他发誓会遵守他的规定。这种眼神交流是为了让我们真正成为心连心的团队，建立一种信任感和对彼此安全负责的态度。这样才能让我们理解这是团队的意志，而非罗布·霍尔一个人的决定。这就是我们团队的组织纪律，不是每个珠峰探险队都如我们般彼此信任和依存，但这就是我们承诺的方式，任何人违背这个承诺，就会将其他人陷入危险境地。

如果折返时间已到，但有些人还在继续向上攀登怎么办？如果是你你会怎么做？有些人说没有比到不了顶峰更糟糕的事，或者说别人登顶了而你没有。当你遇到有人信守承诺折返有人违背诺言前进的难题时，你会怎么选择？你会怎样面对这个进退两难的境地？

我们所做的计划并没有考虑中途可能犯的错误。谁也不希望真正面对折返时间已到的进退两难，如果那种情况真的出现了，意味着中途遭遇了什么不测，比如糟糕的天气、事故、延误或者病痛。如果出现了问题，折返并不意味着你就能安全返回。那时情况也许会变得越来越糟，那折返时间也许就是一张安全保护网。

只有当我们遵守这个规定时，它才能起到安全保护的作用。

我们抵达最高营地时狂风怒吼，也许只是听起来很夸张吧，因为我站在帐篷防风罩里面而不是外面。不过管他呢，现在我只想躺下来休息会儿。我迫不及待想停下来静一会儿，可是风声大得连帐篷里的人说话都听不清。突然，我好像听到了一个声音，从帐篷外传来的声音。

“让我进去，不然我会死在外面。”我迅速拉开帐篷的拉锁，一个络腮胡上落满冰雪的男人从门口摔了进来，他浑身不停地在抽搐。他的脸和胡子都被冰碴覆盖住了，我以前没见过这个人。他叫布鲁斯·赫罗德（Bruce Herrod），南非登山队里的一名成员。

布鲁斯抵达南山口时遇到了强风暴，这样的风暴我也曾遇到过。此刻外面能见度为零，放眼望去就是一片白幕帐，布鲁斯就迷失在这样的环境中。他一个人在南山口游荡寻找任何可以避风的营帐，最后他终于找到了我们的帐篷。从3号营地到这里耗尽了他的体能，缺氧、疲惫和温度过低使得他已经语无伦次。他的状况很糟糕，他就是一个活生生的例子，告诉我们如果在死亡区被滞留在野外会是什么状况。这样的现实就在我眼皮子底下发生着。

“所以，洛，千万不能迷失在野外。”我对自己说。

布鲁斯正好摔在我身上，本来帐篷里就没有多少空间，现在我还得想办法为他腾出些地方。我心地没有那么善良，我很气愤他的不幸妨碍了我的正常计划。他又不是我的队友，他的问题不应该造成我的困扰。我还有自己的事要做，我要补充水分和能量，我要充分休息以便应对更危险更艰难的事。写这些文字的时候我很汗颜，但这就是事实，是我冷漠内心的真实写照，我的脑子里只有我自己。

布鲁斯除了带来麻烦，也不配合我给他的帮助。我听不懂他颤颤巍巍又浓重的口音，他把帽子摘下来，我给他戴上去，他又摘下来我又给他戴上去。我说：“老兄，我在帮你，能配合一下吗？”我想给他弄点水喝，他好像也不感兴趣。

过了一会儿，他终于安静了下来，也更配合我说的话，我想也许是因为他身体暖和了点。不过因为他四仰八叉的还有一半身体躺在我身上，我自己也无法为下一阶段攀登做准备。他慢慢恢复了意识，尽管我发现他是一个很友善的人，但我还是想尽快摆脱他，然后“做我自己的针线活”（我妈妈最喜欢说的一句话）。

三个小时过去了，我得想个办法处理布鲁斯。他们队伍没人来寻找他，看样子他也无法自己走出去找帐篷。晚上 7：30 左右，我看帐篷外的能见度有所好转，安迪于是出去寻找布鲁斯团队的帐篷。尽管外面的风依然急促，安迪还是找到了布鲁斯的队伍并把他护送回了南非人的帐篷。

布鲁斯的遭遇的确不幸，但倒霉的我不得不帮助他，这反过来影响了我的心理状态、身体恢复和准备工作。攀登途中，无论你有多不想，类似的情形总会发生。你也特别不情愿帮助那些遇到困难的人，但出于人道主义和责任感你往往会情不自禁地伸出援手。也许有一天那个需要帮助的人就是我，我知道这很可能发生，所以我帮助了他人。只不过我并不热衷于此。

我不能下结论说布鲁斯的所作所为是不负责任的。他迷失在没有能见度的风暴中，我们任何一个人包括我自己都有可能成为布鲁斯。登山者经常会问的一个道德观问题就是：作为一个登山者，对另一个不计后果不负责任的登山者，你负有什么样的责任和义务？你认不认识这个人会影响你对他的态度吗？这个问题是一个人生哲理，并不只发生在登山者身上。答案很简单：伸出你的援助之手。因为那才是正确的选择，无论你如何苦思冥想答案，或者苦苦寻找理由，如果你不帮助他人，你永远不会为你自己而骄傲。如果别人知道你见死不救，你将永远被他人鄙视。

我再也没有见过布鲁斯。后来我知道他是一位经验丰富且受人尊敬的喜马拉雅登山家和南极探险家，他的脸上总是挂着大大的笑容。

布鲁斯是一名毕业于剑桥大学的博士，曾在英国南极考察队研究地理物理学，也在世界各地高山探险和野外探险队中担任向导。我还没有机会听他讲述独自迷失在珠峰的经历，还有那段我们相处的时光；我也没有机会认识这个总是面带微笑经历不凡的年轻人。

十六天以后，布鲁斯与世长辞了。一年以后，有位登山者在靠近顶峰的希拉里台阶处发现布鲁斯的尸体倒挂在一根安全绳上。他是孤苦伶仃地离开人世的。

没有人知道当时到底发生了什么。布鲁斯于 5 月 25 日登顶，下午 5:15 他向大本营汇报了这个消息。他登顶的时间远远落后于任何一个安全折返时间的规定。不知是什么原因导致他落在其他人后面，他再一次孤身一人滞留在了野外。

第二年发现布鲁斯尸体的登山者切断了绳索，让他的尸体从珠峰山体滚落，永远地埋葬于珠峰深渊的冰雪之下。对于布鲁斯来说，这是最体面的墓地，因为没有人能够将尸体从这么高海拔处运送回去。

对于布鲁斯死亡原因的一个猜测是，当他通过绳索从希拉里台阶下山时，他被石块绊倒，或者他的冰爪卡在了一条废弃绳索上，总之他摔倒后倒挂在绳索上直到死去，因为他已没有力气挣脱绳索。

这是我能讲述的故事吗？

CHAPTER 18

最高营地的抉择

我心里默默地念叨着，再过三小时就要向顶峰发起冲击了，这根本不可能。从午后开始，风速一路狂飙，肆虐地拍打着我们的帐篷。幸好我们有四个人待在里面才可以固定住帐篷。

在我看来，就算当晚风平浪静了，罗布也无法将探险队带上顶峰。帐篷里大家对这一点进行了激烈的辩论，尽管实际上根本不存在辩驳。贝克、道格和我都认为应该等待，安迪什么都没说，因为安迪一直就是个听话的副手，从他的一言一行就能看出，所以他肯定会附和罗布，因为他不想违背罗布的任何决定。罗布是拍板的人，安迪十分清楚这一点，我也是。

我没有想到这会是个艰难的决定。我们都很清楚窗口期的事，也知道一周前选择 5 月 10 日只是个暂定日期，哪天登顶是个需要看情况决定的事。那么，现在我们看到的是什么情形呢？我们没有看到高海拔处天气有转稳的迹象，午后的狂风和暴雪也时常来光顾。5 月 7 日在 2 号营地时我们就听到上方传来大风的呼啸声，当时我们就比较犹豫是否第二天要继续出发。5 月 8 日早我们推迟了出发时间就是因为无法判断上方的风速，当天我们到 3 号营地时大风极为猛烈。离开 3 号营地后在洛子峰与日内瓦岭途中我们遇上了风暴。如果 5 月 10 日下午，也就是我们准备下山期间再次刮起 8 号下午遇到的风暴，或者是 9 号傍晚时的强风，那麻烦就大了。所有迹象都预示着第二天，也就是 5 月 10 日将是个糟糕的天气。而且坏天气的可能完全大于好天气。

在我看来，这个决定很容易做，因为这个决定不会影响我们的探险，我们又不是说放弃冲顶，只是再多等一天，我们物资充足，也没什么损失。在我们之前还没有任何一支队伍成功登顶，很明显都是因为山顶的强风。

我之所以如此担心，也是因为另一件事，那就是我刚刚照顾完布鲁斯。他就是因为被困在午后狂风中差点丧命的一个活生生的例子。那个画面很恐怖,所有高山攀登者最惧怕的事情之一就是被困在户外。布鲁斯就是那样，他找不到路，为什么？因为根本看不见路。我们可是在海拔 26000 英尺（约 7924.79 米）的地方，云层就在身边聚集，所以布鲁斯不可能看见下山的路。一旦遇到这个情况，后果难以想象，如果没遇到我们，布鲁斯可能已经死了。所以，万一明天下午我独自一人因为天气情况找不到路怎么办？我会碰到谁的帐篷，又有谁会帮我渡过难关？这个鲜活的例子给我上了生动的一课，一旦走错一步，前途就是万丈深渊。布鲁斯的故事还印证了另一个登顶法则——遵守折返时间，在天黑前返回营地。

安那托利·布克瑞夫和布鲁斯·赫罗德的南非探险队也驻扎在南山口，他们判断目前的天气情况不适合登顶。这是安那托利第二次提出反对意见，第一次时他就反对离开 3 号营地。Imax 探险队也决定放弃 5 月 9 日的冲顶，因为他们担心很有可能出现的极端天气。

我担心的不仅仅是天气情况，因为照顾布鲁斯，我损失了宝贵的准备时间，所以我需要更多时间去补充食物、去休息、去好好安排，以便做好充足准备。但是如果不继续等待，我所剩的时间就不多了。如果让我投票，我肯定选择继续等待。

晚上 9 点，一名夏尔巴向导给我送了半碗热水，而不是我想象的热汤。补充食物一直都是我在营地时最主要的任务，但现在什么都没有，我好像也没那么介意，因为此刻有太多其他重要的事分散了我的注意力，就好像我的浓汤被稀释成了白水。

晚上 9 点半，距离我们原定的出发时间还有一个半小时，外面风逐渐平静下来。罗布还是什么都没说，我不知道罗布在跟谁讨论出发的事，因为他在另一个帐篷里。

晚上 10 点，外面依然平静，罗布发话了："我们继续前进，准备 11 点出发。"

罗布做这个决定从来没有问过安迪或者我们任何一个人。鉴于马上冲顶的风险是如此之高，天气又是如此之差，罗布独自一人做这么重要的决策绝非一个好兆头。我们帐篷里满是经验丰富、见多识广，对于该做什么以及为什么要做都有着深思熟虑的登山者。也许罗布感觉到他没法得到一致意见，也许罗布更多地将探险队看成属于他一个人的队伍。但是，在接下来的 24 小时里，在海拔 26000 英尺（约 7924.79 米）以上，做决策变得更加艰难也更加关键，而那可能就不是"一个人的队伍"可以应付得了的了。

尽管罗布传达了指令，他知道我们每个人都有自己的想法。我会听罗布的吗？几分钟前我还在想这个决定对罗布来说并不难，我们肯定不能出发，因为没有任何迹象表明天气会转稳。

但在罗布这儿，天气上的风险是可以接受的。那我呢？我们这儿的其他人呢？我可以做选择，现在我面对着一个艰难的抉择，这是一个我不愿面对的时刻，——一个我或许并没有勇气去面对的时刻。

我可以出发，也可以坐着不动，假如我真的认为天气情况会危及生命安全的话。可是我们没有官方的天气预报，在海拔 26000 英尺上方其实有没有预报都无所谓了。看看帐篷外的天气，再想想之前发生的一切，还有什么比这个亲眼所见更准确的预报？前人是怎么想出来要等适宜天气窗口期到来后再攀登的？窗口期开放到底有没有任何明显的标志？

我看看其他人，个个都默不作声，眼神里却在说"估计大家都走吧？"所有人都开始收拾行装，除了我。我观察着他们，不知道是否有人会和我一样表示犹豫。难道只有我一个人反对吗？也许他们都在等其他人提出反对意见吧？ 我一动不动的肢体语言在向大家传递这一信号，同时也在无声地召集站在我一边的人。可是大家对我的表现漠不关心，继续整理自己的装备。

直觉告诉我罗布做了一个错误的决定。我足足沉默了五分钟后，决定和大家一起出发。心底有个声音在对我说：“尽管条件并不理想，但这是你唯一的机会。”如果我真的想征服世界之巅，仅此一次机会。我们的探险队不会有第二次冲顶的机会，我也不会再回珠峰，因为我答应过桑迪就只尝试这一次。

我还答应过桑迪必须亲口述说这段经历，这个故事我还能亲自讲述吗？我自己问自己，可我不想听答案，我需要再好好思考思考。因为这个问题，我本已犹豫的决定又开始动摇起来。我四仰八叉地躺在地上，头枕着背包不想动身，因为我需要再好好想想。

罗布反复提醒我们他作为领队的角色、我们需要的团队协作精神和自我管理能力。他坦白地告诉我们在冲顶日那天他在领导和资源供给上能给我们的协助微乎其微。除了对关键风险和安全防护做重大决定之外，他所能做的极其有限。海拔 26000 英尺（约 7924.79 米）之上，一切普通的事都会变得极端困难。残酷的事实告诉我们，如果出了什么状况，尽管你是团队中的一员，但你只能靠自己。尽管其他人都会在需要时伸出援手，但不能同时帮助很多人。在死亡区，唯一的拯救方法就是自救。

罗布从来没有说过冲顶日（或其他任何时刻）夏尔巴人会协助或者营救我们，当然我们也没有对此抱以期望。尽管实际危险发生时，出于最基本的人道主义情怀，夏尔巴人都会施以援手，但他们的工作只是辅助运输物资。在高危情况下充当“救火队员”并不是他们的工作内容也不是他们的职责所在。夏尔巴人也不是经过训练并收取费用的专业救援队。

从自我管理的角度来说，我们各有自己的体能极限以及风险承受能力。只有我们清楚自己的极限，罗布不可能知道我还剩多少力气，他也不可能知道什么时候我会到达自己能接受的风险底线。这一切都取决于我们自身，所以我们的真正领队只能是自己。

当然，罗布是可以接受任何人说“不”的，好比说在最高营地，当他宣布继续冲顶时，如果任何人考虑到自己的体能问题或者抗风险能力或者综合个人经验判断不想继续挑战，他都可以随时说“不”。从这一点上来说，罗布并没有做出“错误”决定，只能说这个决定对我来说不是一个对的决定。我知道这是我的个人感觉，只是不愿意独自做一个如此重大的决定。

我想如果我出发了，如果情况不对，随时可以返回，或者我可以边走边看边决定是否继续。“这又不是最终决定。”我的内心告诉自己，你还是有回旋余地的。

不过我也知道这个回旋方案需要更大的勇气和决心才能奏效，因为一旦你踏上前进之路，越接近目标就越难放弃。许多珠峰前辈在给我建议时都提到了这一点。越靠近顶峰，越容易冒进。

我自己也有过很多切身体会，有时我也很犹豫是否要继续前进，但当我放弃这种怯懦后，情况竟然好转了。事后我经常会感激自己当初没有轻易放弃。如果每一次犹豫是否放弃时我都退缩了，我到今天也许没有征服过任何一座山峰。

所以最后我还是决定出发，试探一下情况有多危险——一切都是临时决定，最后怎么样边走边瞧。

于是我开始飞快准备行装，我必须得利用所剩不多的时间。我感觉身体发冷，既想整装待发，又想在出发前能一个人静一会儿，不过看起来其他人也和我想的一样。帐篷里一片寂静，就连话痨贝克也不发一语。我一直在心里默默和桑迪对话，我没提那些我对她的承诺，我只是跟她说我想回家，我想尽快结束这一切。

然后我念了一句祷告语，不记得是哪句了，大概的意思是神保佑我变得更强壮，或者保佑珠峰对我们温柔相待。无论哪种庇护方式，我都欣然接受上帝的安排。

这个故事是我想要亲口讲述的吗？攀登过程中我会做到机智敏捷吗？这是我想经历的一切吗？

CHAPTER 19

南山口之上

晚上10:40，就快到出发时间了，安迪、贝克、道格和我谁也不说话，气氛紧张、空气凝重。这是我们所有人平生面对的最困难最危险的时刻。尽管条件不完全具备，但我们还是准备出发。

“20 分钟，”罗布说，“再过 20 分钟我们就出发。”也就是说晚上 11 点整，我们将准时踏出营地。

通常在准备出发时我习惯有条不紊，也许我有些强迫症。我穿着登山服头枕着背包躺在地上的时候，脑子里规划这最后的 20 分钟该如何收拾行李。无论什么顺序，我希望一次到位、既高效又有序、不紧不慢更不会拖后腿，因为慌忙之中我经常会搞错装备。

我装好背包又再次检查了装备：备用护目镜、备用重型登山手套以防我的普通手套不结实、一块巧克力、一升装水瓶，我把它放在靠后背处希望身体的热量能防止水结冰，还有一个小的保温瓶我把它放在登山服内兜里以方便取用。就这些东西。

晚上 10:55，我第一个跨出了帐篷大门，因为我是离门口最近的，我也确实想早点离开帐篷，因为我已准备就绪，万事俱备：冰爪、装备、护具、绳结。这些都已准备妥当，且不能出任何差错。那些因为没有遵循最基本的装备安全要领而失事的登山者比比皆是，比如没有将腰带在安全护具上反扣两次等小细节。我检查了一遍又一遍，甚至用手试过冰爪绑在鞋子上的每条绷带，只是为了确定它们不会在中途脱落，特别是在那么高的地方。一切都好，我心想。不仅如此，我觉得精神上也准备好了，我本以为自己会很焦虑。一切都挺好。我只需要再爬升 3000 英尺，加上回程 3000 英尺就行。十二小时上六小时下。走出最高营地，首先就要注意四周的帐篷和安全绳，小心不要让冰爪绊上任何绳索。

户外视野清晰，风速也不大，但是气温极低，大概有零下三四十度。我觉得身体快被冻透了，但还是一步一步前进，我想尽快进入登山节奏和状态。

我们刚离开营地，罗布就向大本营报告了这个消息："我们出发了！大家都很强壮，我们就要打破世界纪录了！"康子是攀登珠峰年龄最长的女性登山者，罗布将是第五次登顶，据我所知无人能超越。除此之外，罗布还想创造另一个世界纪录，那就是单日登顶人数最多的团队。很显然他希望我们都能顺利登顶。罗布是刻意专门向大本营报告的，因为他十分清楚创造世界纪录对他商业探险队的生意意义重大。

一旦开始动起来，我感觉比之前好多了，因为注意力都集中在登山速度和技巧上，焦虑感也随之消失了。我一点点向上，身体也暖和起来。南山口第一段是一处平缓的山地，然后是一处陡峭但稍稍外鼓的蓝色冰坡，接着是一处急转直下的冻雪沟壑。这个区域俗称三角坡。

我一边走着之字形路，一边将冰镐移到右手，然后用绝缘封闭泡沫胶带将冰镐头缠绕上，防止我的手指因为触碰金属而冻伤。我正在接近世界之巅，我感觉良好，甚至有些雀跃。

我一边爬，一边试图记住这片区域的分布情况。这能帮我分散些负面情绪，而且也有助于安全意识的训练。

向上攀登时，最好顺便规划一下下山的路。尽管我们已经反复看过这条道路的照片，但毕竟现实与照片是有差距的，尽管差距并不人。我努力辨识且试图记住登山道路的地形地貌，万一下山时出现风暴或看不到下山的路，也许记忆能帮我找到正确的线路。

我前后左右打量周围的环境，并且努力在脑海中刻下它们的样子。我现在正站在一块冰面上，前面是一处冻雪地带，然后是一小段固定安全绳，一个左转弯和一个右转弯后我来到一处梯田状岩层，紧接着是雪沟，右手边就是岩脊。我记下这些画面，某种程度上就是把它们当成了“楼梯扶手”，以便之后可能会用到。

此刻是半夜，所以我们都开着额灯。我的前面后面漫山遍野闪

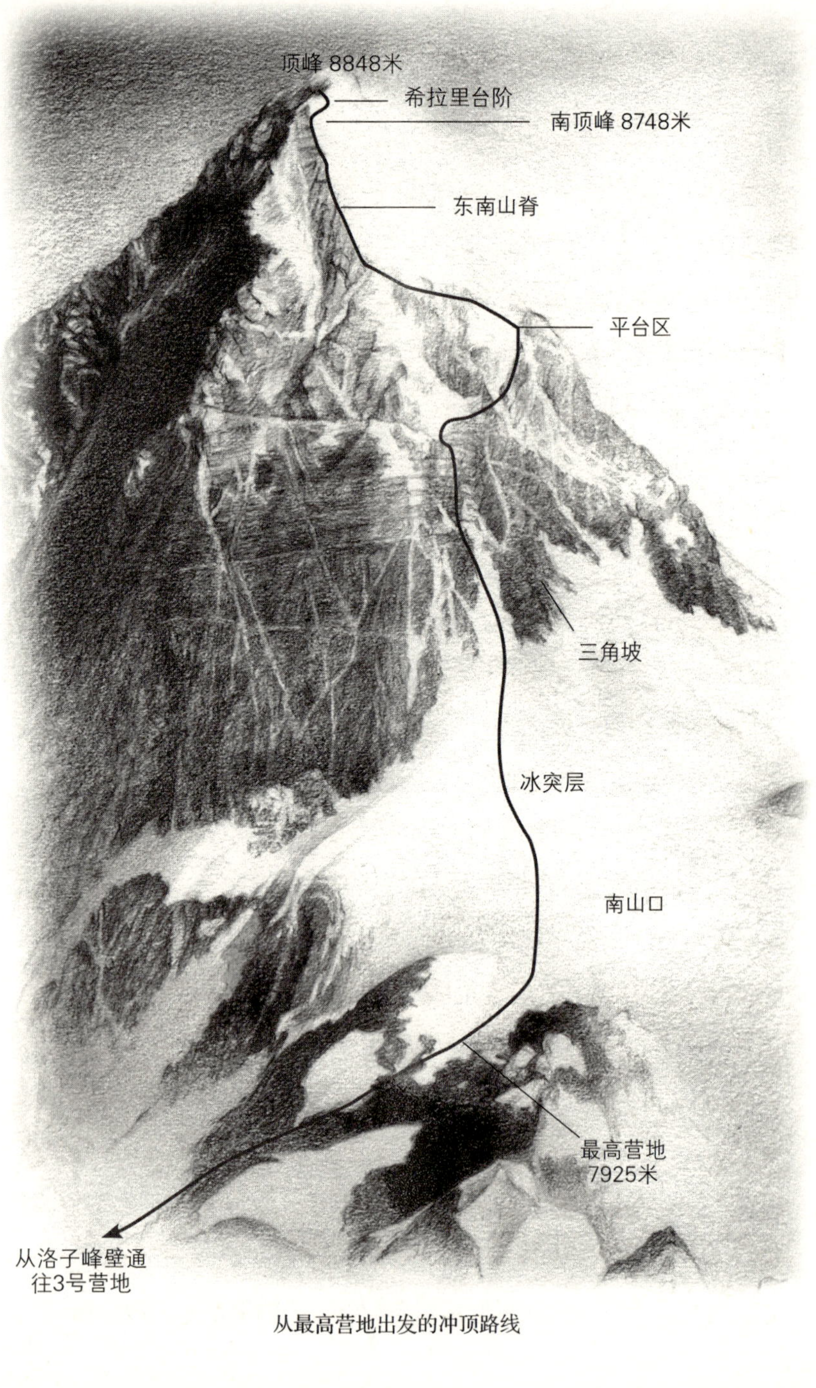

从最高营地出发的冲顶路线

烁着微弱的灯光。月光明亮、星空皎洁，前方的路途一片明朗，所以我关了头灯以便节省电池。灯灭的一刹那，我突然感到一丝孤独的寒意。尽管其他队友的灯光还在星星点点地闪烁，但他们似乎消失了。周围一片寂静，我只听到自己的呼吸声。我想到万里之外的桑迪，我在想如果此刻她看到我出现在面前会说些什么。接下来的 24 小时，我已经开始计划回家的路程了。这一切已几近完结。

在黑夜中独自攀登让我想起曾经在博因高地（Boyne Highlands）滑雪度假村雪山中整夜训练的记忆。我从来都是一个人攀登，而且不开额灯。在雪夜攀登是很好的训练，尤其是在寒冷的风雪之夜。经历过黑夜极端天气的历练，对提高你的能力至关重要：面对这种恶劣天气情况，你需要沉着冷静；你必须有序有效地应对突发事件；你需要适应在黑暗和强风中更换登山工具，例如穿上冰爪或者调整衣着和其他装备。学会在黑暗和糟糕天气环境下搭建帐篷也是一项重要技能。博因滑雪场的雪道并不困难，但一进入夜晚情况就大不一样，攀登变得越发困难，因为夜间极容易犯错，因此要求登山者全神贯注。我需要将那些技巧巧妙地应用在珠峰攀登中。

另一项登山技巧就是集中注意力提高效率，这么做的好处是我不仅忘记了疲惫，还调动起身体的每一块肌肉从而减少疲惫感的产生。首先，我要找到呼吸和步伐配合的节奏，我选择了类似于节拍器的节奏，这个速度下我能匀速持续很久。我仔细观察并用大脑记录着肺部呼吸，以及肌肉和骨骼的运动。我看到空气从肺部呼入呼出；我看到鼻尖超过脚尖让身体找到平衡；我看到肌肉收缩准备迈出下一步；我看到身体重心落到后腿时肌肉放松从而获得片刻休息。即使是在平坦的地面上行走，我也全神贯注于每一步。这样有助于减少体能的浪费，也避免不必要的错误发生，而这些错误往往都是因为一时大意造成的。

为了赶走疲惫感，我常这样鼓励自己：“我体力充沛，再走20分钟没问题。”有些队友问我还有多久到顶峰时，我也常和他们拿这个20分钟开玩笑。无论前面还有多远，我都会回答“20多分钟”。一个20分钟能坚持，再过一个20分钟也肯定没问题。

所以，还剩18多个小时，如果按20分钟来划分的话，那就是54个20分钟，也就是说，再说54次“20多分钟”，这段冒险之旅就结束了。

我们走出最高营地后几个小时，我看见福兰克·菲施贝克和罗布在严肃交谈。福兰克选择放弃冲顶，我虽然听不见他们在说什么，但我看到罗布的肢体语言对福兰克的决定表达了理解和认可。罗布没有试图说服福兰克继续，我理解罗布的想法，对他在此刻所作的回应深感敬意，这也是我期望他所表现出的领队态度。罗布经常强调真正的领队是我们自己，重大时刻，特别是涉及个人体能和风险承受能力时，关键决定必须由我们自己做。

罗布和我曾经就领导力问题探讨过好几次。他既聪明又有经验，而且深谙领导对团员的激励之道。我们讨论过领队在激励他人行动上扮演的微妙角色，每个人都要为自己的选择负责，但作为领队，有时需要在队员后面推一把，有时又不能过于勉强。你给某人施加压力时，有可能助他一臂之力，也有可能把他推下深渊。攀登珠峰，特别是冲顶日的死亡区，如果过于强迫某个登山者，很可能意味着将他送上不归路。

福兰克是一名技巧娴熟经验丰富的登山老手，他也是个有独立见解的人，你会发现某一天他走在队伍前列，另一天又走在队伍最后。这是他第四次攀登珠峰，所以他的行为是基于宝贵经验基础之上的。如果没有考虑周全，他是不会轻易放弃登顶的。5 月 9 日晚，他在另一顶帐篷，所以我没能听到他对天气情况的判断意见。后来我知道，他也有异议，认为继续登顶是个不恰当的决定。现在，他根据自己的判断做出了抉择。

眼看着福兰克离去的身影，我一点也不难受。此刻我还没找到放弃的理由，我还要继续前进。

福兰克离开后不久，我看到另一个转身下山队员的头灯，那灯光来自道格。他从我身边经过时告诉我他很冷感觉很差。自从 1995 年登珠峰冻伤双脚后，他对寒冷特别敏感。过去几周里他一直担心寒冷给他的双脚造成更大的伤害。有过一次严重冻伤的经历后，他的足部组织更为脆弱。

道格的离开并没有使我感到惊讶，相反它印证了我当天的猜测。此时此地的气温和紧迫感让我全神专注于脚下，我并不在乎道格是走是留。

在最高营地时，道格和我在同一顶帐篷内。当时他就对罗布继续攀登的建议表示不满，因为我们能看出他的身体状况很不好，加上之前的疾病，这个挑战对他来说确实太大了。道格一定纠结了很久才做出这个艰难的决定，而这正是罗布期望看到的自我责任感的体现。

道格没有参加过我们的适应性训练。探险队第一次尝试攀登到3号营地时，在距离营地不远处折返下降2000英尺又回到了2号营地。这件事我记忆犹新，因为当时我只剩最后一丝力气，迫不及待想到达3号营地。下山回到2号营地可能耗费更多体力，但我们依然这么做了。当晚在2号营地大帐篷内，大家对此决定颇有微词，折返原因之一就是因为道格病得很严重且体温过低，另一个原因是风速太大无法前进。

我没觉得风速是个问题，无论如何我们还是下到了2号营地。道格看起来面如死灰，当晚就只看到他匆匆露了一面。看来是糟糕的健康状况让他无法继续下去。第二天我们再次出发前往位于海拔24000英尺（约7315米）的3号营地，并在那里过夜来适应气候和高度。道格当时没有与我们一同上到3号营地。后来在大本营见到他时，他的样子很虚弱，连话都不能说。除了其他身体问题，他还得了很严重的咽喉疾病。不过，随着时间的推移，因为健康的好转和坚强的意志，道格又重返队伍。大部分人都在攀登途中经历过类似道格一样的健康问题。

5月6日我们最后一次位于2号营地时，有人质疑罗布，道格没有参加过海拔21300英尺（约6492米）以上的适应性训练，是否有能力登顶。而且自从上了海拔21300英尺（约6492米）后，道格再也没有睡过觉。罗布说他不担心道格的适应能力，因为根据1995年道格的登山表现来看，他确信道格能走到南峰顶。

罗布的回答听起来不太合理，我理解的适应性训练的目的，和罗布1995年的经历没有太大的关系。道格自己也说过1995年在南峰顶处他也出过状况。再说，1995年是1995年，毕竟那是一年以前。

那一年道格也许完成了全部适应性训练但依然出了问题。但是，又一次，我接受了罗布是专家的事实，所以也没有太在意他所说的理由。

在这个冲顶日，道格根据自身状况做出了选择，他认为放弃是最正确的事。这恰恰就是罗布希望看到的情形，我们每个人对自身的情况做出判断、做出选择。

道格与我擦身而过，其他人继续攀登。我对自己出奇好的状态也很惊讶，这个节奏很适合我。不过还是有一个问题困扰着我——氧气补充系统（登山者直接称这为 O_2）。首先，我很讨厌戴面罩，它让我呼吸困难。按照我以往的习惯，我喜欢大口畅快地呼吸，可是戴着口罩无法做到。

来珠峰前，我从未用过氧气面罩，我相信罗布会给我们提供精良的装备。但这个面罩是越战时期的俄制古董，适用性很让人怀疑。面罩的下方有个小排气孔，时不时就被冰雪冻住；旁边有个更小的孔连通环境空气，大部分我吸入的氧气来自这个小孔，但它也经常被冻住。我只能从氧气补充系统里呼吸到极小一部分气体。

罗布选择的老古董面罩不适用于高山攀登，因为在这种环境下呼吸本来就很困难。1996 年的另一支探险队使用的现代呼吸面罩远胜于我们的装备。

我母亲有严重的支气管哮喘，从小到大看到她犯病时我都很害怕。她将病症形容为“我呼不出气”。现在在珠峰上，我能真切地体会到她描述的那个感觉。

有没有这个氧气补充系统好像差别不大。我开始怀疑我的这套装备是否出了问题：也许管道内结了冰？阀门是不是不能正常工作？

调节器是不是出了问题？勉强使用这套系统打乱了我的呼吸节奏和步伐，所以我解开了面罩，感觉竟然比之前好多了。

很早以前的实践就已证明攀登珠峰可以不使用氧气瓶。早期探险队也都没有使用氧气瓶。1924 年，也就是希拉里和诺尔盖使用氧气瓶登顶 29 年前，一位名叫爱德华·诺顿（Edward Norton）的英国登山者，第三次攀登珠峰时没有使用氧气瓶，并到达了距离顶峰 900 英尺的位置。他之所以放弃继续冲顶是因为之前没有全程佩戴防护眼罩而引发了雪盲症。

要不要使用氧气瓶主要是出于安全考虑，几乎所有（将近 98%—99%）珠峰攀登者都会在冲顶日使用氧气瓶。我们计划的氧气用量是 2 升 / 分，这个量和我们实际呼吸的量相比简直是小巫见大巫。但就是这点微弱的氧气，就能保证我们身体的代谢功能正常运转，从而防止出现体温过低或冻伤的情况。而且氧气也是治疗高原反应（高海拔最常见和最危险的疾病之一）的良方，所以，作为预防手段，大多数登山者都会选择使用氧气瓶以防万一。

使用氧气瓶还有一个负面作用，随着高度攀升，人体对氧气的依赖性更大。一旦身体产生依赖性，在回到最高营地前如果氧气用完或者气瓶出现故障，登山者将遭遇大麻烦。突然没有氧气补充带来的后果因人而异，主要取决于各人的生理机能（身体自然化学变化）。大部分登山者能继续行走，少数人可能寸步难行。在不同海拔处耗尽氧气后果也不尽相同，在顶峰附近的 29000 英尺（约 8839 米）处和 26000 英尺（约 7925 米）处的最高营地附近耗尽氧气，结果会有天壤之别。而且你也无法判断一旦出现那种状况，各人反应会如何，因为诸多因素（例如生理机能、养分水平、水化反应、适应能力、疲惫程度以及身体热能等）随时在变。多数情况下，一旦中途氧气耗尽，比没有使用氧气瓶更危险。

少数登山者选择不借助氧气瓶登顶，这也是大山赋予每个人的自由之一。但这种做法并不能让某个登山者显得更优越（或者如某些人说的“更纯粹”）。而少数的这些登山者往往离不开使用氧气瓶的人：他们攀登的道路、使用的登山绳索都是由背着氧气瓶的前人所建；在出现体温过低或高原反应时营救他们的人员也都使用氧气瓶。而且，论及攀登表现，在珠峰上，最关键的是每个人对低氧环境的身体机能适应力，而这件事与你有多顽强并无关系。所以“纯粹性”的概念就显得很模糊，什么是纯粹性？谁来决定纯粹性？用氧气瓶就不纯粹了吗？

被称为“平台”的地点，是我们登顶沿途的第一个关键坐标，现在距离那里还有几小时的路程，我们沿着一段较长的安全绳索前行。走完这一段，我在想为什么这里要固定绳索。依我看来，这段山体较为平缓，也极少有裂缝沟壑，应该不是个会影响进度的地点。不过下山时这段绳索倒是很容易辨别，所以我使劲地将此刻的场景记在脑子里。我不知道这段绳索是在我们前面的夏尔巴向导安装的，还是其他先遣登山队安装的。过去几天，至少有 3 支队伍尝试了向顶峰冲刺但都无果而终。在狂风把他们吹回来之前他们都已到达极高的海拔。南斯拉夫探险队比我们早一天出发，他们一路走到了希拉里台阶，然后不得不折返。根据前方队伍反馈回来的消息，唯一需要夏尔巴人安装固定绳索的地方就是希拉里台阶。

我们离开最高营地向顶峰进发时，天空漆黑一片而且异常寒冷。每个人都裹上了厚重的登山服，从头到脚武装得严严实实，几乎都看不到眼睛，我根本认不出谁是谁。不过无所谓了，我只关心自己有多冷，下一步该怎么迈。我估计两个夏尔巴向导一小时前已经出发去安装绳索，因为罗布说过他们提前出发是为了防止任何延误。我也没再多想这事，但后来才知道夏尔巴人并没有提前出发。

随后我们来到了一处由破碎页岩累积而成的梯田状山架，形状十分奇怪。我找了一处可以歇脚的地方坐了下来。此时我回头看到罗布就在后面，但他的一个举动让我很震惊。在上一处岩架时，他一个膝盖先跪在岩石上，然后是另一个膝盖，最后才用双腿站起来。这个举动不可能是像罗布这样的登山老手做出来的。他冷得瑟瑟发抖，我感觉他的身体大概出了什么问题。事实上，看到罗布也如此痛苦，我竟然对自己的实力有种沾沾自喜的感觉，原来我不是唯一一个忍受巨大煎熬的人。

稍息片刻后，我继续出发，摒弃疲惫的念头，慢慢找回步伐和呼吸的节奏。一步一个脚印，我们来到一处堆积着厚厚的如同棉花糖般的岩沟。在这里行走如同走在沙丘上，每走一步由于重力挤压积雪都会塌陷下去，非常耗费体力。积雪沟右侧是风蚀的页岩山脊，看起来也好不到哪儿去,但前方的队友都走到了这处山脊上以便节省体力。

东方的太阳冉冉升起，在上方的山脊洒下闪闪金光。贝克·韦瑟斯就在我前面，其他人都出了岩沟走在山脊上，只有贝克还一步一个坑地在雪地里埋头前行。我追了上去跟他说："贝克，走到右边山脊上去。"他回过头来，目光绕过我，朝我身后望去，他的眼睛看起来出了问题，最后他才说他的眼睛看不见。

我看到一些队友坐在岩沟顶部休息，我和贝克也应该到那里休息一会儿。可是贝克开始卸下背包，我说："不，贝克，继续走，再过几分钟我们就可以休息了。"他瞄了一眼我指的方向说："洛，如果你不介意，我想跟在你后面走，可以吗？"于是我走在前面，他在后面紧贴着我。当时我一心只关注着攀登到平台处，并没有太在意贝克"看不见"的问题。

CHAPTER 20

平台区

“我们准时到达了！”我听见罗布说。他设定的第一个道路地标节点就是东南脊上的平台区，到达时间是日出前后。我们的进度掌握得非常好，此刻太阳刚刚升起。站在东南脊上意味着我们已经走出了三角坡。现在我们只剩最后一段距离了——通往顶峰的山脊之路。

奇妙的是，我感觉异常良好，站上世界之巅毫无疑问。整晚以稳健的步伐有节奏地攀登对我的意志和体能都起到了良好的作用，这才有了一大早的好状态。我找个地方坐了下来。平台处非常狭小，也就几米宽，但这里是登顶前唯一可以真正坐下来休息的地方了。

1953 年人类第一次尝试攀登珠峰时，平台区是最后一个营地的所在地。那个年代，人们认为登山者不可能有足够的体能一次性完成从南山口冲顶，之后再返回南山顶的壮举。

在这里有两件需要特别关注的事。日出后眼部的防护至关重要。高海拔地区，紫外线的杀伤力极大，最大的危害之一就是对眼角膜的灼伤，俗称“雪盲症”。我习惯准备两副护目镜：一副是深色镜片的冰川眼镜，镜脚旁有专门为登山者设计的皮质护片，防止紫外线从侧面射入；另一副是滑雪镜。我更喜欢冰川眼镜，因为镜片不是很容易结雾。

在平台区的最后一项任务就是更换氧气瓶。依据计划，我们每人可以用三个氧气瓶，自己携带两个，其中一个这时应该已经用尽，夏尔巴人则负责把第三个存放到南山口以便我们下山时使用。我跟罗布说我的那套氧气系统有问题，之前攀登途中我也跟他提过。他注意到了途中大部分时间我没有戴氧气面罩，身为设备专家的他调试了阀门，又试戴了几次，然后对我说应该好了，可以再试试。

“从气表读数上看，我的第一瓶氧气还剩半瓶呢。”我说。

“很好，把它留在库存区吧，伙计，稍后再用。”

我不知道为什么瓶里还有这么多剩余。我抬起头看看其他人是不是准备出发了，他们都在做什么。道格也在平台区，我有点惊讶。不过我在忙于准备自己的东西，没空和他交谈，我也没空思考他怎么又回来加入登顶大军了。很明显他放弃了返回大本营的想法，我和他四目相对，彼此送了一个大大的微笑和竖起的拇指作为祝福。

还有贝克，他的视力出了问题，所以需要下到安全地带，不过需要其他人协助才行。在平台区，我就站在罗布和道格旁边。

“你就待在这里，等我们下山时带你一起走。”我听见罗布对贝克说。贝克点了点头。他的视力障碍可以归因于缺氧以及他几年前做的眼部激光手术。

贝克退出了登顶大军，我看着他，却无动于衷。最后的冲刺如此复杂，对意志力的要求如此之高，人人都高度紧张，此刻我只能关注到我自己，我没有时间和精力关心别人怎么样。在这样极端的海拔，当你自己深陷于疲惫、营养不良、脱水、缺氧、缺觉的泥潭，你连情感能力都缺失了，更别说对其他人产生同情心。

可是贝克需要援助，我们也有资源来帮助他，不过罗布此刻陷入了领导角色的两难境地。把贝克留在平台处，罗布继续领队，并带走所有夏尔巴的支援力量保障冲顶队伍。但这样的话会耽误救助贝克的时间，从而将他置于危险之地。在极高海拔处原地等待是一件登山者绝不会做的事，除非万不得已。原地等待意味着贝克必须用仅有的宝贵能量来维持体温，因为体温流失就意味着死亡。

如果派麦克或安迪用短绳索拖着贝克下山也许能帮到他，但这又会影响冲顶队伍的领队力量。而且麦克或安迪势必有一个人无法登顶。安迪从未攀登过珠峰，如果胜利在望时让他放弃，他一定十分懊恼。如果让麦克带贝克下山，也就意味着山顶只有安迪可以帮助罗布指挥。可是安迪纯粹是个新手，完全没有高海拔的攀登经验。罗布也可以派一个夏尔巴人带贝克下山，但夏尔巴人也许不熟悉如何用短绳牵着贝克，而且，夏尔巴人的工作本来只是负责运输物资。

罗布决定稍后再处理贝克的问题，可是他无法预计前方将会出现的问题和时间延误。我们会很快就下山帮助贝克吗？这个假设成立吗？

大部分队友不知道罗布做了这个决定，那些知道这个决定的人自顾不暇，也无心关注他人的问题。此时，罗布需要一个人来帮他做参谋，他需要有人质疑这个决定，可惜没有。

把一个生病或受伤的队员留在原地，对任何领队来说都是一个糟糕的决定，这也是职业登山界中一条不成文的规定。如果一名登山者落单，很多危险都可能发生，尤其是在海拔 27600 英尺（约 8413 米）处。贝克也许要独自等待很久，而且依据氧气消耗量标准计算，其他人再次看到贝克前，他的氧气就会耗尽。因为无法运动而产生热量，贝克很容易流失体温。万一我们没能及时回到他身边怎么办？万一天气情况急转直下怎么办？

为了实现登顶的目标，罗布放弃了帮助贝克回到安全地带的责任。

这是一个错误的决定。

该出发了。我环顾四周，拍了几张照片。突然间，我沉醉在这片壮美的景色之中无法自拔。沿着我脚下的山脊，越过珠峰并不著名的康雄东壁就是中国西藏。海拔 10000 英尺（约 3048 米）以下就是康雄冰川。然后我看到了世界第三高峰干城章嘉峰，还有世界第五高峰马卡鲁峰。这些巨山都是登山教科书中耳熟能详的地名。此刻它们都沐浴在金光闪闪的晨光中。这幅景象让人叹为观止，我永远不会忘记那一刻的壮丽和静美，所有的痛苦都被抛到九霄云外。只愿身在此山中，就是“为什么要攀登珠峰”的答案之一。我告诉自己全世界没

独自等待的贝克

有几个人亲眼看过这幅美景。

然而这种感觉稍纵即逝，很快我又开始感到煎熬。每当我听到罗布说“一切顺利，保持节奏就好”的时候就会放松很多。保持节奏——这就是我的目标，我的口头禅。我真正的口头禅是一句梵语，意思是“思想的工具”，还有一句从其他攀登经验中引用而来且耳熟能详的话：“保持节奏、灵活攀登。”我一遍又一遍地说着“保持节奏、灵活攀登”；“我能做到”是另一句口头禅。这一句始终在我耳边回响——“我能做到”。

美景赏析到此结束。是时候出发了。在珠穆朗玛峰上，我从此以后再也没有任何一刻如这般享受。我的梦魇才刚刚开始。

我们在平台休息时，费希尔的团队也赶了上来，不过短暂休整后他们就继续攀登了，也许他们想超过我们霸占领先位置。对登山者来说最好是分散区域而不要距离太近。我们也不希望两支队伍混作一团，因为平台区后面是一段狭窄的山脊，登山者要错身而过非常困难。

这是费希尔队员第一次引起我的注意，两天前在洛子峰，我也碰到过一些费希尔队的人，但那时我太专注于自己的登山状态，完全忽略了他们从我身旁经过这件事。

到目前为止，一切都按计划进行，从整体情况来看，各项指标都正常：天气良好、风速正常、时间准点、雪况良好、队友的健康和体能状况良好（没有疾病或超过预期的疲劳状况——仅根据我的判断）。除了贝克，其他人都表现正常。

我没看到延误和其他障碍，前途一片光明；更重要的是，罗布说我们十分准时，一切都按部就班。长达六周的铺垫已成历史，距离演出落幕还剩几个小时。最后的 59 小时倒计时已接近尾声。

“我能做到，”我心里在给自己打气加油，“我能做到。”

我没有想过固定安全绳索的计划，我猜夏尔巴人已经为提前出发做准备了。我也没有想过，几天前，当罗布决定和费希尔团队同一天冲顶的时候我还很担心，因为这些担忧早在大本营时就得到了解答，所以在过去五天里我就没有再想过这些事。各队单独行事，互不影响，这就是假设。

罗布的七次珠峰探险经历也是我的信心来源之一。“老兄，如果一名登山队员克服了体能障碍来到此地，只要意志力还能说服自己前行，他就一定能够成功。”拥有坚定的意志力一直是我的强项所在。耐力运动中有句名言——“痛苦是暂时的煎熬，退缩是永久的耻辱”，这是我的座右铭之一。

“我一定能够做到！”

队伍终于开始移动了，我很欣喜。我大概位于队伍中部，而罗布则在队尾压阵。他曾说过登顶日当天他会扫尾，我始终没有明白这个决定的逻辑所在，毕竟登顶日那天才是我们最需要领队的时候。在我看来，这个选择是不符合常理的、与正常思维背道而驰的，因为领队作为首领和决策者，本该首当其冲，尤其是在副领队经验不足的情况下，更应如此。可在我们这儿，安迪却走在队首，而他从未登上过珠峰。他不仅缺乏高海拔攀登经验，更重要的是，他也缺乏高海拔决策经验。如果罗布在最前方，他能边攀登边观察登山进展、选择路线、制定方案、下达通知，更重要的是他能在复杂和危险情况发生时控制好前进的速率。而在队尾的麦克或安迪完全能用对讲机与他及时沟通。

东南山脊就在脚下，我们依照罗布的时间表准时向下一个目标前进。看起来胜利在望，成功唾手可取，一切很快就会过去。

“我一定能做到！”

接近外层空间

CHAPTER 21

山脊之上

东南山脊是通往世界最高峰的最后征途，垂直高度1400英尺（约427米）。我回头眺望来时的漫漫长路，满眼是冰雪覆盖的崎岖山脉。站在山脊之上，左边有古老的尼泊尔，右边有神秘的中国西藏，真是别样的风景，而此刻阳光正将我修长的身影牢牢刻在尼泊尔的大地上。

山脊前段需要登山者有极佳的平衡能力，我需要小心翼翼地选择冰镐落点来支撑身体重心；随后地势略趋平缓，紧接着又是陡峭的万丈深渊。此时一朵浮云飘来，又缓缓从脚下飘走，仿佛我已置身于珠峰之巅的外层空间。

没过多久我便发现护目镜有个问题：我重

新戴上了氧气面罩，面罩上的皮带套在头上，而鼻梁部分有个夹子起固定作用；可是我的冰川眼镜却因为紧绷的面罩皮带而无法紧贴鼻梁。攀登过程中，我能从眼镜与面部的缝隙清楚地看到地面上的冰雪。这个情况很不好。如果我抬头朝前看，护目镜的保护作用良好；可是如果我向下看，护目镜就无法起到保护作用，而大部分时间我都需要看着地面。

我并不直视阳光，但光线却能通过冰雪折射到面部，这就是为什么登山者的上嘴唇容易被日光灼伤，所以他们通常会在鼻子下方涂抹防晒霜。我记得特别清楚，中学物理课本教育我们紫外线通过雪面反射后更具杀伤力。脆弱的人眼结构在高海拔处因为较强紫外线的伤害常常产生雪盲症。

从平台出发后，我走在所有人的中部，要保持匀速前进让我倍感压力。罗布反复强调："我走过这条路，所以知道要怎么做。你们保持匀速即可。"那时我们才离开平台区不久，要停下来调整护目镜很困难，而且也会干扰其他人前进的节奏。

护目镜上没有结雾，这很好，可是我很担心从缝隙反射进双眼的阳光。攀登途中，我不时摆弄着面罩皮带和护目镜，可是没起作用。我还是很难停下来好好解决一下这个问题，所以我装作无所谓，希望这个问题不知不觉中自然消失。继续保持匀速前进是我的首要任务，左一脚右一脚不能停歇。呼吸，一步接着一步。"灵活攀登，我能做到的"，内心那个声音在不停鼓励着我。心理技巧能帮我很好地克服疲惫，然而刻意忽略那个困扰我的护目镜缝隙问题，最终成为我要为之付出代价的错误。

为了不在回程迷途，我努力记住沿途的地形地貌，这并不是难事。走在被 8000 英尺（约 2438 米）空气夹在当中的山脊之上，想要迷路也不容易。别太靠左，也别太靠右，很简单。

一小时接着另一小时。每迈一步，我都要呼吸四五口这干燥寒冷的空气，它像一团冷火在体内燃烧着我的身体。然后调整身体重心，控制好平衡，仔细迈出下一步。我的精神和力量全部集中在脚下，其他什么都不重要。我已经接近顶峰，可是并不快乐也不激动。我只想让这一切尽快结束，因为我受够了寒冷、疲惫和窒息。我想回家，但是，什么都无法阻止我继续攀登的决心。

目前所有的困难都是我已预见到的，脱水也好、营养不良也好、无法消化食物、因为缺氧而呼吸困难、因为持续攀登缺乏睡眠疲惫不堪等等，都无所谓，毕竟这是在死亡区，我的机体在渐渐死去，所以我应该尽快完成目标，离开这里。

坚强的意志是我前进的动力，没有任何困难能够阻止我。今天就是站上顶峰的日子，而且她离我越来越近。

“我能够做到，我一定会做到！”

周围没有别人，我只能依靠自己，除了风声和呼吸声，我什么都听不见。前方的道路越来越陡峭，可我正一步步接近最高峰。五次呼吸迈出一步，我们每个人都在用渺小的力量，征服伟大的奇迹——珠穆朗玛峰。一步、两步、三步，水滴石穿的力量。

当登山者思考风险这件事时，他们想到的首先是雪崩、落石、冰川裂隙、暴风雪和高原反应，他们往往忽略了由自身的错误决定所引发的风险，从统计学角度分析，那同样致命。出事儿的元凶往往并不是自然之力，而几乎总是登山者自身的错误。即便那些看起来像是由大自然的不可抗力造成的危险，如果追溯回去，也会发现，是登山者做了某些错误决定，才使自己暴露在大自然的危险之中。在珠峰上，尤其是在登顶日，这样的决策风险就更为真切。

所以，我们还需要相信自己。

罗布常把登顶日的个人决断力挂在嘴边。除了福兰克和道格，其他人从未抵达过死亡区，哪怕是接近死亡区的海拔。在这样的海拔高度，做出一个正确合理的决定，要面临更大的压力，且极易受其他因素影响。真正的挑战在于是否拥有强大的定力，是否有坚守原则的能力。

登顶日当天，登山者不仅需要有强大的意志力以完成对顶峰的冲刺，更需要有同样强大的力量让自己活着返回。你必须摒弃为了完成目标的孤注一掷，否则你将无法活着回来。顶峰只是中点，而非终点，更何况下山的路通常比攀登时更艰难。

征服世界之巅的野心与抱负总是伴随着来自各方面的压力。对于难波来说，创造世界纪录就在一瞬间；对于罗布而言，登上顶峰意味着另一项世界纪录，还有由乔恩·克拉考尔的存在给罗布带来的无形压力，那就是获取更大的媒体曝光率从而带来更多的生意。

压力、压力、压力。

那些来自外界的压力，以及自我的强大毅力，是我们每个人需要掌握和使用的动力来源，我们不仅对自己，也对他人负有责任。如果出了任何状况，可能就有人丧命。

登山途中，特别是登顶日，你要面对很多抉择和困境的挑战：你需要拥有野心，但不可过于贪蛮；你需要勇敢坚毅，但不可过于鲁莽；你需要充满自信，但不可过于自负。罗布说过："攀登珠峰，你需要有冲劲，但不能冲过头。"他知道，有一条底线，登山者决不可逾越。

然而，对于这些极度渴望攀登珠峰的、这些马上就能实现目标的、这些生来就不轻言放弃的登山者而言，看到这条底线绝非易事。在他们眼中，"不行"从来不是可以接受的答案，对自己说"不"更不可能。这些人习惯了做人生赢家，他们想要赢，他们也立志要赢。

讽刺的是，逾越那条看不见的底线，却代表着脆弱。"冲过头"反常地并不代表过于强悍，而是代表脆弱。比拥有野心更重要的是如何管理自己的能力，做到收放自如。

正因为如此，我们需要提前制订好经过所有人同意的登山计划以及安全措施。很早以前，有人曾这样形容过登山者：这世上有年老的登山者，也有莽撞的登山者，但没有又老又莽撞的登山者。如果你为了登顶孤注一掷，或者在你眼中只有冲上顶峰一件事，你也许就要永远留在顶峰。

事实上，我们的折返时间就是一条画好的底线，下午 1 点这条线清晰可见。

自从离开平台区，我就一直跟着其他队友匀速前进，后面也有一些队友，包括罗布。保持匀速是我的首要任务，可是戴上氧气面罩并没有起多大作用，调整面罩非但没有让我从中获益，反倒让我花费更多力气。我好不容易发现一处地点，可以让我站到山脊一边，仔细检查氧气系统、更换气瓶。这么做很有难度，因为我要用双腿和岩壁夹住我的背包。有人从我身边经过，可我没有注意他们是谁，还有些人在我身后，包括罗布。

我看了看气表读数，指针还在中间，和平台区时一模一样，我想阀门或者其他零件肯定出了问题，难怪有和没有氧气瓶我都感觉不到有什么差别。有人说过：如果氧气瓶工作正常的话，一旦氧气用完你立刻就有感觉。也许换个氧气瓶能管用吧。于是我换上了新的氧气瓶，敲了敲阀门，好像敲一下就能修好它一样。当然我也没有指望敲一下就管用，试一试吧。很多年前，我对生命以及登山的感悟就是如果你没有这个东西，你就不需要它。那一刻我所想的只有“是时候该继续前进了”。

我花时间调整了一下冰川眼镜和氧气面罩的皮带，我觉得眼镜和面部间的缝隙问题解决了。为了保险起见，我取出包里的滑雪眼镜戴在头上。其实如果需要的话，我可以边走边掏出眼镜，但我想现在就准备好，以防万一需要停下来，那时我就可以直接从头上摘下戴在眼睛上。我也想如果新的氧气瓶不起作用，我就把氧气面罩丢掉。后来我就是这么做的，这才解决了眼镜和面部缝隙的问题。

我停下来换氧气瓶时，发现了一个比较重要的情况。因为要从背包里拿东西、更换工具，我脱下了手套，才发现手指非常非常冷，活动困难，而且已经泛白发麻。我估计有可能是冻伤了，但我竟然一直没有发现。很糟糕，可我不在乎。

我这么看重自我领导。怎么能没有发现手指已冻僵呢？怎么能毫不在意呢？

我再次踏上雪山之巅的道路，现在要做的就是呼吸、前进。五次呼吸迈出一步，五次呼吸迈出一步。调整重心、呼吸、呼吸、迈步。滴水可以穿石，小步可以登顶。

我看不出队伍有什么问题。罗布说过："如果你保持匀速就没有问题。"我的前面和后面都有队友，大家相距也不远，人人都在埋头攀登，一切都很正常。尽管前进的速度有些缓慢，但如果太慢的话，罗布会及时调整的。他是珠峰专家，控制速度和时间管理正是他的领队职责之一。我的感觉不能再差了，可是我还在坚持。

我听见吱吱啦啦的声音，那是后方罗布对讲机里传来的声音："继续向上，继续向上。"他没说别的，可是他目光凝重，和平常那种新西兰式的诙谐不同。罗布加快了速度，看起来很着急。他看起来很冷：思想上、身体上、情绪上都是。我敢保证自己看起来也是这副样子。我用尽所有力气点了点头。

我们就快抵达南峰顶了，安迪和麦克也许已经到那儿或接近那儿了，我猜罗布有比较重要的领导事项要和他们商量。我并没有意识到这会是个重大问题。

罗布走到队伍前面后，我的关注点再次回到呼吸和脚步上，五次呼吸一步。此时此刻，站在东南脊上，我的信心大增。我就要登上珠峰的金字塔顶了，即便前面还有可能出现变数，困难依然存在，可是我的内心非常乐观。没有任何东西可以阻挡我，我太接近那个神一样的顶峰了。今天是登顶日，这里是珠穆朗玛。"我可以做到。"一切按部就班顺利推进。"洛，你在创造奇迹，"内心的声音在跟我说，

“是的，不过让我们先结束这一切。”

一只脚在前，呼吸、呼吸、呼吸、喘气、调整重心、继续前进，保持匀速灵活攀登。

在这个海拔，不脱水是不可能的。每呼吸一口周围极其干燥的空气，我都要用身体内的水分将其雾化，然后再呼出经过湿润的空气。海拔 28000 英尺（约 8534 米）以上极干燥的环境，加上零下 30 度的温度，你需要喝的水比在炙热的沙漠中喝的还要多。然而在登顶日，你完全做不到。背包内的水已经冻成冰块，此时只剩登山衣内的一个小保温瓶，但这点水远远不够我的身体所需。每次我都只能吮吸一小口，来湿润那因干燥而刺痛不已的咽喉。

山脊之路一望无际，越往前越陡峭。某些路段安装了固定绳索，沿途可见一些老旧破损的绳索被前方的登山者拖拽出雪地。我想过会出现这样的情形，但有些绳索很新，这有些出乎意料。这处地形十分崎岖但并不会造成人员拥堵，技术上也不难攀登，我认为没有必要安装绳索。但我并不反感绳索，通常我攀登时都会分外小心，当作自己没有连接在任何绳索之上，因为我不想对绳索产生安全依赖。此外我之所以小心翼翼，也是因为不放心这些绳索，你不知道哪些牢固可靠。我不能犯任何错误，在这个地方一旦出了差错，后果不堪设想。

实际情况是，此刻，在上方某处，错误正在发生，而且正变得越来越糟。

CHAPTER 22

我能做到

我看到几个登山者正在一步步登上南峰顶，峰顶之上几步之遥处有几个登山者也站在那里。从我这个方向望去，无法看到有多少人在南峰顶上，但我估计他们还在继续向顶峰发起冲击。我没有多想什么，只是看到有些人可能是坐着，但我不敢确定，而且也不知道为什么他们要站着或者坐着。那些人也许只是休息一会儿吧。我真的不在乎原因，我也没觉得有任何问题。现在我只是想着继续前进。

从我所在的位置算起，这大概是 59 小时冲顶之旅的第 52 小时了。从时间上看，距离登顶和返回最高营地的时间所剩无几。很快，攀登世界最高峰的挑战就要完成了。

我向上走的时候发现塔斯科站在前面，脱下背包调整背带。他对我说：“我准备下山了。”我不记得自己是否对他说了什么，因为那时我看到斯图尔特也正从山上迎面向我走来。我向上走时与他擦肩而过，我俩仅是眼神交流了一下。他们是我们团队中最强壮也最机智的两个登山者。

“发生了什么情况？”我心想。过了一会儿，斯图尔特说：“时间太晚了，那里有很多人。要么现在下山，要么被滞留在山上。”“滞留”是天黑后迷失在野外的简称，这是攀登珠峰者在高海拔处最害怕的情况之一。

这个词一下子击醒了我，我愣在了那里，脑子里一片空白。这个反应更像是怀疑和否定，或者是假装听不见我不愿意听到的东西。

斯图望着我的双眼，他知道接下来我要做的事完全是我自己的决定，但他的眼睛似乎在说“不要被滞留在野外”，他的表情试图说服我一起下山。后来，当我回想起那个时刻，想到了斯图在加德满都绣在夹克衫上的佛眼，那双眼睛充满怜悯和关爱。

“我还没准备好要下山。”我对斯图说。

“如果我保持匀速就没问题。”内心的那个声音还在回荡，而我还不想放弃。

塔斯科和斯图都是优秀的、坚毅的、拥有雄心壮志的登山者，也是我十分尊敬和钦佩的人物。如果没有确凿的理由，他们不会在如此接近顶峰的地方放弃冲刺。他们在自己的职业生涯中都曾在关乎生死的高压状态下做过艰难抉择，尤其是塔斯科，他曾作为英国空军特勤团突击队员参加过越南战争。而他们刚刚在珠峰峰顶附近做了另一项重大的人生决定。不过，他们的话无法改变我的想法，我甚至都不愿意去面对这个可能性。为了这个目标，我已经度过了六个星期，离开最高营地后我已经坚持了这么多小时。这个计划就是要攀登，意志力可以战胜一切。

罗布就在前方不远处，此刻他也许已经在南峰顶或者接近南峰顶处。我跟斯图说我要和罗布沟通一下。作为领队，我期望他能在那个关键地点组织协调各方人员。而且我离南峰顶只有几分钟路途，“为什么不和罗布谈谈？”内心的声音和我说。

待会儿再决定，去和罗布谈谈。

通常情况下，如果条件允许，我会尽可能推迟重大决定的决策时间。此时我觉得没有必要立刻做出那个最终的无法反悔的决定。

再者，我已如此接近顶峰。

再者，我并不喜欢约翰和斯图的决定。

再者，我甚至不愿意想到他们的决定。

我继续向前。内心犹豫不决的我不停地在说：**“我可以做到。”**

我还在继续向上攀登，但我知道现在的高度已经超过地球上任何一座山峰，包括那座臭名昭著的乔戈里峰。我们的一位夏尔巴向导拉赫巴·次仁（Lhakpa Chhiri）就在我前面，我追上了他。

我指着峰顶问他：“还有多远？”我知道我们已经很接近了，而且我的距离感也不错，但我还是想问他。也许答案会比我估计的少吧。这位夏尔巴向导只能说一点英语，他抬头看了看前方和四周，然后举起两个手指说："两个小时，大约 100 米，两小时。"我盯着他，他又说了一遍，我还是傻傻地看着他。我知道现在所处的位置，所以也没有把米换算成英尺。但这两小时还是让我疑惑。"120 分钟。"我自言自语，这比我预计的要长很多，也许换算成分钟感觉时间会短一些吧。

我解开登山服上的尼龙腕带，看了看手表。

时间已经接近正午了，我完全没有意识到这一点。我试图保持镇定，但还是很清楚我们已经晚了。我飞快地思考着这个时间点的含义和可能的结果。从我们离开最高营地起，已经过去了将近 13 个小时，而我们已远远落后于时间计划表。这意味着出了状况。罗布说过我们需要在上午 10 点左右或更早的时间抵达南峰顶，甚至到达主峰顶的时间也应该比现在早，原计划是上午 11 点左右。按照罗布的计划，这个时间点我们应该已经从主峰顶开始返回了，但我们还在前往峰顶的路上。

我们晚了，非常晚，为什么？我不知道。但这与我何干？我的心里是冰冷和自私的。

晚了，是的，但已经太晚了吗？我反复问自己这个问题。

我在大脑中飞快地计算着，两小时登顶，两小时回到我此刻所在的位置，那时已经将近下午 4 点，距离最高营地还有 3000 英尺（约 914 米），而我需要在天黑前达到。

对照罗布制订的冲顶日计划来看，我已经远远滞后了，我甚至都快错过折返时间了。可是其他人还都在继续向上攀登，罗布肯定觉得这样可行。我也觉得是。我可以做到的，只要继续攀登，继续坚持就可以。我已经坚持了六个星期，今天我已经攀登了 13 个小时，顶峰近在咫尺，还有 120 分钟而已。为什么不再咬咬牙？况且，还有很多人都在继续攀登。我对自己说：“保持速度，跟着其他人。”

我的体力和心智已在这高海拔地带被消耗干净，可是还有比这更糟糕的事——后悔。如果我没有把握机会，将来我一定会后悔。登山运动中，只有一件事比没有登顶更糟糕，那就是别人还在坚持，而你没有。这样的事从未在我身上发生过，也绝不可能发生在今天正在攀登世界第一高峰的我身上。

想清楚下一步要做什么并不难，我也不需要再跟罗布沟通，也不需要获取更多的信息。要做的事很简单，我很快就得到了答案，在那个时刻，我仅能听见的内心声音全部都是，而且只是关于我自己的——前进，继续冲刺顶峰。我的目标、我的理想、我的付出、我的痛苦，我自己，我已如此接近，我能做到。那一刻我的心里只有这些。

内心没有疑惑和挣扎，没有权衡利弊的纠结。距离顶峰还有 120 分钟，去吧，终结它。野心满满的呼唤、疯狂呼啸的大风还有稀薄的空气吞噬并压制了我内心所有其他的声音。

其他人还在前进，我也一样。

我抹去脸上覆盖的冰霜，好呼吸 6 英里（约 9656 米）上空稀薄的空气。低下头，大口喘气，继续埋头向上跋涉。

我能做到，耳边始终回响着这句内心深处的呐喊。如果你满心满眼只有顶峰，除了攀登还能做什么？

没走出多远，骇人的事情就发生在了我的身上。我的心脏开始疯狂剧烈地跳动，好像快要失控的马达。我能感到它在颤动，我能听到它在怦怦作响。这样的情况有生以来还是第一次。

我感觉脚下不稳，很快就要跪倒在地——这是一种近乎绝望的感觉。我双手握住冰镐上端，将镐柄直直地插入面前的雪地，努力握住它们以稳住身体。此时双腿已瘫软下来，跪在地上。心脏还在震颤，心跳声剧烈急促。我慢慢闭上双眼。

上帝啊，我身上发生了什么？我知道，正在发生的一切异常严峻。我竭尽全力稳住呼吸。我能感到，正在发生的一切攸关性命。

我停留了很久很久。内心的声音已经穷竭。我不确定自己是在稳住呼吸还是苟延残喘。

我不停地在祈祷，祈祷“上帝赐予我力量”。这是一个开放式的请愿，我只知道我需要力量，可是需要力量做什么呢？

双手握住冰镐、双腿跪在雪中，我的呼吸不再那么急促。睁开眼睛后，我的关注点也有所转移。我环顾四周，这是数小时以来，我第一次在观察大环境的情况下开启我一贯自问自答的思考模式。此刻我所关注的不再是左一脚右一脚，而是更宏观的现状。

我一定能站上顶峰，这一点我确信无疑，甚至都不必自问。可是折返时间已经过了，这一点也毋庸置疑。

从时间上看，当天我还能在太阳落山前登上顶峰再返回最高营地吗？这是我提出的疑问。第一次，我对此产生了真切的怀疑。我的直觉说：“不确定，也许行吧，也许不行。可能……不行。”然后我的答案变得肯定起来：“不，我觉得不行。回来的时候天肯定黑了，我会被滞留在野外的。”罗布常说：“如果你不能在天黑前赶回来，那你就跟在月球上差不多了。”

我看见前方还有登山者继续前进，时间上的问题似乎并没有困扰他们，因为除斯图和塔斯科外，再没人下来。

我剧烈跳动的心脏在胸腔和耳边奏鸣。我再次环顾四周、观察天气，雪花被大风卷起，在我身旁飞舞。风比起刚才大了很多，风声也变得越来越响。抬头向上望去，一切正常，可是向下望去，能见度很差。早先的壮丽美景已消失殆尽，平台区也不见踪影。我能感到天气在剧变，显然不是变得更好。

视线转回我的身体状况，我脱下手套，看着已经发白和僵硬的手指，冻伤？可能吧，不确定。我之前就发现了这个问题，可是完全没有在意，即使是现在我也不那么担心。内心那个充满野心和抱负的声音早就盖过了任何担忧之声，以及指尖组织冻伤的疼痛感。

疲惫和脱水的程度令人难以置信。我迫切地需要补充水分，可是背包里的水早已结成冰块。我捧起一堆雪塞进嘴里，不管有多冷，这点雪水都能抚慰我那干渴欲裂的喉咙。

我的心脏怦怦乱跳，前所未有地快速和猛烈，就像发了疯一样震颤着。耳边的大风也越叫越响。

此时此刻，我本该在返回营地的路上。当我发誓遵守折返时间时，我的决定就已经做好了，这一切纠结本不应存在，孰是孰非我很清楚。誓言就应该信守，此刻不需要再做什么决定，其他人也指望我能遵守折返时间，这个时间是为所有人的安全设定的标准，不仅仅是为我。我做出了承诺，我也答应过桑迪我要亲自给她讲这段经历，所以我怎

我能做到

么能无视这些承诺，冒更大的风险继续攀登呢？所有这些所思所想都来自我的内心，一个超越了自我的声音。

这是我登山以来第一次真正遭遇抉择困境，我该何去何从？目标近在咫尺,可我已经没有足够的时间了,我该放弃还是该继续攀登?

此刻，攀登世界最高峰的挑战已经不是身体和意志上的挑战，这个挑战远大于攀登一座六英里高的冰雪岩峰。这个挑战的对手是自己，我在与另一个我做斗争。内心有两个声音此起彼伏，这真正是一场进退两难的境地。我不得不做出选择，但又不知道该如何选择。内心的正反两种声音此消彼长，互不相让。我不时抬头看看上方，人们还在继续前进，也许一切都会迎刃而解，可我一旦扭头下山，希望就彻底落空了。

我还跪着的时候，有些队员从我身边经过，但他们什么都没说，继续前进。我也没有注意他们是谁，只觉得这对我继续前进产生更大的压力，我甚至能看到自己的身体在移动。不过，这个艰难的决定我不得不做，尽管这是我最担心出现的局面，因为我害怕自己没有勇气独自抉择，我曾希望自己永远不要碰到这样的局面。

周围人来人往，但我只听到自己的声音，我是如此孤独无助。我知道该怎么做才是对的，可我不想那么做。

我能做到，内心的声音再一次响起。

但是做到什么呢？我又立刻反问自己。

此刻我双膝着地、内心挣扎，这个问题没有答案。

突然，风声消失了，周围的一切都静止了。除了心跳声，我什么都听不见，没有内心的争辩，也没有外面的嘈杂，甚至连大口喘气的声音都听不见了。难道我呼吸停止了？我挥了挥手来确保自己没有昏过去或是出了其他问题。然后双手更加牢固地握紧冰镐。

然后我觉得自己好像灵魂出窍，一切发生在我身上的事似乎距离很远。一切就像慢镜头。

这种感觉非常奇妙，我以前从来没有过这样的体验。除了心跳声，一切死一般寂静。就算是心跳，也似乎在慢速跳动。我能看见飞雪静静地轻柔地在我周围旋转，没有风声，也没有内心两个争斗的声音，我只能听见怦怦怦的心跳声，除此之外，一片静默。

狂风过后，当我只听到寂静之声，我会听到些什么？我不知道。但不用多久我就会知道了。

正是那个声音，拯救了我。

CHAPTER 23

狂风过后

我一动不动，认真聆听那一刻的寂静，体验那一瞬间的灵魂出离。相当长的一段时间里我只听到扑通扑通的心跳声。然后我站了起来，双手握住冰镐，准备迈出下一步。

今天不行。我可以做到，我可以登上珠穆朗玛峰顶，但不是今天。我要回家了，这就是我要给桑迪讲述的经历。

这就是在狂风过后，我最后听到的声音。

我抬头看着顶峰，想象着自己站在世界屋脊的那一刻。那一刻不会发生了，那里我再也去不了了。

今天不行，我要回家了，那个声音反反复

复地说着。

我掉转了方向。

我扭过头，最后一次望向那些还在往上攀登的登山者们，他们穿着或红或绿的彩色登山服，继续向着那个顶峰发起最后冲刺，不久他们将在那里为之欢呼。他们内心是否如我一样有个声音在呼唤，他们是否也有过如我这样挣扎的抉择过程，我无从得知（我也是刚才才经历这样的过程）。我只知道他们还在继续为了那个站上世界最高点的梦想奋勇拼搏。

而我已准备好下山了。

当我开始迈出下山的第一步时，心脏不再剧烈跳动了，我也听不见或者感受不到它要蹦出胸腔的感觉了。此刻，风声和我的喘气声又开始在耳边回荡。即使是下山，前面的危险依旧。冰镐在手、脚尖朝下，尽管此刻我已疲惫不堪，但依然感觉强壮并充满信心。我确定我会安全返回，我确定即使还有 3000 英尺（约 914 米）的冰雪、碎石山路和层层险阻，我也能够安然无恙地回到最高营地。

我已经开始向山下移动，可那句话依然不绝于耳——我能做到，但不是今天，今天不行，我要回家了。

此刻，我不再感到孤单无助，相反，我能感受到许多内在的力量，它们随我一起来到珠峰，在每个决策时刻指引我、影响我、给我力量。现实生活中，我的性格让我能勇于面对挑战，前来攀登珠峰，但真正发挥作用帮我克服困难的是内心深处的东西：那就是桑迪的爱、她在我生命中的地位、我对她的爱、她对我行为的影响，以及将我们联系在一起的承诺——亲口讲述我的经历，安全回家。这才是我力量的源泉，这才是我值得为之拼搏的故事。

我不能冲到顶峰然后回来给桑迪（或者其他人）讲述这样一个故事：过了折返时间，我不顾一切继续攀登，明知道不能在天黑前赶回最高营地，我还是选择冒巨大风险，选择牺牲自己的安全和队友的安全，打破对其他登山者的承诺和对桑迪的承诺，只为自己能够登顶。这不是我想要攀登珠峰的方式，也不是我为人处世的方法，更不是桑迪期望看到的样子。

结果是，如果那天我一意孤行，这些都是后人口中我的所作所为了，我永远不可能亲自讲述这个故事。

我的内心是平和的，我要感谢上帝赐予我勇于放弃的力量，让我没有感到后悔或失望。我一直就知道在折返时间内返回是个正确的事，但仅仅是知道并不足够。我永远忘不了内心那个充满野心的怂恿之声，它让我有冲刺顶峰的力量，但差一点要了我的命。我也永远忘不了心底最后的那个声音，它让我勇敢说“不”，才保全了我的性命。

有时我总会想为什么开始下山的那一瞬间我充满力量和自信？在这之前我已心神俱疲。也许是因为不用再向上多走一步而感到轻松；也许是每向下走一步都离家更近；又或者是因为做了明知道正确但不想做的事而感到自豪和满足。无论怎样，这不是一种生理上的力量，我相信这是上帝带我安全回家的方式。

那个来自内心深处的声音一直萦绕在我耳畔：“今天不行，我要回家了。”我的思绪已飘到了桑迪身边。就像以往每一天我下班回家前，我都会跟她打电话说："我一会儿就回来了。"这一次没有电话，但桑迪的样子就在眼前，我在心里默默地说："我一会儿就回来。"

霍尔探险队的八名成员中有五人在正午时分，经过独立的思考和判断，决定放弃继续冲顶。他们做到了该放手时就放手。这是罗布希望看到的结果，他们遵守了承诺，在折返时间及时返回。而领队们和另三名队友——康子、汉森和克拉考尔还在继续长征，通往未知的梦魇。

CHAPTER 24

消耗日光

上午 10 点，第一批登山者到达了南峰顶，那里距离顶峰还有 85 米。麦克·格鲁姆就在其中，这个时间符合罗布制定的时间表，可是，值得指出的是这些人并没有继续攀登。

他们以为南峰顶至希拉里台阶处会有新安装的固定绳索，可他们为什么会这么想当然？我也不知道。不管什么原因，我们前面没有负责安装绳索的夏尔巴人。慢慢地，南峰顶积聚了越来越多的人，包括费希尔团队的人还有两队中的夏尔巴人。不一会儿霍尔和费希尔的探险队已在南峰顶处交织混杂在一起。

罗布在队尾，所以他不知道前方的队友并

没有继续攀登。

众所周知，冲顶日当天的首要任务是继续前进，分散距离，防止拥堵造成延误。分散分布，继续前进。可是他们没有这么做，而是在那里坐下等着。

登山者和副领队们面对的选择并不复杂，第一选择也是最佳选择，便是在没有安全绳索的情况下继续攀登。这段从山脊通往希拉里台阶的道路并不需要绳索辅助。直觉选择也应该是继续前进。

过去的几年中，很多（如果不是大多数）登山者通过此处时并没有借助安全绳，这是人尽皆知的事。而且 24 小时前，在我们前方的南斯拉夫探险队抵达此处时也没有使用安全绳。当然登山者们更乐于使用安全绳增加安全系数,可是他们完全有能力独自走过这段走廊，因为此处地形开阔，线路笔直，没什么难度。

如果他们一定要使用安全绳，另一个选择就是自己边走边安装绳索，完全不需要等待任何夏尔巴人来完成这个工作。他们身上有富余的绳索，也有能力自行安装，这个工程并不费时也不费力。这段走廊的尽头便是希拉里台阶，那里才是真正需要绳索的地方。所有的登山者，以前的、现在的，都需要借助安全绳，而大部分登山者都有能力自行迅速地在这段仅有 40 英尺（约 12 米）高的地方安装上安全绳索。这也不需要夏尔巴人的协助。

最后一个选项，也是他们的最终决定，那就是等着夏尔巴人来帮他们做这件事。他们等着等着，就这么干坐着，等着。

等待、等待，最终也没有安装绳索。5 分钟过去了，10 分钟过去了，继续等待等待。浪费时间。半小时过去了，一个半小时过去了，时间

他们坐着干等

嘀嗒流逝。浪费时间。最后，他们浪费了两个小时。时间就这样被白白浪费了。束手等待，他们是在消耗日光——冲顶日最珍贵最稀缺的资源。

这样的事怎么可能发生？他们怎么可能就这样白白浪费了这么长时间？那些登山者和领队们是怎么想的？难道就没人哪怕质疑一句吗？

聊天和交谈？这些可是经验丰富的登山者。乔恩·克拉考尔说他坐在那儿等待夏尔巴人来固定绳索时和三个职业登山队员闲聊忘了时间。难道大家都没有一点领导意识？

这是个最基本的常识，谁都知道漫无目的地等待本身就是个严重的问题。除非重大紧急情况事件发生，没有人会在高海拔处无所事事地等待。攀登高海拔山峰没有任何计划中会列出等待项目，空等只会造成麻烦。

罗布的登顶日计划原本是要保证队员们保持速度和距离，稳步平缓地登顶，现在计划失败了。当他从我身边经过走到南峰顶下方一处挡住视线的岩壁时，他一定想不到经过这块岩石时将看到令他震惊的一幕：28 名登山队员挤在南峰顶四周。

为什么安装固定绳索这件好事成了制造麻烦的坏事？很简单，这是个烂计划。在沿途线路中的某些路段没有特别理由和需要的情况下，罗布也希望两队的夏尔巴人可以通力合作，结果事与愿违。

南峰顶上，霍尔探险队的夏尔巴人向导安格·道吉和其他人一起等着。整整两个小时，直到正午时分，他只字不语，其他人也没跟他有任何交谈，直到费希尔团队的尼尔·贝德曼（Neal Beidelman）

问他是否准备安装绳索。他很直接地说了“不”，也没有说为什么。也许他也觉得大家没有必要借助绳索来攀登？也许他也和其他人一样在想为什么大家都在等着？他确实也没有义务告诉大家拍拍屁股起来继续前进。

麦克在南峰顶整整待了两个小时。他说之前罗布给他下过严格的命令，不能介入绳索相关的事务。正午之前麦克试图通过对讲机联系罗布，但没有接通。留在队尾的罗布无法掌握一手信息，无法在所有人坐着等待时给予指导。这又不得不说到霍尔的“一人”领队团。罗布也许没想过会发生这样的事：这么多经验丰富的登山者，包括职业登山队员，坐那儿等待、消耗有限的日光、浪费这么多时间，什么也不做。这样的事绝不可能发生，对吗？可它偏偏发生了。

事情看起来是夏尔巴人先撂了挑子丢了一个球，但其他登山者眼看着球被扔过来却熟视无睹。登山者们不采取任何行动反而选择等待，和夏尔巴人不作为的行为比起来，对结果的影响更恶劣。费希尔团队的夏尔巴向导洛桑·江布（Lobsang Jangbu）因为高山反应不得不放慢了速度。他说那些登山者们，包括职业队员就这样坐着等他上到南峰顶为他们安装绳索的行为简直是荒唐至极。

如果那些人抵达南峰顶后，无论是不借助绳索继续攀登，还是自己边攀登边安装绳索（或者如果夏尔巴人提前安装好了绳索），他们就能始终保持距离，有序前进，就不会因为时间延误而无法及时登顶和返回，也就不会有 1996 年的珠峰大山难。

那些指望南峰顶至希拉里台阶的走廊处有绳索的人，最终也没等来绳索。正午时分，费希尔团队的安那托利和尼尔出发前往希拉里台阶安装绳索。行走在山脊走廊处的安那托利只是弯下腰，就从雪地里拽出了前人留下的绳索。于是所有人都用了那条已经在那儿的旧绳索。

那段走廊地带并不需要使用也不需要安装新绳索。所有人傻傻地等了两个小时，损失了两个小时，消耗日光，徒然无果。

CHAPTER 25

时间耗尽

正午前，麦克曾试图通过手持电台联系罗布，但他的问题并不是关于如何安装固定绳索，而是关于天气和时间，如果继续攀登，时间是不是足够？天气会不会变差？他们有没有“耗尽时间”？

现在是正午，罗布踏上南峰顶环顾四周那一刻，他接下来的一举一动将对结局起决定性作用。我正踏上返程之路，距离我数十步之遥的南峰顶上，考验罗布的大幕才刚刚拉开。

接下来发生的一切决定了后来的事情走向，也书写了 1996 年珠峰山难的悲惨故事。

正午时分，南峰顶附近聚集了 28 名登山者，其中包括 3 名台湾籍登山队员，而他们本不该在 5 月 10 日那天冲刺顶峰。在他们前方，是一小段通往希拉里台阶的走廊，登上希拉里台阶后，是一段 15 分钟的山脊小路，直通珠峰峰顶。全程垂直距离共 279 英尺（约 85 米），预计攀登时间为一个半小时——在没有任何延误的情况下。

可是，我们已经落后于计划两个小时了。麦克和康子一直在南峰顶等罗布，他们想跟罗布确认一下天气情况和折返时间。麦克担心时间太晚了，因为罗布原定的登顶时间为上午 11 点。

安迪和乔恩已经离开南峰顶走在了通往希拉里台阶的走廊上，在他们前面是费希尔探险队的安那托利和尼尔。安那托利在尼尔的保护下，仅用了几分钟便在 40 英尺（约 12 米）高的希拉里台阶上安装了新的安全绳索。

南峰顶上无故的时间消耗造成了严重的后果，最大的问题是登山者们聚集拥堵在一起，而非分散开来。罗布看到，几分钟之内，28 人都已纷纷踏上南峰顶至希拉里台阶的走廊地带。用不了 35 到 40 分钟，他们便又会在希拉里台阶脚下聚集、停下、等待依次攀登希拉里台阶。

罗布应该能看到短短的走廊地带，数量众多的登山者们集中在一起，无论是向上攀登还是向下返程，一定会拥堵在希拉里台阶处。这里自古以来就是前进的天然屏障，因为一次只有一个人能通过。

这种情况下，希拉里台阶处毫无疑问会浪费更多时间，而且此时天气也开始变差，云层在较低海拔处聚集，风力也在不断加大。这是麦克想和罗布沟通的担忧之一，可当他跟罗布提起这个问题时，罗布却说：“如果天气不变得更糟糕的话，应该没问题。”

希拉里台阶上下拥堵造成时间延误的情况并不罕见，大家也都见怪不怪。早在80年代后期那里就出现过拥堵现象，那时还没有出现职业登山队。巧合的是，1993年5月10日，也就是三年前的今天，当时罗布和麦克还隶属于不同的探险队，那一天罗布第三次登顶，麦克则是首次登顶。当天麦克因为在他们前面有六名登山者攀登希拉里台阶而遭遇了严重的时间延误。下山时同样也是这个问题。如果那一天六个人就造成巨大延误，那28人都在此处依次上下会是什么情况?

1993年的情形还说明了另一点，登山者数量本身并不是问题。那一年的5月10日，一共有40名登山者成功登顶，但那一年和今年相比，最大的不同是那些登顶者抵达珠峰峰顶时是早上9:30，返回最高营地的时间是下午1点。那个时间比此时此刻的峰顶冲刺队伍要早将近4个小时。由此可见，登顶时间比登顶人数更重要。对于1993年和今年的探险队来说，同样关键的应该是在抵达希拉里台阶天然屏障的时候，尽可能分散，且尽可能提前。

当天上午时分，大批霍尔和费希尔探险队员一同攀登，都相安无事；他们相互间的距离合适、速度正常、时间控制合理，并未出现延误。直到他们在南峰顶处等待绳索——根本不需要的绳索，越聚越多的人才渐渐成为隐患，并在希拉里台阶处愈演愈烈。在那个接近外太空边缘的山脊地带，人们将平白无故地损失数个小时。

历史上从未有过如此众多的登山者在这样的时间点拥堵在这个海拔高度。这是攀登珠峰的一项新纪录，但这并不是罗布想创造的纪录，也不是任何人想参与的一项纪录。

考虑到希拉里台阶处不可避免的拥堵和延误，挤在南峰顶人群中的康子、道格、麦克和罗布是无论如何不可能在下午 1 点抵达顶峰的，那种情形下，最快也要下午两到三点。此外，所有人的第二支氧气瓶预计只能再使用一小时，也就是说在他们抵达顶峰回到南峰顶取第三支氧气瓶前，他们瓶中的氧气早就会耗尽。再也没有比在顶峰处耗尽氧气更可怕的事。这不应该是作为领队的罗布做出的决定。这样的时间管理明显只顾登顶不顾退路。

登顶后下行途中，他们还会继续在希拉里台阶处等待。所有人或者大部分人，当然包括队中的康子、道格、麦克和罗布面对的是天色渐黑、氧气耗尽、疲惫不堪和体温过低，而最高营地还距离遥远。在天黑后穿越这一段路途势必将是一场噩梦。

此刻——正午时分，立即掉转方向下山，无论从遵守折返时间的约定来看，还是从经验判断的安全性来分析，都是最正确的决定。

整整 12 个月以前，历史惊人地相似，就在 1995 年 5 月 10 日，罗布面临同样的抉择。

中午 12:30，他和四名探险队员正在南峰顶附近，前后都没有其他探险队的登山者。罗布团队在希拉里台阶处不会遇到拥堵延误，但是他们已经落后于时间表，罗布设定的天黑前登顶和返回最高营地预留的弹性时间也耗尽了，罗布不得不在“时间耗尽”时做出决定。一年以前，此情此景下的罗布非常坚定地选择遵守折返时间，带队返回。

他果敢的领导力和清晰的判断力是我愿意跟随他的队伍登山的主要原因。可是，去年罗布的决策压力远不如今年，今年队伍中除了普通登山者，还有一名会影响舆论的户外探险记者，以及一名会竞争生意的商业探险队队长。

连续两年，罗布面临的都是一模一样的情形。只差垂直 279 英尺（约 85 米）即可终结 29000 英尺（8839.2 米）的挑战。如此之近，人人都能站上顶峰，人人都想站上顶峰。所以，现在该怎么办？

梦寐以求的顶峰唾手可得，但是时间所剩无几。返回还是继续前进？

正午时分的罗布进退两难。接下来该怎么办？这便是症结所在。

罗布决定继续向顶峰冲刺。

麦克、道格和康子决定跟随罗布。

正午前后，罗布需要做出选择，他承受着来自各方的压力，影响最大的也许是他看到带着队员沿着山脊走廊向顶峰冲刺的斯科特·费希尔。那一场面毫无疑问刺激了罗布，还有带着媒体光环的乔恩·克拉考尔，也在继续攀登的队伍之中。此刻对于罗布来说，要想平衡领队责任和与斯科特在媒体关注度上的竞争关系，唯一的办法就是继续冲顶。

正午时分的罗布，到底是一名领队还是一个随从？

对罗布来说，那些外界的压力影响深刻、作用巨大：与斯科特的正面交锋；未来商业探险业务的激烈竞争；自尊和骄傲；创造登顶人数最多的世界纪录带来的广泛认可；杂志媒体报道势必带来的知名度；等等。

连续两年间，罗布都到达了离顶峰如此之近的南峰顶，如果他都无法带队登顶，这很难给出最佳的解释，尤其是万一费希尔队成功登顶且安全返回，就算是走运，登山界都会视斯科特为英勇的领袖。而罗布，如果他选择放弃登顶，在业界眼中将是完全相反的形象。更严重的是，他的商业探险生意将大大受挫。

我之所以决定参加 1996 年珠峰探险，一个主要原因就是罗布 1995 年在峰顶附近做出放弃的决定。从那个决定中我能看出他果断和坚决的性格。我绝不会想到罗布在 1995 年做出的那个决定，会成为他在 1996 年做出同样决定的阻碍。多么残酷的讽刺啊。

谁应该在旁边提醒罗布他做了个错误决定呢？他的副领队麦克吗？那个从未登顶过珠峰的副领队安迪吗？如果是原计划的霍尔、维耶斯图、科特三人领队组，情况会有所不同吗？

登山队员们对罗布的决定还是有不同声音的，尽管不是语言上的反对。这些不同的声音正是那些选择折返的登山者们。福兰克·菲施贝克曾三上珠峰，他选择返回是因为判断天气情况不稳定。斯图和塔斯科就在罗布身后，他们也选择在正午后返回，因为他们认为时间太晚了，山上人太多，而且也过了安全折返时间点。塔斯科和斯图都是经验丰富的决策者，他们在各自的生活中身经百战，这并不是巧合。这三个人都是思想独立的登山者，他们并不需要依赖罗布的判断和决策，也没有来自生意、竞争、知名度、认可度方面的压力。他们来到珠穆朗玛峰并不是为了职业晋升，而是因为热爱登山这项运动。最终我也选择放弃冲顶，以表示我的不同意见。

最后，罗布还应该听到另一个最大最高的声音在平台处呼喊着他，那就是贝克。日出后，贝克就被独自留在了平台区，他的状况很糟糕，需要有人帮他下山。他还在等着罗布回来接他。这个遗留问题本应该在罗布的良心天平上占据足够分量，无论在何种情况下，贝克都应该立刻得到救助，而不是从早上就被孤零零地留在平台处。他的处境如同上了倒计时钟的炸弹，若想得救，分秒必争。

CHAPTER 26

一个小时以后

正午过后的一小时里，罗布慢慢看清了山上的全貌。过去的一整个小时里，他自己没有移动一丝一毫。希拉里台阶处的拥堵如期而至，珍贵日光慢慢在流逝。还有 25 人在等待依次通过希拉里台阶，此时连放弃的机会都没有。而时间已经是下午 1 点，一位登山者说："人太多了，就像超市排队结账的队伍一样。"登顶之后，下山途中，他们还要再一次在希拉里台阶处排大队，继续浪费有限的日光。

如果不是因为排队等待依次通过希拉里台阶，从南峰顶到珠峰峰顶大约需要一个半小时，但前面的插图清楚地显示由于登山者数量大且集中，他们在希拉里台阶处要耽误两到三个小时，或者更久。有些人可能在向上攀登时遭遇拥堵，有些人则是下山时遭遇拥堵，而有些人上下都可能碰到拥堵等待。像希拉里台阶这样的阻塞点距离并不长，但在登山运动中，关键的并不是距离，而是攀登这段距离所需要的时间。这个时间则取决于通过这个阻塞点的攀登者人数。斯科特·费希尔在下午 3:40 登顶，后面还有三个登顶的人，道格最后在下午 4 点登顶。插图中跟在队后的 4 人（画面之外）最后选择在南峰顶处折返。这些人是夏尔巴人，他们抬头看到前方山脊上的状况后选择放弃，原因可想而知。

当天下午早些时候，山上还有其他探险队也在向山顶进发，这些队伍中有退伍军人埃德·维耶斯图（Ed Viesturs）、大卫·布里谢斯、诺盖（Jamling Norgay）、戈蓝·克洛普（Goran Kropp）和夏尔巴人安格·里塔（Ang Rita）。他们有的在收听大本营或 2 号营地发出的电台报道，有些通过望远镜观察上方状况。（在 2 号营地，人们可以直接向上观察 7400 英尺（约 2256 米）以上的南峰顶区域的情况）

老兵探险队员们认为时间已经太晚了，即使当时才下午 1 点。当听到无线电台的报道，看到下午 2:30 到 3 点这半个小时依然有人从走廊处继续向山顶冲刺（而不是返回），他们变得更为警觉。

Imax 探险队的副领队丹增·诺尔盖就是那些从 2 号营地通过望远镜观察山顶状况的人之一。下午早些时候，他终于在望远镜中发现了登山者，一开始他以为这些登山者们是在下山。让他难以置信的是，他发现这些人实际上还在继续向上攀登，他确信这些人无法在天黑前下山，而且也会遭遇那些天每天下午都横扫岩壁的狂风。

埃德·维耶斯图举着望远镜，问道：“为什么这些人还不返回？我无法理解为什么他们还要继续前进。”“等他们回到南峰顶肯定得是下午三四点了。”“伙计们，下山，下山啊。”大卫·布里谢斯当时也在2号营地听着电台播报，用望远镜在观察那些登山者们。他指着那些还在沿着走廊向山顶进发的登山者们说，他们至少要到下午4点才能回到南峰顶，这样做是主动放弃天黑前那所剩无几的安全折返时机。

安格·里塔是1996年探险队中经验最丰富的的夏尔巴人，他曾9次成功登顶珠峰。在大本营时他这样说：“这个时间太晚了，太晚了。”安格·里塔是戈蓝·克洛普的瑞典探险队的一员。5月10日时，戈蓝也在大本营，当他听到电台里的消息时，他说他预计罗布很快就会下山的，因为他知道罗布是个十分遵守折返时间的人。一周以前，当戈蓝在南峰顶选择折返而非继续冲顶时，罗布曾赞扬他的这个决定，他对大本营的其他人说：“这一点可以显示戈蓝对时局的精准把握能力。比起选择继续登顶，我更欣赏他这个决定。”

我们再也没有机会擦肩而过了

CHAPTER 27

擦肩而过，消失云端

开始下山之后，我再也没有想过之前的这个决定，因为有新的困难等待我克服。我需要安全回到下方营地，下山向来都是高山攀登中最富挑战，也最常发生事故的部分，因为你面临着诸多问题，比如疲劳、脱水、体能耗尽、缺氧等等，59 小时的冲顶征途已过去了 52 小时，身体承受着不断增加的负担。

下山途中的视野也与登山过程截然相反。向上攀登时，你往往低着头，看到的是双脚还有绳索，山体的岩壁就在面前；而下山时，大部分时间你所看到的是空旷的四野，一切看起来都好像远在天边。

下山时的身体运动从技术角度上来看也更困难。上山时，你先迈出前脚，站稳后调整重心再移动另一只脚。而下山时则完全相反，你需要先调整重心，再迈出一只脚，因为山体地面角度向下倾斜，实际距离更远，因此更容易踏不稳而失去重心。

刚开始下山的一段路非常陡峭。走了一会儿我看到有个人迎面向我走来，到了近处我才看出这个人是斯科特·费希尔。我早就认识斯科特，不过我们只是偶尔有交集。他小时候在密歇根州长大，所以我们常常一起回忆那段共同的生活经历。登山爱好者中熟悉密歇根州的人并不多。

过去几年中我们曾在某些山峰上偶遇过。斯科特外向又有魅力，认识他的人都很喜欢他，包括我自己。此刻我们在珠穆朗玛峰顶附近再次相遇，我们简短交谈了几句，我说："天色太晚了，斯科特，我准备下山了。"斯科特金色头发上落了一些新鲜的雪花，他看着我眨了眨眼说："好决定，洛，这是个好决定。"说这些话时我并没有任何遗憾的情绪，他也没有，我们只是说了一个事实，所以谁也没有表示意外。这就是登山者之间的某种默契。我们聊了几分钟，感叹珠峰的迷人，还有攀登的艰苦。然后我们交叉而过——斯科特继续向上，而我继续向下。

他一边称赞我下山这个正确决定，一边还继续攀登，这一点并没有让我感到惊讶。我完全没有想过他会像我一样下山，我也没看出他有任何身体不适。他的体力和意志一向是个传奇，就算他身体出了什么问题，就算我看出了异样我也不会相信。

斯科特有一件事说对了，那就是下山是个好决定。天色太晚了，对他来说也一样。他在下午3:40登顶，但再也没有回到最高营地。他被冻死在通往平台区的冰沟之内。

我们的路再不会有交叉。

我沿着山脊向下走时，在平台区看到了两个人，这让我兴奋不已。我努力加紧脚步，希望在他们离开前追上他们。走到近处我才看清他们一个站着，另一个坐在红色的背包上。站着的人抬起了头，原来是塔斯科，对我来说是好消息。坐着的人身上落了一层雪。“天啊，那是贝克！”凑近了一看我心里惊呼。现在看来这可不是好消息，我差一点都忘了贝克还深陷困境，我差一点忘了他还一直孤零零地在等待救助。

“贝克，你怎么样？”我问道。他说他很冷，我也是。但是贝克从不抱怨任何事。塔斯科和我决定带他一起下山。我们商量了一下如何帮助他，因为雪盲症，也许他需要一根绳索系在我们身上，可是我们没有绳索。最后他拒绝了我们的帮助，他答应过罗布，会等他回来。

我不记得塔斯科下山时在山脊上对我说了什么，现在我知道他和斯图一样也是认为时间太晚了，可能会被滞留在户外，去面对更加低的温度与氧气的耗尽。我问他是否还有热水，因为我的水已经冻成冰块了。他把水递给我，我很感激地喝了一小口，因为他的水也没剩多少了。

我们守着贝克时，另一个往南峰顶运送完氧气瓶的夏尔巴人拉赫巴·次仁也来到我们身旁。我们问他有没有绳索，他也没有。此时山上还有3名职业登山队员和3个夏尔巴人正在往下走，塔斯科和我不再犹豫是否要继续下山。事实上，对我们来说继续前进才是最好最安全的做法：运动才能保证体温，而且天气越来越差。每过一分钟风速都增加一点，大风卷起雪花在身边打转，能见度也越来越差。

我们和贝克道别后便开始下行。平台区下方是一处深雪沟，里面堆积着干燥蓬松像棉花糖一样的皑皑白雪。塔斯科走在前面，后面跟着拉赫巴和我。这种地貌的下山技巧就是脸朝外，手持冰镐放在侧面，用一种类似蹬雪的步伐前进。哪怕是这种又深又陡的雪沟，用此方式也能安全迅速地行走。

突然，塔斯科脚下的雪一沉，他就消失在我们视野中。我的心头一紧，迅速用眼睛四下寻找，这才发现他掉下了山脊。他面朝上、背靠地、脚在下，迅速朝山下滑去。除非塔斯科迅速自救，否则他将急速滑向几英里以下的尼泊尔境内。

拉赫巴和我面面相觑、目瞪口呆。我把冰镐狠狠地插入雪地，身体转回来冲着岩壁，双腿跪下回头张望这令人恐怖的一幕。拉赫巴也和我一样望着山下。此次此刻，我们什么也做不了，只能这样惊恐无助地望着下坠的塔斯科。

塔斯科想要活命的唯一办法就是提起上身重量拿起冰镐，将其死死地凿入雪地中。由于他背朝下，他先从胸前拿过冰镐，然后向需要使用冰镐的一侧翻转身体，最后将冰镐牢牢钉入雪中，终于停了下来。这是一系列教科书式的动作。他的沉着冷静以及多年积累的登山经验拯救了他自己。这就是我们期望见到的登山队友的实力。塔斯科之所以能沉着熟练地自救归功于他丰富的登山经验、勇气和冷静的头脑。难怪他能成为澳大利亚军队的一名特种兵。

塔斯科朝上面的我们看了看，眼神里说："小心。""一定会的。"我心里默默地说。塔斯科还没停止下坠的时候，拉赫巴就走了，我以为他要帮塔斯科一把，没想到拉赫巴从塔斯科身边匆匆走过。如果塔斯科需要帮助，我相信拉赫巴一定会伸出援手，但夏尔巴人通常只做自己服务范围以内的事。也许他估计没有大碍，所以才走了吧。约翰安全了。

他在下方等着我，看到他时我说："刚才吓死我了。"他对此不屑一顾，朝我耸了耸肩，示意我他还好，让我们继续前进，回头再讨论这件事。

现在，我们很确信下山时的天气非常糟糕。大雪肆无忌惮，风力也不断加强。新雪已覆盖了我们上山时的脚印，下山的线路越发难以辨认。我内心也涌起阵阵恐慌感。

"我们尽量跟着拉赫巴，或者至少别让他离开我们的视线。他以前来过这儿，所以一定知道通往营地的捷径。"我跟塔斯科说。跟上拉赫巴？根本不可能。不让他离开视线？可以，但跟不了太久。他的速度太快了，而且云层急速聚积，能见度每分每秒都在下降。

很显然，拉赫巴意识到天色太晚了。山上各支队伍中有 4 个夏尔巴人都在正午抵达南峰顶后返回了。也许他们完成了当天运送备用氧气瓶的任务，但更大的可能性是因为他们知道日光不够了。5 月 10 日那天，没有夏尔巴人死亡，没有人需要救助，甚至没有人受伤。

我再也没有考虑过山上的那些登山者们。每个人都要依靠自己的力量下山。我的所有注意力都集中在脚下的每一步，"千万不要走错一步。"我对自己说。

下山的路上，塔斯科一直在我前面。除了云层我什么都看不到，我不知道是自己是向下走还是暴风雪在向上吞噬着我们。我们越发小心翼翼地选择每一步的落脚点，但越发恐惧。走到某处时，塔斯科停下来让我帮他把氧气面罩放入背包，因为他的氧气早就用完了。由于过分紧张脚下，我们俩都忘了其他的危险。“别犯错，别犯错。”我心里一遍又一遍地默念着。因为戴着厚重的专业登山手套，又着急帮约翰打开背包，我脱了手套，把它们塞在用来将安全绳索固定在山体上的锚栓处。登山者从不脱下自己的手套，因为那样很容易丢失，尤其山上风大雪大。大风很容易把手套刮走，我也很少犯这样的错误。可是这一次我觉得手套这么塞着比较安全，但意外还是发生了。

山体上有岩石翻滚下来，我的第一反应是担心被石头砸到，但当我看到石头正好砸在我塞手套的锚栓处时，我傻了。塞在绳索和锚栓间的手套被石块砸松脱落，滚下山去了。我和塔斯科面面相觑。

情况不妙。

比起丢失手套，我们更担心砸落的石块。

“发生了什么事？”塔斯科问，“我们上方肯定有人在往下走。”他自言自语道。毫无疑问，不一会儿，一个登山者飞快地从我们旁边经过，一句话也没有说。那是费希尔探险队的安那托利·布克瑞夫，后来有人说他因为太冷又没有氧气，所以需要尽快回到最高营地。

我戴了足够厚的内衬手套，但是在零下三十多度的气温下，这个厚度也微乎其微。我的背包里有备用登山连指手套，但要在安全绳索上使用登山工具，这个手套就很不方便。约翰对我丢失手套很自责，所以想把他的手套给我。可我更担心天气情况，所以跟他说：“走走走，我们得出发了。”

那段安装了安全绳索的道路结束了，前面的路模糊难辨。我们身处暴风雪中，能见度下降到只有几英尺远。我头晕目眩，完全不知道下一步该怎么走，既不知道脚下是什么，也不知道方向在哪里。登山者在能见度极差的情况下下山，从悬挑飞檐的石壁上一脚踏空，跌落数千英尺的故事比比皆是。在这种天气中，很难分辨前方是山脊边缘还是万丈深渊。

现在我们到了最高营地上方的冰凸层，越向下走我们越担心偏离路线，哪怕只偏差几度。如果我们向左偏离太多，就会沿珠峰东坡掉落到 7000 英尺（约 2134 米）以下的中国境内；如果向右偏离太多，就会掉落到 4000 英尺（约 1219 米）以下的尼泊尔境内。正确的线路在哪里？此时的能见度下，前一秒我还能看到方向，下一秒就如入盲境。

我们俩休整了一下，这时我看到向上攀登时我们留下的冰爪印。风吹来的新鲜积雪横向铺在冰面上，松松散散地盖住了那些脚印。跟踪这些鞋钉印迹就像闻着散落的面包屑寻找面包。可是这段蓝色的冰凸层陡峭坚硬又有迷惑性。我不得不紧贴着冰面寻找依稀可见的印迹，斜向移动时我们弯腰驼背，很快就丢失线索，需要再次把脸贴紧冰面继续寻找。

这种技巧通常适用于低能见度、线索又少的路线寻找上，此刻正是使用它的好时机。我面贴冰层仔细观察，手握冰镐扁斧头，将镐尖插入冰层，低头在两腿间寻找痕迹，然后踏着印迹用冰爪脚尖的鞋钉在冰面上前进。

走过冰凸层，道路变得平缓许多，但是能见度已几乎为零。我只能看到雪花在我眼前飞舞旋转。狂风呼啸声震耳欲聋，让我迷失方向。这是大山愤怒的咆哮。突然，我们看到了营帐的轮廓，我们快步移动，速度快到我自己都难以置信。我不知道哪儿来的力气，但我知道这是我们的一线生机。我们可不想在我找到它之前消失在视野里。

终于，可以松一口气了。塔斯科进了自己的帐篷。

我也找到了自己的帐篷，我把脱下来的冰爪和冰镐放在帐篷门口，然后跪着爬进帐篷。我想做的第一件事就是把头放在颤抖而僵硬的双手上，祷告“感谢上帝赐予我力量让我安全返回”。我没有想过那一刻我差一点就无法回家，我没有想到那个地方差一点就成了我永久的家。我颤颤巍巍地脱掉外套钻进睡袋。我不知道自己是睡着了还是因为疲劳过度而昏厥过去，我想可能是后者吧。

下山途中，我从未担心过自己没有足够体能下山。然而，那只是幻觉，现在我才知道我实际上已经用尽全部力气，不剩一丝一毫。此时是 5 月 10 日下午 5 点。

CHAPTER 28

家中的桑迪，5 月 10 日

我折返下山后不久，罗布就向大本营报告说“洛已返回南峰顶”。这一消息很快就从大本营的卫星电话里传送给了罗布新西兰的办公室，然后又传到了密歇根州的桑迪那儿。几分钟后桑迪就把这个消息发送给了所有关心我 5 月 10 日珠峰登顶进展的朋友们。根据她从大本营收到的信息，她是这么描述的：

1996 年 5 月 10 日　星期五

早 6 点（尼泊尔时间下午 4 点）

桑迪传来的珠峰攀登进展：

早上 5:30，我接到来自大本营的

电话，罗布告诉大本营洛攀登到距离珠峰峰顶100米处折返。我接到电话时，洛已经在回最高营地的途中了。

珠穆朗玛峰高29028英尺（约8848米），洛攀登的高度是28700英尺（约8748米），距离峰顶100米（也就是328英尺）时折返对洛来说应该是个很艰难的决定，也一定很令他沮丧。他曾说过不想因为冻伤而损失一根手指或一根脚趾，而且他决定返回一定是出于安全考虑，希望他是及时做出的这个决定，且一切安好。

再过几天我应该就能联系上洛了，一旦有更新的消息我会及时通知你们。我感觉洛有很多故事要讲给我们听。

桑迪

这则通告的时间正是我沿着三角坡地带向南山口下行的时间，也就是我到达最高营地前一小时。我三天以后才有机会告诉桑迪山上发生的一切，而她一下子就猜到了实情。

一个关于时间的决定，确实，这就是故事的全部。这不仅仅是关于我的故事，还是关于及时和准时，以及与时间赛跑的故事。

桑迪从报道中得知我做了很大的思想斗争才决定放弃冲顶。但是她不知道的是，一开始我的野心和抱负让我疯狂地不顾一切地想要继续攀登，一开始我并没有足够的勇气放弃前进。而那个错误的决定，差一点让我自己葬身于那个冰与雪的珠峰坟墓当中，万劫不复。

桑迪的直觉告诉她“洛有很多故事要讲”，尽管她不知道是什么故事，但她实际上是这个故事的主角。正是因为她，我才有了重生的机会，她在这个故事中有着举足轻重的作用。

否则我该如何解释那剧烈跳动的心脏？如何解释狂风过后那死一般的寂静和灵魂出离感，还有那不断说服我返回营地的内心呼唤？

我确信一切皆由心生，呼唤之声来自内心深处。

那种极端情形下，我唯一能听到的只有心跳声，所以那个声音必定来自心底。可是，那个让我回头的声音不是我自己的声音。让我存活下来的不是我那无助的思绪和纠结的决定，因为这无法解释剧烈心跳、一片死寂还有灵魂出窍的感觉。这个声音应该源自一个高于人性的精神圣地。

那个心底的声音就是桑迪的呼唤；跳动的心脏就是桑迪紧张的内心——急迫地想让我听到她的呼唤；而那突然安静的一切就是为了让我听清她的呼唤。

这一切听起来有些荒唐，可对我来说毫不奇怪，因为我的内心从来不只有我自己的声音。长达 28 年的婚姻和爱情，早已让我们融为一体。大多数时候我意识不到她的声音，但有时，就像 1996 年 5 月 10 日那天，我清晰地听到她在心底发出声音，因为我曾经发过的誓言，让这个声音尤为响亮。

珠穆朗玛峰上的那个正午，就在顶峰不远处，家里的桑迪在内心拼命地呼喊，提醒我我曾答应她要安全回家，亲口给她讲述我的故事。那个答应要活着讲故事的承诺战胜了我内心的纠结，引导着我返回营地，从而挽救了我的生命。

如果那个寂静时刻我没有听到桑迪的呼唤，她在给朋友们发布我的消息时，写的也许就是另一个故事——一个我永远留在珠峰上的故事，一个我一去不复返，留她独自伤心欲绝的故事。

幸好，那个时刻，有桑迪在我左右，她和我一起经历我的故事。我坚信，是内心的声音让一切静止，那个坚定的、微弱的声音，是上帝通过桑迪的爱在保佑我。

独自一人的黑暗

CHAPTER 29

因光致盲

我在狂风乱作、飓风呼啸中惊醒，恐惧中我在帐篷内四处乱撞，就像无头苍蝇一样，那一刻我不知道发生了什么。我的双眼就像被胶水粘住无法睁开。

“贝克！安迪！”我大声喊叫，可是周围没有人，否则再大的风声也掩盖不了我惊恐的叫声。我的眼睛钻心地疼，难道天全黑了，还是怎么了？突然，我意识到一个严重的问题，内心涌起巨大的恐惧和绝望感。我瞎了，紫外线灼伤角膜造成严重的雪盲症。难怪我的双眼刺痛不已，这感觉就像有把焊枪在烧我的眼。一整天我都在担心因为护目镜的问题会导致雪盲症，现在问题终于出现了。

此刻，外面的暴风雪发挥了飓风的实力，把身在帐篷内的我吹得到处乱窜，感觉就像周围有人把我推来推去。大风把我连同睡袋从地上卷起，然后重重地摔在地上。狂风乱作的声音和感觉就像一辆货运火车从我身上呼啸而过，隆隆作响、地动山摇。这是野性的怒吼。

没人？大家都去哪儿了？为什么我一个人在这儿？我昏迷了多久？今天是哪一天？我怎样才能离开这儿？

“我要死了。”当你得知死期将近时的感受就是孤独无助，而且我还看不见。我花了好几分钟才想起我放弃登顶后已经回到了最高营地，我记得回来的时候天气很差。从风声来判断，现在的天气更加糟糕。飓风咆哮。我什么都看不见，感觉很冷，冷极了。

不能坐以待毙，我还有机会，我必须得行动起来。我已经遭遇了不幸，但不能就此一蹶不振。

于是我拉开睡袋拉链，爬了出来，我在帐篷里四下摸索，试图做点什么。很快，我就发现这不是个好主意，因为天太冷了，我哪儿也去不了。早前回到帐篷后我脱掉了登山外套，现在我身上只有保暖内衣，冷得不行。这个帐篷可容纳四个人，现在只有我一个人，因为眼睛看不见，四处摸索后的我已经找不到睡袋的方向了。

我迷失在了海拔 26000 英尺（约 7925 米）的几平米空间内，脱水、失明、寒冷、等死。大风的聒噪增加了寻找睡袋的难度，这是狂野的怒吼。

我应该不是彻底失明，不过也可能是，因为我根本无法睁开眼。我终于找到了睡袋钻了进去，努力让自己镇定。迷失在一个帐篷里，这感觉很怪异。

狂风，不可思议地怒吼着，即使到今天也余音绕梁般清晰。我拉上睡袋拉链，露着面部，像一具木乃伊一样躺着。泪水哗哗地从眼睛里流出，这是身体保护受伤角膜的自然反应。我想擦一下眼泪，可是双手都在睡袋里，拉开睡袋用手擦眼睛太冷了。可是如果不擦的话我怕浸满泪水的眼球被冻成冰块，这个画面生动地在脑海里演绎，让我恐慌万分。

我躺在地上，颤抖着、大口呼吸着稀薄的空气，思考着下一步该做什么。我，独自一人，在珠穆朗玛峰峰顶下的帐篷内，不知道还能支撑多久。因为氧气稀缺，我的身体和大脑细胞每过一分钟就死去一批。现在最好的选择就是待在睡袋中，可是这狂风让我惴惴不安，这个帐篷还能在飓风中支撑多久也不得而知。

"我要死了。"这就是我的感觉，不光如此，我知道自己就要死了。我以前总在想死是什么感觉，死了之后会怎样？我的眼前没有闪现过去的点点滴滴，我也没有看到桑迪的音容笑貌。相反，此刻我的脑海里只有眼前的事，我需要做个计划。

一步一步来，有条不紊。我在脑海里演习着这些步骤：拉开睡袋拉链；擦一擦眼睛的泪水；查看一下大风有没有刮起帐篷；保暖；找点水喝。这么剧烈的风速下帐篷支撑不了多久，万一帐篷被吹烂了怎么办？或者更糟糕的，如果飓风把帐篷连同里面的我一起卷起怎么办？帐篷和我可能被吹到中国或者尼泊尔境内。如果我没有带任何登山工具被飓风刮到 26000 英尺（约 7925 米）的户外，我必死无疑，所以需要做好准备。狂风，依然没有停歇。

其他人去哪儿了？安迪、贝克和道格呢？

完成了前几步，我回到睡袋里，躺着计划后面的事。我决定穿上登山服和靴子。先不管安全护具，暂时还不需要，而且它们穿起来也很费劲。但我需要找到冰镐和冰爪。穿上这些之后我才能应对突发状况。可是这些东西在哪里？我连眼睛都睁不开，怎么能穿上它们？我直直地躺在那儿，大口呼吸着，在脑子里排练接下来要做的事。我的眼睛还是钻心地疼，我使劲挤着眼帘，也只睁开一丝缝隙，这无济于事，它们还是死死地闭着。狂风，依然怒吼。

终于，我打开睡袋，慢慢找到了那些装备。幸好之前回到帐篷时，我把所有装备整齐地堆放在某个角落，这是我以前的一个习惯。然后我开始尽最大努力穿好它们。最难的是穿靴子，这花了我很长很长时间。首先我得分清左右，好在右脚靴子的鞋垫比较特殊。登山靴不像其他鞋子那样能一脚蹬，我中途休息了好几次才把它们穿好。然后我摸到了帐篷门，从门口把冰镐和冰爪拿了进来。一开始我想穿上冰爪，后来没有，因为我想再钻回睡袋，如果穿着冰爪会把睡袋扯烂。

现在我可以迎接最糟糕的结果了，或者说我已经尽一切可能做好应对的准备了。摸索着做完这些准备工作，我又钻回了睡袋。接下来该做什么？没什么可做的，或者没什么需要做的了。现在，只能等着。这样的大风，又双目失明，我想最好还是待在原地。我的眼睛、外面的狂风、不可思议的怒吼。我就那样躺着，一个人，一片漆黑，也许永远就这样的姿势了吧。

我真的要死了吗？

现在，死亡变成了疑问，而不再是结论。

可是我怎么才能离开这里？这里是海拔26000英尺（约7925米），地球上极端恶劣的自然环境中，深陷暴风雪中，双目失明。安迪、贝克和道格去哪里了？他们为什么不在帐篷里？狂风，依旧怒吼。

突然，帐篷门的拉链响了。我永远忘不了那个声音，有人爬了进来。我知道在这个海拔26000英尺（约7925米）的死亡区，我不会一个人等死了。

CHAPTER 30

步入黑暗

我的同屋安迪、贝克和道格没能回来，难怪帐篷里只有我一个人。登顶珠峰是一回事，“能活着回来是另一回事”，这是罗布常说的话。随着时间的推移，那些支离破碎的信息传来，慢慢拼凑出发生在他们几个人身上的故事。

希拉里台阶处拥堵的人群不仅仅是上山的人群，那些已登顶的登山者们下山时，在此处同样遭遇了拥堵。他们需要等下方的登山者一个一个依次登上台阶，然后才能使用挂钩和安全绳索垂降。

台阶上下都排起了长长的队伍，下面的人等着上去，上面的人等着下去。下面的队伍越来越短，反之上面的队伍就越来越长。等待接着等待。

登顶后，在希拉里台阶处等着下山的队伍前面是乔恩和安迪。上山时，因为走在前面，后面紧跟着的24个人对他们来说并不是什么问题。但下山时，情况就不同了，走在前面的人现在需要耐心等待其他人都登上台阶才可以下去。

因为台阶上下人满为患，乔恩、麦克、康子和安迪直到下午3:00至3:30之间才回到南峰顶，而罗布和道格返回的时间则更晚。

返回南峰的顶途中，乔恩的氧气用完了，他在山脊上无法行走。幸运的是麦克和他一起，他非常无私地将自己的氧气瓶给了乔恩。麦克甘愿自己冒缺氧的风险，因为他觉得自己即使没有氧气瓶也不会像乔恩那样无法动弹。然后他们互相帮助直到抵达南峰顶，取到各自的氧气补给。

安迪抵达南峰顶的时候氧气也用完了，他缺氧严重，而且疲惫不堪，以致无法判断哪些氧气瓶是可用的，他以为所有的氧气瓶都是空的，这个错误信息也传给了其他人。 很明显，安迪表现出的已经不是正常的缺氧反应，他的状况很糟糕。

道格也被滞留在等待的人群中。那时，道格一切正常，身体也没亮起红灯，他一直跟着前面的登山者，像跟着游行队伍一样傻傻地前进。

每个人前进的速度都慢得像乌龟一样，所以也没有人知道道格的体力还剩多少。

大本营和2号营地内的珠峰登山专家说那个时间对所有冲顶者来说，已经晚得“近乎绝望”了。下午2:30，原本在山顶等着道格的麦克和康子在对讲机里告诉罗布他们准备下山了。麦克还说道格刚刚登上希拉里台阶。罗布也就比道格早几分钟，由于山上有个驼峰地形遮挡视线，所以罗布并没有看到道格。

罗布在山顶一直等到下午 4 点，道格才出现，这段别人用 15 分钟就能走完的路，道格整整用了一个半小时。罗布在海拔 29000 英尺（约 7925 米）的地方等了这么长的时间，这简直令人难以置信。很显然道格无法跟上前面队员的步伐，他行动如此迟缓，这个非正常的表现本应该引起罗布的高度重视，就算不和其他人对比，某些情况也能从侧面说明些问题，比如道格早些时候因为身体感觉不佳准备放弃冲顶；他没有和其他人一起全程参加适应性训练，还有去年他在高海拔地带出现的身体状况等。

道格体能严重透支，很可能是因为严重缺氧。罗布知道道格日出后就更换了氧气瓶，按照正常消耗速度算，这个氧气瓶内的氧气应该在下午 1 点时耗尽，因阀门控制速率不同也许会多用一小时，如果道格在等待上台阶时关闭阀门，氧气也可能多使用一会儿。不管怎样，下午 4 点时，道格肯定已经在无补充氧气情况下攀登了 3 小时左右。

道格最终于下午 4 点登顶珠峰，而此时距离安全折返时间已经过了 3 个小时。罗布向大本营报告了这个“好消息”，然后他们开始下山。在希拉里台阶上方的山脊上，道格终于体力不支崩溃了。一开始他只是行动困难，最后完全无法动弹。

此时除了罗布和道格，其他登山者都已下到希拉里台阶下方。罗布在对讲机里寻求帮助，他想找一个新的氧气瓶，寄希望于这个能帮助道格前进。但是安迪说已经没有新氧气瓶了。实际上，南峰顶存储区还是有灌满氧气的气瓶的，但安迪坚信那里没有。南峰顶并不远，但罗布也没有亲自确认这一情况，就准备徒手帮助道格下山。亲自检查氧气瓶库存对罗布来说本该是小菜一碟的事，但他却没有这么做；而帮道格下山势必无济于事。

接下来罗布做了什么呢？下午 4:30，罗布和道格还在希拉里台阶上方的山脊上，距离珠峰顶也就几分钟路途。道格依旧无法移动。罗布常说："如果你失去行动能力，游戏就结束了。如果在高海拔处出了状况，那你和在月球上的情形也差不多。"如果罗布不赶紧采取些措施，那他就再也没有时间做任何事了。

正午和下午早些时候，罗布可能还会否认他决定违反安全折返时间造成的恶果。但下午 4:30，他也许再也无法否认这一事实了。当他看到面前的道格，中午时分的那个决定造成的可怕后果一点点在他眼前展开。他应该也知道在山顶等待这么久，实际上是他鼓励道格不顾时间绝望地努力。罗布甚至还从山顶下来拉了道格一把。

罗布已无法否认自己所做的错误决定，他唯一希望的就是能弥补这个错误。可是怎么弥补呢？接下来该做什么呢？什么叫"弥补错误"？自己幸存下来？道格幸存下来？两个人都幸存下来？

罗布给自己制造了一个难题。第一条路是他自己回到 3000 英尺（约 914 米）以下的营地而留道格在山上等死。实际上，如果天色已黑，就算他那样经验丰富的登山老手也未必能安全返回。如果他幸免于难，他作为职业登山者和探险队领队将遭受猛烈的社会舆论抨击。登山记录会告诉外界：是罗布将道格引入万劫不复之地，而他的专业性和职业性将承受巨大的、无可争辩的质疑。如果选择这条路，罗布很清楚这个结果。

另一条路就是陪着道格，尽可能地帮助他一起下山。如果这条路可行的话，除了自己，还要帮助无法动弹的道格垂降至希拉里台阶下，再行走 3000 英尺（约 915 米）到最高营地，真的需要祈祷奇迹发生，因为那时已经是下午 4:30 了。 这条路结局很好，但几乎不太可能实现。

所以，罗布面对的选择是被诟病的职业领队还是被称赞的死人。

他不得不二选其一。

后来，麦克告诉我们：冲顶前在大本营的一次领队会议上，对于专业登山者这份职业，罗布曾对他这样说过："如果你的队伍里有人死了，那你也就完蛋了。"

所以，罗布选择留下。

最后，他们俩双双长眠于珠峰金字塔下。

为什么下午 4:30 时，安迪还在南峰顶?

安迪、乔恩、麦克和康子同时回到了南峰顶，除了安迪之外，其他三人都在 3:30 离开南峰顶向下方移动，这比安迪早了一个小时。他们抵达南峰顶时，安迪缺氧严重，情况十分不乐观。但大家认为如果接上新的备用氧气瓶后，安迪也许能恢复过来。在这样的高海拔地带，加上之前的体能消耗、精神压力等因素，大家有这样的武断想法也很正常。乔恩说他完全没有意识到安迪情况危重，他觉得这种对其他登山者需要帮助的情形缺乏敏感度是源于一种"认识误区"，这种认识会误导人们以为职业登山者不需要其他人帮助，而事实是一名职

迷失在外的康子

业登山者在真正需要帮助时往往被人们忽略。

安迪的确需要帮助，但周围无人帮忙。他独自留在了南峰顶，可是，为什么要这么做呢？下午 3:30，罗布和道格还有其他两个夏尔巴人在安迪上方，他完全没有必要留下来充当救援力量。那他为什么要留在南峰顶？

答案始终是个谜。一种观点认为安迪失去了行动能力。另一种观点认为他是准备下山的，但想到罗布可能需要协助所以又返回了南峰顶。我倾向于后者的观点。

下山时间前所未有地晚，所有人刚刚下山的时候就困难重重，他们还有漫长且艰辛的 3000 英尺（约 915 米）垂直距离要下降，而体力上的问题不是他们需要面对的唯一问题。时间的巨大延误导致他们已经疲惫不堪的身体行动更加困难，体温流失更快，氧气消耗更快，而之前累积的缺氧、脱水、失眠和营养缺失等不良反应则越发明显。

除此之外，宝贵的阳光也在一点点消失。失去光线的危险不亚于失去能见度。而且，阳光意味着温度。白天时，因为有阳光，气温在零下 30 度左右，一旦夜幕降临，气温将迅速降低。这种情况下想保持体温几乎不可能。

当你运动时，身体是台发动机，产生热能也就是体温；当你停止运动时，发动机停止发热，但热量损失并没有随之暂停，于是你的体温迅速下降。此时，大脑感知体温过低，温热的血液将会首先流向大脑、心脏和肺部等重要器官，其次是双手双脚。讽刺的是，为了保证核心器官的生命力，大脑牺牲了双手和双脚，而手脚才是登山者生存下来最需要的关键器官。如果一个登山者手脚无法活动了，尤其是在夜晚来临时，那等同于坐以待毙。

下午 3:30 左右，麦克、康子和乔恩离开南峰顶向最高营地前进。麦克到平台区协助因为视力问题还在等待的贝克，乔恩和康子则继续向下行走。麦克通过一个绳索（短绳技术）保护贝克，紧跟着乔恩和康子前进。不过下山进度很缓慢，此时暴风雪越来越猛烈，天色也越来越黑。

天气越来越糟糕，狂风夹杂着暴雪，能见度也越来越低。白茫茫一片中，麦克发现康子一个人躺在雪地里，她动不了了。

康子在这片死亡区域内已经连续行走了 18 个小时，她太累了，口渴、饥饿、缺氧，还有零下三十多度的气温击垮了她。此刻，除了那些感觉，也许还有恐惧吧。和其他人一样，她也有很长时间不吃不喝不睡觉了，而且，她现在能呼吸到的空气中只有海平面空气氧含量的三分之一。

让康子的处境雪上加霜的还有白茫茫的视野。当云层覆盖了雪原和冰层，周围就连成了一片白茫茫的世界。天空和地面连在一起，难波无法辨别地形和地貌、深度和距离；她看不见也不知道还要走多远，她甚至不知道该往什么方向走；她不知道下一步是上还是下，也不知道下一步是踩在地上还是踏在空中。迷失方向不仅仅是身体上的迷失，更是心智上的迷失，恐惧感油然而生。

康子也陷入两难。继续前进无法保证安全，所以她不得不停下来。可是在高海拔的死亡区，行动才是保证体温的唯一办法，所以她不能停下来太久，否则她就会永远停在那里。

比这些都严重的问题是——康子发现那里只有她一个人。

导致康子崩溃的主要原因或者说最关键因素，就是她发现自己一个人迷失在茫茫暴风雪之中。行为学实验证明，当一个人独自处于恶劣的自然环境中时，尤其当他身体和精神上已有重大创伤，这个情况所造成的后果的严重性和有害程度将成倍增长。恐惧、迷茫、寒冷和无助感使康子失去了斗志，无法动弹。如果没有人帮她一把，那她的故事也就结束了。

霍尔队伍中的夏尔巴人不久前刚刚从康子身旁经过，所以那个时候她也许还是在下山途中的，也许夏尔巴人也提供过帮助。乔恩·克拉考尔走得很快，所以他可能不知道康子的状况。

麦克还在用短绳索牵着贝克，所以他无法再帮助康子，周围也没有其他人可以前来帮忙。这时，费希尔探险队的尼尔·贝德曼（Neal Beidleman）看到了康子，出于人道关怀和英雄主义的牺牲精神，尼尔帮助（或者说背着）康子下到500英尺（约152米）以下的南山口。

登顶的队员们一步步走进那令人毛骨悚然的暴风雪中，这就是我下山途中遇到的那股暴风雪。乔恩是第一个回到最高营地的人，像他这样身体强壮动作敏捷的登山者，回到营地时天已经黑了。他能够在天黑后找到自己的帐篷，真是万幸。

麦克、康子和贝克的速度要慢得多，所以天色越来越黑，风暴也越发肆虐。尽管他们回到了南山口，由于能见度为零，他们也无法继续向下回到营地。彼时，风暴肆无忌惮，他们三人不得不停下来，否则他们很可能不小心跌入山脊下方的中国或尼泊尔境内。逐渐地，他们三人队伍加入了很多费希尔团队队员，就成为人们后来说的“一群人”。他们确实“群聚在一起”，边取暖边等待能见度转好后寻找营地位置。如果要在野外过夜，他们幸存的概率非常渺茫。

CHAPTER 31

或死或失踪

斯图·哈钦森拉开我的帐篷门帘，迅速钻了进来，风声太大，他不得不声嘶力竭地对我喊：“洛，你还好吗？”他是从自己的帐篷特意过来找我的。他说：“我来看看你有没有回来。”直到此时，我还没有想过那些深陷困境的，失踪或已死去的队友们，我的全部注意力都在自己身上，因为帐篷快被狂风吹得支离破碎了。我只知道我的室友们都不在，而我又冷又渴还看不见，外面的暴风雪不遗余力地要将我杀死。我回答说：“我得了雪盲症，其他人也不在，贝克、安迪和道格去哪儿了？”

5 月 10 日回到最高营地后，斯图是我见过的第一个也是唯一一个队友。他没有回答我的问题，而是焦急地查看我的病情。他说我的角膜和眼睛其他部分由于受到紫外线的辐射，所以受到了损伤，就像皮肤被晒伤一样。通常损伤症状发生在紫外线照射后的六小时后，以他的经验判断，他确信我的病情会在 24 小时后有所好转。

我自己也有过和雪盲症患者相处的经验。我很愿意相信他的乐观判断，但我见过的多数是在低海拔处得雪盲症的登山者，他们眼睛受伤的程度不严重，因为低海拔处紫外线强度并不大。然而我的眼睛是被海拔 28000 到 29000 英尺（约 8534 到 8839 米）之间的光线灼伤的，所以这种判断是否准确呢？我尽量让自己不要为那些无法掌控的问题担忧。此刻，我有更严重更致命的威胁，那就是不断呼啸的狂风。

斯图的帐篷内有个对讲机，他告诉我其他人遇上了大麻烦。罗布和道格被困在更高海拔的地方，麦克、康子、贝克和费希尔团队的人都失踪了。斯图估计失踪的人大概有 20 个。关于安迪的下落我不记得斯图说了什么。

最高营地面积不小，但是从山上下来时，你必须看准方向径直前往营地才能安全到达。如果你走错了一步，就有可能从山脊上掉落到中国或尼泊尔境内，这得看你迈错了哪一步。斯图说外面的能见度为零，大雪横扫着岩壁，如果站在外面很可能会被风刮跑。这情形听起来和我几小时前回来时的状况类似。“外面刮的应该是飓风。”他说。跟我想象的一样。大风加上零下三四十度的低温，任何暴露在外的体表都会立刻冻伤。斯图匆匆忙忙说完了这些，准备出去寻找其他人，爬出去的时候他对我说：“别太担心。”斯图走了，又只剩下我一个人。

我只能等着，什么也做不了，我在想是否还能再见到其他人。接下来的几个小时内，斯图进进出出帐篷好几次，这使得我的孤独感愈发强烈。他试图出去寻找其他人，但暴风雪太强劲了，外面什么也看不到，营地里也没有其他人可以帮助他搜寻同伴，他只能独自尝试

狂风怒吼

营救那些失踪的霍尔队队友。有一次他差一点找不到帐篷，幸好暴风雪短暂的停歇才让他依稀看清了方向。高山攀登中，茫茫风雪世界是最可怕和最危险的环境。

我听到外面有呼喊和敲击声，一开始我不明白，后来我才知道这是斯图试图给那些距离不远的队友们发出信号。我们不知道那些失踪的登山者们其实是聚集在南山口几百码处，可惜他们什么都看不到听不到。

时间很快从5月10日到了5月11日，时间已经不重要了，我所能感受到的只有不断敲击帐篷的大风，还有刺骨的严寒。非常非常冷、非常非常渴。睡觉几乎是不可能的，就算我困得要死；无法呼吸似乎也没那么重要了，我只能尽一切可能，做好准备与这场狂风抗争。

我的思想已经完全与神和桑迪联系在一起。我祈求上帝让我还能再见到桑迪；我祈求上帝让我还能再握住她的双手；我祈求上帝让我再一次听到她的声音。其他的一切都不重要。

5月11日清晨，福兰克·菲施贝克进了我的帐篷，我完全没有意识到有人进来，也许当时我正迷迷糊糊地打盹。突然我好像听到帐篷里有人说话："麦克回到了营地，现在他正和塔斯科在一起，不过他有点神智不清，情况比较严重。"麦克找到乔恩和斯图的帐篷时，全身覆盖了一层冰霜，他竭尽全力提供了关于贝克、康子和其他人的位置信息以便人们采取营救措施。斯图是我们团队中唯一一个能施以援手的人，但恶劣的暴风雪阻止了他。安那托利·布克瑞夫则在努力寻找费希尔团队的下落。塔斯科负责照顾麦克，不过他有点担心麦克撑不过去。福兰克把帐篷让给了塔斯科以便他更好地照顾麦克。那时福兰克和我都不知道那些集体失踪的“一群人”。

5月11日早上晚些时候，福兰克告诉我们说费希尔团队的人，除费希尔本人外，都已经在11日早些时候回到了最高营地。而贝克和康子被人发现时已经死亡。

我问福兰克有没有水，他说没有；我问他有没有夏尔巴人失踪，他说没有。我不知道他是从哪儿得到的消息，我们也没有过多讨论这些问题。此刻我最关心最渴望的是水。我们烧水的炉子和其他补给都在夏尔巴人那里。攀登珠峰离不开夏尔巴人的运输队伍，我不需要自己背着烧水的炉子，但没有炉子在我身边这一点总让我不放心。过去两天里我什么都没吃，只喝了一点水，自从三天前离开2号营地，我也没有好好睡过觉。现在就算有火炉，我估计也很难化冰烧水，外面的大风随时可能把我吹入万丈深渊。

下午，国际高山攀登探险队的两位领队托德·伯利森（Todd Burleson）和彼得·阿瑟斯（Pete Athans）来到我的帐篷。他们的到来让我感到惊讶，但又欣喜，因为他们俩都是颇有实力的珠峰登山专家。他们是从3号营地上来帮助我们的。我告诉他们我得了雪盲症，彼得去帐篷外给我带来了眼药水。那时我的视力已经有所恢复，彼得说这个眼药水能让症状尽快好转。彼得说他们准备发起对罗布的救援行动，显然对讲机那头的消息是罗布还活着。一整晚在旷野和狂风中度过的罗布还活着，这真是奇迹。斯科特和安迪还不知所踪，大家都没有多说，便迅速展开行动。

我躺在帐篷里，尽管我穿着登山服，一半身体在睡袋里，但体重压着衣服和睡袋，后背紧贴着帐篷地板下的冰层，寒气刺骨。于是我又拿了些垫子还有那些失踪同伴们的睡袋，铺在身体下防寒。

彼得和托德走了之后，我一个人躺在那里，想到他们的行为，不禁为他们的牺牲精神感到敬佩。他们身上闪烁着的人性和人道主义光芒，促使他们不顾恶劣的天气情况，从 24000 英尺（约 7315 米）攀登到 26000 英尺（约 7925 米）的海拔前来营救他人，这无疑是大无畏的牺牲精神。耗费自己的体力和资源来帮助他人，意味着放弃自己冲顶的机会，这么做对他们整个探险队来说，意味着失去登顶的可能。因为即便彼得和托德的能力比大多数登山者强，但他们从 3 号营地攀登到最高营地实施营救后，也没有体力下山后再带队登顶了。

随着时间的推移，我的眼睛恢复了不少，现在不仅可以睁开，也没有那么刺痛了。彼得带来的眼药水果然起了作用。不过我的视线还是不清晰，眼睛也止不住地在流泪。

5 月 11 日下午，我开始担心我们这个失去领队的团组。罗布和安迪可能已经死了，麦克似乎也撑不了多久。我觉得剩下的人需要指定一个撤离方案。我爬到麦克的帐篷，看到他躺在睡袋里，拉链拉到胸口位置，呼吸微弱，塔斯科跪在他身旁。看到我后，塔斯科耸了耸肩，好像在说“谁知道会怎么样”。看情形确实也没什么可说。

离开帐篷之前，我和塔斯科对视了许久。这是我俩从平台区的山脊线上挣扎回最高营地后第一次眼神交流。我们共同经历了不寻常的、令人终身难忘的时刻。前一天，暴风雪像恶魔般肆虐，把整个珠峰变成一座即将破碎的地狱，一路上能见度几乎为零，我们一同寻找道路，我们互相扶持才拼死回到了最高营地。无法想象当时如果没有对方，我们如何能够幸存下来。

然后我进了斯图的帐篷，乔恩·克拉考尔盘腿坐在帐篷角落，脸上紧紧戴着氧气面罩，前后微微晃动着。他没有说一句话，但眼神述说着我们每个人都经历过的绝望与恐惧。

我跟斯图说我们需要制定一个撤离方案，我建议现在由他做领队，因为当时他是唯一有体力且思维清晰，能够实施救援的登山者。营救罗布的尝试还在进行中，我们认为只有到第二天早上才可能有进展，一切计划应该到那时再商讨，于是我又回到了自己的帐篷。

5 月 11 日下午晚些时候，有人在帐篷外大喊："还有谁有多余的睡袋？"他没说原因，但好像很着急。我拉开帐篷们塞给他一个睡袋说："把贝克的睡袋拿去吧，他用不着了。"这就是我当时说的话，现在想起来太冷漠太无情了。不过当时我的情感就像身体一样，寒冷麻木。

天色渐渐暗了下来，我准备调试一下头灯，以免大风或其他情况发生致使我在黑夜中度过。可是头灯不亮，我的背包中有个备用电池。Petzl 头灯用的是 4.5 伏碱性电池，更换电池比直接换个新灯麻烦多了，因为换电池需要将电线从旧电池卸下再连接上新电池。以我现在的视力，换电线很困难，所以我一边眯着眼一边把头灯紧紧贴在眼前。我以为装好了，可惜灯还是不亮，我又试了一遍，仍然不亮，最后我从工具包里拿出备用灯泡，换上之后灯终于亮了。然后我关上头灯节省电量。

希拉里台阶
道格最后出现在希拉里台阶上方的山脊
南峰顶
登山者在希拉里台阶等待了两小时，浪费了宝贵时间。此处是发现罗布尸体的地点，是人们最后一次看见安迪的地点
平台区
日出时分贝克就在此独自等待，麦克在下午5点协助贝克下山
斯科特·费希尔的尸体被发现的地点
下午6点天黑前，麦克在此处发现已无法行动的康子
“一群人”
麦克、贝克、康子和费希尔的队员在天黑后和恶劣天气中无法寻找到营地，因此在此聚集
最高营地
贝克和康子被发现死亡的地点

CHAPTER 32

一日结束，5 月 11 日

道格死了，罗布也死了。

道格登上希拉里台阶后崩溃了，他无法动弹。罗布陪着他一起。为了生存，他们需要不停运动才能产生活下来必需的热量，否则他们必死无疑。

我是在 5 月 12 号得知罗布和道格的死讯的，但这个结局我在 5 月 11 日时就已经预见到了。两周后，人们在南峰顶附近发现了罗布的尸体。罗布生前好不容易走到那里，但为时已晚，他被寒冷吞噬了。

人们没有找到道格的尸体，我只知道是罗布在对讲机中说：“道格走了。”

安迪也死了。一开始，有些人以为他在回最高营地途中因为缺氧从南山口跌落到 4000 英尺（约 1219 米）以下的洛子峰。实际情况是，5 月 10 日晚，安迪还在南峰顶，他没有力气继续前行。从他缺氧而无意识的状况可以判断，他需要帮助，但周围没有人可以帮他。

两周以后，人们在南峰顶罗布尸体附近找到了安迪的冰镐，这说明最后时刻，安迪是和罗布在一起的。安迪的尸体再也没被找到。

贝克和康子也没能回到最高营地。5 月 11 日早上，人们发现他俩的尸体在靠近中国一侧的珠峰东坡一处险峻地带。在依旧恶劣的天气下，人们无法靠近他们尸体的位置。夏尔巴人也不能靠近他们，因为夏尔巴人认为在山上触碰尸体，哪怕是看到尸体都是不吉祥的事。

难怪帐篷里只有我一个人，因为我的舍友都永远留在了山上。我记得 5 月 11 日得知贝克和康子冻死在山上时，我瘫坐了许久。不过我并没有太激动，因为我自己也差一点被冻死。

麦克·格鲁姆呢？他活下来了吗？

5 月 11 日白天早些时候，罗布在顶峰附近通过电台抽空跟他位于新西兰怀孕 7 个月的妻子简通了电话，他俩一起给这个未出生的孩子取名萨拉。罗布最后说他爱简和萨拉，让她们不必太担心。可惜罗布无法看到萨拉出生。

我脑子里充满了关于死去队友们的疑问，几天后我了解了一些情况，但我永远不可能知道所有发生在他们身上的故事。

可以确信的一点是，这些登山者们在很晚的时候还在继续攀登，因为无法行动而被困在山脊上。原计划 18 小时的登顶之旅，罗布和道格到第 17 小时还在向上攀登，而他们本该在四五个小时前就踏上返程之路。康子则是精疲力尽独自一人被困在没有能见度的黑夜之中。

康子失去行动能力前，距离最高营地只有几百码[1]，她几乎快到了。如果天气情况良好，她一定能够获救；而罗布、道格和安迪被困在最高营地 3000 英尺（约 914 米）以上的峰顶，他们根本无法获得救援。

5 月 10 日那天中午，南峰顶附近，道格和康子就在我前面不远，他们当时怎么想的我不得而知。他们是否就继续攀登征求过罗布的意见呢？他们知道正午时分应该决定是否返程吗？他们知道那时候是几点了吗？

我们之所以选择罗布是因为他有着丰富的珠峰攀登风险管控经验，尤其是他对安全性的评估和决策能力。他在职业珠峰探险队领队上的经验无人能敌。然而，那天中午之后，恰恰是罗布做出决定，在如此晚的时间还继续攀登。

到了下午 2:30，时间已经非常晚了，罗布竟然一直等到 4 点，直到道格出现在山顶，他却没有决定让道格和自己一同下山。罗布掌握着他和道格是生是死的命运。等待让他俩都失去了在天黑以前下山的机会。我确信，如果罗布建议道格和自己在 2:30 时一起下山，道格一定会听他的，因为他在那天早些时候就已经决定返回了（尽管后来他改变了主意）。

[1] 编者注：1 码等于 0.9144 米。

道格和康子尊重且信任罗布和麦克，他们相信罗布的能力和决定。我觉得从正午到后来，道格和康子只是一直跟着罗布。他们可能想“罗布还有其他人都在继续，所以应该没事”。这一点，我敢保证，因为当时我就在那儿，我和他们的想法一样。

道格和康子也许或者曾经对罗布的决定表示过怀疑。他们在等待攀登希拉里台阶时有足够的时间思考当时的情况，做出自己的决定，如果他们遵守了安全折返时间的规定，而不是罗布的判断，他们就能活下来。我为他们伤心不已。

向导的领导力和团队合作全面溃败，简直是一片混乱：贝克・韦瑟斯被单独留在了平台区；康子崩溃在南山口上方500英尺（约152米）的雪地里，也是一个人；下午3:30，安迪・哈里斯没有和乔恩・克拉考尔、麦克和康子一起从南峰顶下来；下午4:30，安迪一个人还待在南峰顶；下午4点，罗布还在珠峰顶等着道格，本应该15分钟走完的路，道格却花了一个半小时；道格抵达峰顶时，罗布也是一个人。道格登上了希拉里台阶，但明显出了状况，因为他像蜗牛般前进的一个半小时里，也是一个人。

疑问，疑问，太多的疑问。

罗布正午时分还有下午2:30所做的决定是为了道格着想，还是为了实现康子的梦想，抑或贝克还是安迪的？那些决定与罗布的商业竞争和公众宣传有关吗？他牺牲登山者们的安全会是为了制造一个引人入胜的故事而吸引大众眼球吗？

道格和康子是罗布狂妄野心的牺牲品吗？

后来有人评价罗布在下午 4:30 选择留下帮助道格下山是英雄行为，真的是这样吗？他留下会不会只是想纠正自己的错误？一个人能因为弥补自己过失的行为而成为一个英雄？

在队伍中安插一名专栏记者是在登顶压力柴堆上添加了一把火，还是浇了一桶汽油？

如果罗布坚持执行安全折返时间规定，是否还会有人无谓牺牲？

如果说道格和康子对罗布的信任是个错误（事后诸葛总是很容易），这样公平吗？对我来说，这样的评论实在令人寒心，因为我可能是唯一一个有发言权的人，因为当时我就在他们附近，我也差一点做出了和他们一样的决定。

那么，谁该负责告诉罗布他应当遵守折返时间？谁该提醒他无论怎么考量，那个时间继续登顶是个错误的决定？

正午时分，霍尔探险队的 8 名成员中有 5 人认为继续攀登不明智也不安全，于是选择脱离登顶队伍，折返回营地。他们否定了罗布的决定，这样的声音需要有多大声才能引起罗布的重视，意识到他的决定是有问题的？

受害者？谁是受害者？有没有受害者？

CHAPTER 33

绝望深处

我静静地躺在地上，想着现在没有领队也没有计划，可是明天还是得做些什么，这就是我的计划——做些什么。无论如何，我们都要下山了，慢性死亡的速度正在加快。

现在的敌人是天气和海拔，更具体点是没有能见度、没有足够的氧气支撑生命所需，还有肆虐的狂风。就算这狂风没有把我杀死，也快把我逼疯了，更别说还有下山时要面对的所有技术难题，我想都没想过。

我没有想过自己死定了。一开始确实有过，但后来这种必死无疑的担心慢慢不见了。有时，否定一些假设是有积极作用的，我将其称作认命。我现在的情况，可以苦笑着说不是一点活路都没有。

我从未想过自己有一天要面对命不久矣的现实，然后在死之前正视这一切并回顾此生；也从未想过那时候会是怎样的情形，或者自己要做些什么。那一晚，我真真切切地体验了一回。

现在是 5 月 11 日晚，天色已黑。一切在我的掌控之外，暴风雪依然撕扯着帐篷，狂风依然呼啸不已。我只能躺在帐篷里祈祷平安。我可能再也无法见到桑迪或者和她交谈；也可能无法再牵着她的手，感受她温暖的存在，这些思绪让我陷入孤独和寂寞的深渊无法自拔。我想再和她说一句话——我爱你；我想再一次听到她真实的声音，而不是我脑海和心里的声音；我想让她知道在我死之前我有多么思念她；我想给她写封信告诉她我对她的爱，还有她在我生命中的意义。她一定会拿着这样的信视如珍宝。我的口袋里还装着她发给我的传真，它们在我衬衣的一个拉链口袋里。这些文字温暖着我的内心和身体。我想在这些信纸背后写点什么，可惜找不到笔。不管怎样，她至少会知道在我死的时候，那些爱的信件是紧贴着我心脏的。

如果我死了，桑迪会怎样？我没有遵守要安全回家的约定，她一定会为此伤心欲绝、心碎不已。想到这些，我感到深深的绝望。

“你，洛，倒是轻松了，反正你是死了，生活的艰辛全都落在我一个人肩上。”那些年每次提到我要是死于某次登山，桑迪就这么对我说。

我总是问她是否会原谅我就这样撒手人寰，她总说：“绝不。最好别在天堂等我，我会找别人的。”

桑迪知道我们的登顶日是 5 月 10 日，她估计一直在等我的消息。

她最讨厌等待，多年前有一次我攀登阿拉斯加山脉时遇上了暴风雪，延迟了一周才跟她联系，后来我告诉她，一般情况下如果一周没有我的消息，她才需要担心。和许多次其他攀登不同，珠峰上的这一次，我们之间的沟通频率远远多于以往。

这时，桑迪正在想什么呢？

我知道答案。我躺在地上时，桑迪就在内心跟我对话，她的声音清晰可鉴，我们之间谈的最多的就是遗憾和后悔之情。

当我想到死亡，最难受的莫过于伤害了我最爱之人的心。我的野心差一点让她带着一颗破碎的心孤独终老。

我向她表达了后悔之心，她没有回答，然后我们为无法再白头偕老而伤心遗憾。我痛哭流涕，桑迪也泪流满面。最后她说她原谅了我。

我必须遵守一个承诺，那就是留下属于我的故事。至于另一个承诺——安全回家，我没有答应。我会尽一切所能。桑迪说她不会再要求更多，我知道她会原谅我的，因为她如此爱我，她知道，就算我死了，在死之前能知道她原谅了我也很重要。

在山上时，还有一些生死攸关的时刻，我请求上帝帮助，我甚至答应他如果能活着下山，我一定做个好人。不过那些誓言很快就被抛诸脑后。

现在我一点也不在乎死后之事。信仰让我确信我的灵魂会得到永生。可是现在我想再活一次。我在心里向上帝祈祷：“求您再给我一次重生的机会，带我离开这里，我承诺不辜负重生的机会。”

这听起来像是和上帝讨价还价，问题是上帝怎么会与我们谈判？

而且我已经违背了之前对上帝的承诺，这一次他怎么会再相信我？

我相信祈祷的力量，所以我大胆地虔诚地祈祷，《圣经》也教导信众要祈祷，只有祷告你才能改变结果，除了这个还有什么呢？我出发前的聚会上，朋友们说会为我的安全回来而祈祷。希望他们能坚持不懈，我相信集体祈祷的力量。

我一直热衷于登山，也曾是个严肃认真的体育运动员。去珠峰前我就知道那是个充满危险的地方，我也清楚所有的风险和以往的事故数据。除我以外的人都知道，只是置身珠峰，就有丧命的风险；更别说多天滞留于 26000 英尺（约 7925 米）的高峰了。除我以外的人都知道，唯独我不，我不信那一套，我曾拒绝相信那样的事会发生在我身上。

然而，这一次，它就发生在了我身上。我怎么会这么傻？自欺欺人。

那些向上帝祈祷的时刻里，我没有祈求过上帝让我登顶珠峰、功成名就；我没有祈祷攀登完所有想要征服的高峰；我没有想过自己的事业和其他人生目标或是兴趣爱好；更没有想过那些曾经想要的辉煌成就。

我只是祈求能够再对桑迪说一次“我爱你”；再对我的儿子道格和格雷格说一句“我爱你们”。我想与他们一起生活，我想握着桑迪的手，永不分开。

CHAPTER 34

疯狂逃离

清晨，暴风雪依旧如狮吼一般。突然，令人意想不到的事发生了——麦克·格鲁姆钻进了我的帐篷，我本以为他已经死了。就算他活着，我也没有想过他还能当领队。然而，出现在帐篷里的麦克一如既往地平静，他是个坚毅的汉子，说话不紧不慢，似乎没有发生过什么。原来的麦克又回来了。我们没有讨论过他的状况，也没有交流过之前到底发生了什么，他说他只是“在各个帐篷间探望大家，了解大家是什么情况有什么想法”。我们讨论到一个关键问题：大家接下来该怎么办？

我们都是熟知登山历史的探险家，当然也

知道10年以前那场和我们现在状况相似的灾难。当年一批登山者们遇到一场风暴，被困在乔戈里峰略低于我们海拔的位置。那些人也都是经验丰富的登山者，但是他们为了等待暴风雪停歇下来而浪费了太长的时间，没有及时想办法逃脱，最后因为缺氧等状况失去了下山的体能，最后长眠于乔戈里峰上。前一晚我就和福兰克讨论过我们现在面临的问题，这和当年十分相似，缺氧、缺觉、缺营养、脱水、低温等因素综合作用，从5月9日开始，我们的身体就在慢慢死亡。

麦克和我讨论过现在的状况，尽管我们有两个选择，但大家都清楚实际上只有一条路行得通，也就是说除了这条路根本没有其他选择。我们若迅速逃离，还有生的可能，若留下等待天气好转，也许就是坐以待毙。我说：“走吧。”我不确定在这死亡区里，我能否在未来的24小时内战胜死神，但我确定自己不想在帐篷里等死。如果死亡无法避免，那么就让我在求生的路上死去吧。

几分钟后，麦克把头探进帐篷说：“出发吧。”我们决定立刻开始大逃亡，除了下山必备用品，其他什么都不带。这意味着如果我们没能及时抵达低海拔营地，那我们在劫难逃，但为了逃命，我们必须轻装上阵。

“准备好20分钟后出发，不然就准备和旁边帐篷里那人一样死吧。”麦克拉开帐篷门说完这句就走了。他的话我只听懂了一半——20分钟准备就绪，另一半我就不明白了——“准备和旁边帐篷里那人一样死吧”是什么意思？我没多想，因为时间来不及了。我怎么能毫不关心25英尺（约8米）开外的帐篷里是谁离开人世了呢？我怎么能如这冰山一样冷漠呢？

他们消失在茫茫云海

我的三个室友都死了，整理他们遗物的时候我没有任何情感。整理好背包后，我又拿了安迪的备用登山手套，然后把冰爪拿进帐篷穿上。如果是以前，我肯定不会这么做，因为冰爪的铁钉会刺破帐篷的地板，不过无所谓了，如果没有我躺在里面压住帐篷，它迟早会被大风刮到 100 英里（约 161 千米）以外的中国或者尼泊尔去。此刻，我的视力恢复得差不多了，尽管还有些模糊，但已经不碍事了。现在最关键的就是逃离这个地狱般的风雪世界。

不到 20 分钟，我已整装待发。麦克和我讨论逃亡计划的时候，我们都清楚虽然我们一同出发，但能否活命只能靠自己。我心知肚明，但仍然觉得不应该在一开始就脱离了团队，所以我需要做好准备——而且越早越好。

我站起身，可是立刻就跪倒在地；起身，又跪了下来；试了好几次之后，我还是站不起来，因为我没有丝毫力气。跪在地上时我听见有人在喊："快，快，出发了，出发了。"我看见其他人已经动身了，而且很快便消失在云雾中。

尽管风声依旧，可对我来说，一切又如"狂风过后"般安静。我感到孤独、无助、浑身无力，可是我不想因为站不起来而死去。内心的声音在问"我该怎么下山？"我只能通过祈祷来得到答案："敬爱的上帝啊，请帮助我吧，请赐予我力量。"周围没有人能来帮助我，除非自己走，否则就只能一个人等死。我的身体经过四天不吃不喝不眠不休的折磨，已经无法正常运作了。

接下来发生了什么我已经记不清了，或者说我不知道到底发生了什么。我只记得周围一片寂静，还有我浑身瘫软双膝跪地的画面。

我感到孤立无援，但我错了，我不需要自己站起来，灵魂深处那个被上帝赐予力量的我并没有垮掉。我的精神力量，那个超脱生理机能的神力让我站了起来，踏上下山的道路。

脱水导致的虚弱，使我前所未有地饥渴难耐。毫无疑问，这么多天的缺水和营养不良是导致我全身无力的主要原因。登上珠峰以来的这些日子，现在是最艰难的，一步一步拖着疲惫虚弱的身体向下移动，这比冲顶日向上攀登要困难得多。暴风雪中，我还有漫长的道路需要行走，而狂风，始终不依不饶。

慢慢走，别犯错。

从下山那一刻开始，我的脑海里就一直在重复着这句话，有时甚至是在脑海里大声喊叫着："慢慢走，别犯错，继续向前别停下。"

大多数登山事故发生在下山途中，且往往是因为一时的疏忽大意。其中最大的危险源于下山步伐太快，所以我既要保证速度，又不能犯任何错误。头冲下、继续走、别停顿，我在心里默念着帮助自己集中注意力。走下去，也许就能走出地狱；继续前进别犯错。丘吉尔曾说过一句话："要想逃离地狱，唯一的办法就是一直走，别回头。"

上山容易下山难，无论上还是下，你都需要对抗地心引力。然而下山时需要运动不同的肌群和技巧，所以最大的挑战来自疲惫、脱水和缺氧造成的肾上腺素激增。而且我已经好几天没有好好吃饭和饮水了，脱水状况下，血液变得黏稠而缺乏流动性，因此无法顺畅地在脂肪细胞和肌肉纤维间输送氧气和能量。我急需补充水分。

我爬下南山口，然后开始翻越岩石嶙峋的日内瓦岭。我缓慢地稳稳地在山岭上新鲜的雪地里前进。爬上山岭翻到另一面后，天气情况立刻不一样了。大风并没有停歇，只是吹不到我了，那感觉就像是我进了一个房间，把大风关在了门外。我体会到一种安全感，于是松了一口气。一刻不停肆虐的大风快把我吹得支离破碎了。从技术上来看，我不是离开了风暴区，只是躲到了风暴吹不到的地方，感觉就像躲进了临时避难所。

我开始穿越岩石嶙峋的黄色地带，这里有几处地方需要用绳索速降。正常情况下，这并不是难事，但现在我体力透支严重，一切都不再轻松。无论这件事原来有多简单，当你想到任何错误都可能是致命的，情况就变得复杂了。为了在绳索上安装八字环下降器，我需要脱掉刚刚从最高营地戴上的连指手套，可是绳索被低温冻得笔直僵硬，我冻僵的手指试图将其穿过下降器却无能为力。恐惧感迅速蔓延，我得想想别的办法，最后我用了一种传统的基本下降方法，那就是将绳索绕在自己身上，利用绳索和身体间的摩擦力控制下降速度，这种方法叫作“之字形下降”。我一边祈祷着拥有足够力量安全下降，一边一寸一寸地向下移动。

过了黄色地带，是一段连接洛子岩壁的通道，这里还有几乎垂直的洛子岩壁是通往位于海拔 24000 英尺（约 7315 米）的 3 号营地的必经之路。大约走到一半的时候，我们探险队的夏尔巴向导们出现了。看到有人在身后，我感到很欣喜，于是让他们先行通过。这是自两天前我们冲顶以来，我第一次看到夏尔巴人，之前我完全没有想到过他们，除了当时我急需喝水时才想起他们带着所有融化冰雪用的火炉。从他们脸上看得出他们也像我们一样惊魂未定。他们本来也是蹲守在南山口帐篷内等待风平浪静的，结果因为在帐篷内使用火炉都一氧化碳中毒了。

我对他们说："有罗布的消息吗？"夏尔巴人茫然地看着我，什么也没说。也许他们没有听明白吧，我也不知道为什么要问这个问题，因为我已经知道了答案，结果已经不重要了，他们的表情证实了那个我可能一直在等的答案。终于有个夏尔巴人开口了："慢慢走，慢慢走，非常非常小心。"只有他懂一点英语。后来我才知道卡米和安格·道吉营救罗布的尝试失败了。

通道之后，我开始沿洛子峰岩壁垂直下降。3 号营地就是我的目的地，我知道它已经不远了，我迫不及待地需要好好休息一下，那里应该就有水了，可能还有食物。周围地形特殊，从行走路线的侧面我无法看到 3 号营地的帐篷，直到帐篷近在咫尺了，我才看到它们的位置。我之前留了些登山工具在 3 号营地，不知是什么奇怪的原因让我想到那些工具。谁还在乎什么工具？我最需要的是水。

慢慢走，别犯错。

过了一会儿，我沿着洛子峰壁朝下望去，看到斯图和塔斯科正坐在 Imax 探险队营地的一处冰架上。然后我穿过帐篷与山体间的固定绳索，坐在了斯图旁边。

坐下来的感觉真好，但不是最好的。一名 Imax 队员给我递了一公升水，水从我喉咙滑进肚子的那一刻，就像吃了灵丹妙药。那种感觉永生难忘。对 Imax 探险队的慷慨和关心我也永远铭记在心，因为要获得一公升的水需要耗费很多时间，很多努力与很多燃料，而这只是他们在他人需要时提供的无私、大度的帮助中的一小部分。

CHAPTER 35

死而复生之人

在 3 号营地里，我和一些 Imax 探险队员聊了聊之前发生的事。我喝着水，边休息边回答他们的疑问，当说到哪些人死了的时候，我也提到了贝克·韦瑟斯。前天有人告诉我贝克和康子都死了，之后我就没有听到其他消息。可是有人说：“不，我从电台中听说贝克还活着。”

我说：“不可能，贝克是我的室友，他从 9 号开始就被困在海拔 26000 英尺（约 7925 米）的山峰上，他没能回来。”

我没再多说什么，其他人也没有评论，此刻我更想好好享受水之甘甜。更何况，还有更艰巨的任务摆在我面前。我现在处于海拔 24000 英尺（约 7315 米）中，听说在海拔 21300 英尺（约 6492 米）处的 2 号营地里，人们搭建了一个医疗帐篷。要想回到 2 号营地，首先得沿着布满冰层且陡峭的洛子峰岩壁垂直下降 2000 英尺（约 610 米）到达寂静谷。我已经离开了死亡区，但并未到达安全区。

坐在海拔 24000 英尺处的冰架上，听说贝克“死而复生”的事，就像是拿到一块拼图。整个故事的前因后果我无从得知，而且那时候，我也没兴趣询问结果或思考原因。离开 Imax 营地时，他们中的一些人准备上山帮助彼得·阿瑟斯和托德·伯利森营救其他人。解开贝克·韦瑟斯死而复生的谜团还不是最紧要的事，当务之急是如何从 3 号营地下到 2 号营地。

事实上，关于贝克·韦瑟斯“复活”的谜团还有两块拼图线索。第一块是 5 月 11 日下午，有人焦急地在帐篷外寻问谁有多余的睡袋，我说我有，然后迅速地把贝克的睡袋从帐篷门缝塞了出去。我一直躺在他的睡袋上防寒，后来就再也没有人提起过那个睡袋。

原来，贝克那个睡袋还是被他自己用了。他并没有像大家以为的那样死在山上，而是离开人群避风的地方独自回到了营地。

还有块拼图线索是在 5 月 12 日早晨，当我们准备逃离最高营地时，麦克说“像旁边帐篷内的死人”，原来指的是贝克。贝克第二次被人们误认为死了，结果他再一次“死而复生”。

几天后，我又发现了另一条线索。有人问我为什么我们没有早一天，也就是在 5 月 11 日天气出现短暂平静的时候逃离最高营地，

不肯死去的贝克

我的第一反应是，因为没有确信罗布是死是活，所以我们不能离开。

但这个答案并不是一个合理的解释，因为当时罗布已经无法被营救了。现在我知道真正的答案是什么了，我知道为什么了，这个答案很明显也很简单：如果我们 5 月 11 日就下山，“活过来”的贝克回到最高营地时，那里已经空无一人，那样的话，“死了”的贝克肯定也活不了。

我们开始沿洛子峰壁向 2 号营地出发，我让其他登山者先用固定绳索走在我前面，这样做对我来说比较安全，尽管每个人都小心翼翼，他们还是比我速度快。慢慢走别犯错。现在没必要改变这个我从 24000 英尺（约 7315 米）处下来时就坚持的原则。下一个目标是海拔 22000 英尺（约 6706 米）处的洛子峰岩壁底部。天气情况良好，所以安全第一，没有必要着急赶路。

我听见麦克跟拉赫巴说，让他再回到 3 号营地取一些我们遗忘在那儿的工具。拉赫巴点点头表示同意，然后开始往回攀登。我开始下山，麦克紧随其后，下降到 3 号营地和洛子峰壁底部冰裂隙途中一半的位置，迎面来了一个名叫默尔·道夫（Mal Duff）的苏格兰登山者。他是英国探险队的领队，准备上山去支援营救队伍。我又一次被他们无私的行为所震惊和打动。那些他去帮助的人与他毫无关系，这样的行为对他自己来说是极大的体能消耗和牺牲。

看到我们后，默尔也开始下山，尽管大家都挂在绳索上，他也帮不上什么忙，可是他的出现对安抚我的情绪起了很大的作用。我已经极其虚弱了，出什么状况在所难免。如果我不小心犯错，很有可能急速掉下洛子峰壁。我们抵达岩壁底部穿越冰裂隙时，默尔给了我巨大的帮助，穿越冰裂隙非常耗费体能，尤其是以我这样的状况。过了冰裂隙后，我们坐下休息，默尔给了我一杯水、一块糖果还有有助于迅速恢复体能的葡萄糖片。那时的我有什么就吃什么，有多少水就喝多少水。

默尔的形象深深地印在我脑海中，成为我人生重要的回忆。当我得知第二年他在攀登珠峰时死于意外，我感到极其悲痛。

冰裂隙最下方是一段陡峭的岩面，从那以后通往2号营地的道路逐渐平缓，这是几天以来我第一次体会到安全感，甚至觉得自己变强壮了。看来是离开洛子峰岩壁的险境后，心理上释然了许多。然而要回到大本营，我还有5000英尺（约1524米）垂直距离要下降，那段路依然不轻松。现在我只想回到2号营地，喝水休息，在一个不会被飓风吹散的帐篷内好好睡觉。

2号营地门口，夏尔巴人用热茶迎接我们，看到营地的厨师腾迪也让我兴奋不已。进了2号营地，感觉就像住进冰冻沙漠里的绿洲。一周前，在这个海拔21300英尺（约6492米）的营地里还觉得呼吸困难，现在却感觉徜徉在氧气充足的天堂，那些地狱般的梦魇都已被抛诸脑后。在这里我能歇歇脚、喝热水，也许还能睡个好觉。我走进原先和贝克一起居住的帐篷，看到之前留在那里的东西，默默发呆。

放好登山工具后，我走进餐厅帐篷，现在这里被改造成一个诊所。欧洲探险队的丹麦籍队医亨里克·汉森（Henrik Hansen）和高山攀登探险队的美国籍队医肯·卡姆勒（Ken Kamler）给我检查了身体。我有四根手指生了冻疮，肯帮我做了包扎，他说只要不感染就不严重，身体会慢慢恢复——冻疮会慢慢起水泡，绷带的作用是在水泡破裂时防止伤口感染。

我听见医生们在为即将到来的贝克和台湾登山者高铭和做准备。这是我第一次听见关于高铭和的消息，他的经历也是一个谜。亨里克和肯让福兰克·菲施贝克这个经验丰富的摄影师留下，准备拍摄治疗过程。

检查完身体后，我决定回帐篷睡一会儿，这是我五天以来睡的第一个觉。腾迪给我做了些食物，我本应该多吃点的，可因为太想睡觉了，所以只吃了几口。我躺在睡袋里时，一心只想多睡会儿，可惜睡得并不踏实，因为周围声音嘈杂，那是几英尺外的大帐篷里，医生们正准备给贝克和高铭和进行治疗。

我的内心也不安静，这并不是因为想着那些导致悲剧的错误，而是感慨悲剧发生后的感人故事。我们的探险队因为缺乏团队协作精神而没能逃过灾难，因为我们太过自我，所以做了很多关于自己和关于队伍的错误决定。但是，除了这些，过去的两天里，我还看到其他人无私的奉献和牺牲精神，人们互不相识，但从四面八方赶来只为营救更多的生命。我所见到的人和事，很多让我肃然起敬：

斯图尔特·哈钦森冒着极大的风险尝试营救他人；彼得·阿瑟斯和托德·伯利森因为自己探险队里的夏尔巴人拒绝在那样恶劣的天气情况下前去最高营地救人，他们俩就自己从 3 号营地攀登到最高营地开展救援。尽管我怀疑他们是否想过这个问题，但这样的行为意味着他们放弃了自己登顶的机会。5 月 12 日早晨，彼得和托德也参与救助了贝克，并帮他从最高营地下降到位于洛子峰的埃德·维耶斯图和罗布特·肖尔（Robert Schauer）的 Imax 探险队所在地，然后又帮助贝克回到 2 号营地。

Imax 团队为救援人员贡献了自己的氧气瓶和对讲机电池，而这是他们登顶需要的关键补给；英国探险队的默尔·道夫和另外两名向导也赶来支援；亨里克·汉森从大本营来到 2 号营地充当医生给受伤的人们诊断；肯·卡姆勒则是从 3 号营地下到 2 号营地前来救治伤员，他出发下山前还通知大本营的人往 2 号营地运送相关药品。肯原本在 3 号营地准备登顶珠峰的，为了救人他也放弃了自己的目标。

5 月 12 日一整晚，亨里克和肯都在给贝克和高铭和治疗，而福兰克·菲施贝克则一直陪在他们左右；乔恩·克拉考尔则协助调动直升机前来将贝克运送到大本营。

所有这些行为都是无私的、对他人充满关爱和怜悯心的义举。

我希望将来有一天我也像这些人一样伟大，为了帮助他人而不惜牺牲自己的一切。

在 2 号营地得到足够的食物、饮用水和休息后，我觉得自己的状态恢复得不错。然而，距离大本营还有 5000 英尺（约 1524 米）垂直距离，困难依然不少，危险始终存在。亲眼见过如此多的灾难，我不敢掉以轻心。探险队的组织管理也让我担心：麦克也经历了登顶日的磨难，他不顾自己已经伤势严重的双脚，已经做到了尽职尽责；幸好有乔恩的协助，贝克已经准备好第二天就出发去大本营。

我和福兰克在帐篷里讨论他要给贝克以及高铭和拍摄医疗救治过程的事。这些照片是他俩日后治疗的重要依据。现在我们还不知道贝克到底什么情况。

贝克幸存的故事简直令人难以置信，他被当作“死人”留在山上不止一次两次，而是三次（至少三次，看你以什么标准判断）。前两次都是在救援过程中，那两次贝克看起来像死了，或者按某人的说法“和死差不多”，因为以他当时的身体状况和恶劣的天气判断，像他这样一个无法行动的人几乎是无法活下来的。然而贝克相信自己已死的消息被误传了，所以决定自救。他面部冻伤到几乎失明，手臂也几乎冻成了冰块，在这样的情况下他又恢复了意识，慢慢地走，5 月 11 日下午自己走回了最高营地。

一个行走的“死人”。

回到最高营地后，他被安置在一间空帐篷里。有几个人知道他在那儿，但是依据当时的状况判断，他活不过第二天早晨。睡在自己睡袋里的贝克，被当作一具尸体留在了那个帐篷里。第二天我们准备逃离最高营地时，那具“尸体”突然大声呼救，那是贝克不甘心死去的呼喊。那时我已经出发了，最后一个离开帐篷的乔恩·克拉考尔听到了他的呼喊，惊讶之余请求了托德和彼得前来救助贝克。那天早上，麦克对我说的“旁边帐篷里的死人”，原来指的是贝克。麦克是听夏尔巴人说那儿有个死人，但是贝克又一次让所有人震惊了。那个“死了”的人还活着。

贝克是不屈不挠精神的最佳代表，站起来的次数永远比跌倒多一次。美国前重量级拳王登普西曾说过：“拳王就是在无法站起时站起来的人。”贝克就是这样的人。他代表了我们每个人内心深处都可以挖掘出来的那个强大力量。

贝克和高铭和抵达营地后，福兰克一直忙着拍照，直到他的相机被冻住。我看了看医疗帐篷内没有什么太多的事，觉得还是不要待在那里添乱。

5 月 13 日早，我感觉精力充沛，在吃那个我最怕的燕麦和热巧克力早餐之前，我决定去临时诊所探探情况、打个招呼。我看见小床上躺着两个人，没有贝克。两个人我都认不出来。突然，其中一张床上的人对我说："你还好吗，洛？"

"贝克，是你吗？"我直直地看着他，却完全认不出他来。我和贝克同住了六个星期，睡觉时候的距离也就几英寸，现在我完全认不出他来。我想从眼前的这张脸上找到贝克的影子，但是找不到。

在这之前，关于贝克的故事只是只言片语和想象的画面。这是第一次，那些传言和画面真实地呈现在我眼前。直到如今，我似乎还找不到合适的语言来形容当时的情形。

然而贝克的样子我永远也不会忘记，我能清清楚楚地描述出来。他的脸上结了一大块黑色的硬壳，整个脸肿得有原来一个半那么大。他的手和右前臂因为冻伤呈深紫色。其中一个医生说："那是死人手的颜色。"

我猜那个人死了，那个人真的"死"了。

结果那个"死人"不可思议地站了起来。

他"死而复生"了。

CHAPTER 36

泪眼婆娑

5 月 13 日，我们出发前往大本营。终于只剩一天的山路了，这是我最后一次登山，从此以后再也不会有第二次了。我算是受够了。

我们首先要穿过寂静谷，在冰川的裂缝地带穿行十分危险，所以大家要通过绳索互相协助。我们探险队有好几个人都是同时从 2 号营地出发的，包括夏尔巴人彭巴。

我很喜欢彭巴。我们俩有一个共同点——身高和体重一样，其他夏尔巴人则都比较矮小。彭巴比我小 25 岁，天气不好的时候他主动提出帮我背包，他想得很周到，但我没有接受这个帮助，我说："包不能给你，不过谢谢你的关心。"

这主要是出于实际需要考虑，通常情况下我不会让背包离开视线，这至少能给我自力更生的感觉。

自力更生在登山者们眼中是极限攀登的一项重要技能。我们也常常吹嘘自己的独立能力，然而现实却截然相反。过去几天发生的事证明这世界上无论是普通生活还是高山攀登都不可能有纯粹的自力更生。你的目标不仅仅是自己的目标；攀登一座高山也不仅仅是你一个人的事；生活中无论你做什么也都不能脱离他人。攀登珠穆朗玛峰的人都离不开其他人的帮助，这完完全全是一个需要团队协作，而非个人能够实现的挑战。尤其在困难时期，你所需要的力量恰恰来自那些比我们更为强大的他人。比如 5 月 10 日正午时分在珠峰上，当我自己进退两难时，我需要的是桑迪和上帝的力量帮我做出正确的决定，这个力量来自内心深处，也来自虔诚的祈祷。

家里的桑迪几乎同步关注着我们在最高营地遭遇的全部困难。这些消息通过对讲机从最高营地传到大本营，又通过罗布位于新西兰的办公室传到桑迪那里。我的很多朋友也是通过桑迪发布的消息了解我在珠峰上的动态的。5 月 11 日，桑迪是这样记录的：

> 珠峰报道——5/11/96
>
> 报道人桑迪——5/11/96
>
> 亲爱的朋友们：
>
> 我收到的珠峰最新进展不太乐观，今天早上新西兰发来了另一条消息说洛有三名队友去世了，另一个快不行了，还有一个失踪。洛还活着。

如果你们在网络上看到任何消息，请传送给我，传真号：810/644-8967。

现在最重要的事就是相信上帝能听到我们虔诚的祈祷。

谢谢！

桑迪

有桑迪和朋友们的祈祷，山上的我并不孤单。第二天是星期天，也是母亲节，好几个朋友在教堂礼拜时特意为我向上帝祈祷祝福。桑迪接到了很多人的电话，包括素不相识的人，他们告诉桑迪说上帝会听到所有人为我做的祷告。

自力更生？其实根本不存在。拒绝彭巴的帮助只是自力更生的一个外在表象，真正的力量根植在我内心深处，它来源于我和桑迪、家人、朋友以及上帝间的深情。

我正在寂静谷里走着，乔恩从后面赶了上来，他说："洛，有件事你肯定想不到，贝克就在我们后面不远处，他在自己下山呢。"乔恩说这些的时候流露出的满是崇拜和敬仰之情。

贝克又一次震惊了我们所有人。其他人都离开2号营地后，乔恩留下来帮助协调救助贝克的事。过去的两天里，乔恩展示了他的领导能力，而这之前他还是个不太合群的人。这六周里，我不记得和乔恩说过什么话、有过什么交集，这对我来说不太常见，因为我的攀登乐趣之一就是和朋友们一起。5月12日，乔恩是自告奋勇担当起组织协调重任的队友之一，在最高营地里，他看起来身心都遭受了重创，而现在，只要我们需要，他随时会表现得强壮而坚毅。

在位于 19000 英尺（约 5791 米）的 1 号营地以及昆布冰瀑上方地带，人们正在研究直升机如何前来营救贝克和高铭和。他们分析了裂隙地形，找到了一处直升机可以降落的最佳位置。人们用红色饮料瓶在地上标记出了一个大大的X。理论上来说，直升机不能飞到这个高度，因为此处空气过于稀薄，飞机螺旋桨无法得到足够的空气提升力。现在唯一的问题就是飞行员愿不愿意冒这个险。如果一切都实现了的话，这将是飞行史上海拔最高的一次营救行动。

要想实现这样的营救，需要一名英勇的飞行员，尼泊尔中校切利特接受了这一光荣任务。如果直升机坠毁或者无法继续起飞（此前从未有人做过这样的尝试），切利特中校很有可能丢掉性命，就算他没有死于坠机，他也很可能因为氧气瓶氧气耗尽而窒息身亡，因为他没有经过身体适应过程，而是直接从海拔 4000 英尺（约 1219 米）处飞到空气极其稀薄的 19000 英尺（约 5791 米）的大本营。

我正在攀爬昆布冰瀑，耳边传来在努子峰和珠峰山体中回荡的直升机螺旋桨声，噗噗噗噗。我停了下来，看到直升机降落，带上贝克，然后离开，这场景令人震撼。但是此刻我的意识还集中在逃生上，尽管这些日子周围有人死去、有人失踪，我的情感却如同身体一样，冰冷麻木。我现在所想的就是尽快离开冰瀑，走在摇摇晃晃的梯桥上穿过裂隙地带，就算体力充沛状态良好时，这也是个巨大考验，更别说我现在虚弱的身体状况，这段路途变得更为艰难。

慢慢走，别犯错。

现在，穿越昆布冰瀑的时间到了，这是我最后一次玩“俄罗斯轮盘赌”，一切就看运气如何了。

我走下冰瀑的时候，有一名来自攀来切的喜马拉雅高山救援队医疗专家爬了上来帮助那些正在下山的登山者们。他给我递了一块糖果，我边吃边和他交谈。这个医生说他得继续向上出发，因为我们大本营的队医担心某些登山者的精神问题很严重。我不知道他指的是谁，但肯定不是我。尽管我身体是一盘散沙，但此刻我的精神意志还是坚强的。

走完冰瀑的最后一段，我看到大本营的人们拿着食物和水在等着我们。我坐了下来，再也走不动了，突然，我放声大哭起来，眼泪止不住地哗哗流淌。四天以来被冰封的情感在那一刻突然全部迸发了出来。

我尽情地放声大哭，眼泪喷涌而出。在最高营地时流出的眼泪是为了湿润我受伤的角膜，现在的眼泪是为了融化我冰封的情感，这样我才能再次感知悲伤。

大家一言不发，因为语言此刻已经苍白无力，人们脸上和眼睛里透露着遗憾、悲伤和痛心疾首，写在他们脸上的除这些外，还有难以置信。我坐在一块大石头上，吃着东西喝着水，但大部分时间我都是把头埋在手掌心里痛哭流涕。

过了一会儿，乔恩也回到了大本营，他和我一样泣不成声。这是我第一次看到他冷峻的外表下这么动情的一面，但这并不意外，很多朋友死了，贝克和麦克伤势严重，经历过那样的死里逃生，谁能不如此悲伤？桑迪知道发生的这一切吗？她知道我还活着吗？这就是我那时脑子里想的事。我需要听到她的声音，我要给她打电话告诉她“我要回家了”。

直到此时，我才确信自己逃过了这一劫。我对大自然的探索、对喜马拉雅山脉崇敬的神圣之旅成为一场梦魇。此刻，幸存下来的我抑制不住眼泪夺眶而出，我的情感终于不再冰封了。

我从坐着的石头上起身准备走向大本营时，有个人朝我走来。我认出他是英国探险队的一名队员，之前在大本营时我见过他，但没有交谈过，但我记得在大本营时他和道格交情很好。他用浓重的英音对我说：“对于道格的死和你们所有人的遭遇，我表示非常遗憾。”我们拥抱彼此，久久不能分开，就像老朋友一样眼里满含泪水。他问我：“你介意我在登顶日那天使用道格留在大本营的登山工具吗？”

我不知如何回答。过去几天里身边很多人与世长辞，而我也差一点成为其中一个。经过这一切之后，这就是他们要问我的问题？

我盯着他，最后说：“我不知道道格现在是否介意。”这是个什么答案？事后想起这个答案时，我不知道当时为什么要用“现在是否介意”这几个词，我也总在想死人是否还会介意。如果一个人已经死了，还会介意吗？还是无论什么情况下都会介意？

在最高营地，我身处暴风雪中，感觉就快要死的时候，我记得清清楚楚自己很在乎死了之后桑迪会怎样；也很后悔自己就这样撒手人寰不再回去的行为会深深刺痛桑迪的心；而且我觉得就算是我死了，我也非常想知道桑迪是否依然爱我、是否原谅我如此伤她的心。

在攀登昆布冰瀑面对死亡威胁时，我想过自己的人生应当死而无憾。当时我还不像现在这样了解死去的人是否会在意某些事情，我只是不想冒任何风险带着一个很久都甩不开的遗憾离开人世。

现在，我不再麻木

CHAPTER 37

家中的桑迪，5 月 13 日

从冰瀑底部的巨大碛石到大本营只有半个小时路程，一位在附近攀登女儿峰（Pumori）的、罗布新西兰的朋友，前来接过我的背包，和我一同前往大本营。这一次我没有拒绝他的帮助，因为我已经不需要再为安全担心了，我终于活着走下了珠峰，而且从头到尾经历了整个旅程，或者说是那段未完成的旅程。

踏进大本营的那一刻，我发誓再也不想经历这一切，如果要我形容这场浩劫，我会用“残酷”二字。我做的第一件事就是走进罗布的帐篷，这使我想起大本营留给我的最熟悉的印象——罗布在大帐篷里给大家开会，紧接着是另一个画面——一具被暴风雪掩盖的冰冷尸体。然后我进了康子、道格、贝克还有安迪的帐篷；每一处都让我想起两个画面：一个画面里有我想见的好友，另一个画面里有我不想见的尸体。痛彻心扉，难以自已。我无法相信他们已离去的事实。大本营管家海伦·威尔顿看到我便抽泣起来，我抱了抱她问道："卫星电话现在能用吗？"她说："现在还不能。"我无法直视海伦的眼睛，因为她那破碎的心一目了然，但是我能看出她很高兴见到我还活着。那时我不想和任何人说话，所以放好工具后，我便迅速钻进了自己的帐篷。

我急需食物、饮用水和睡眠，但还有件更紧要的事，那就是和桑迪通话，我得告诉她发生的故事，我得让她知道我一切安好。现在卫星电话不能用，我只能靠心电感应和她对话，然后把想说的写在纸上，好在第一时间传真给她，所以我需要单独安静地在内心和她说话。于是我躺了很久，连登山服都没有脱，就在心里默默地告诉她我有多爱她，我马上就要回家了。

我真诚地感谢上帝，并且发誓一定会做个好人，我祈求上帝帮助我信守承诺。眼泪再一次夺眶而出，这一次静静地缓慢地湿润了脸庞，这一次不像走完冰瀑后的放声大哭，我只是悄无声息地流泪，不想让别人听到，因为这是属于我自己的眼泪，是充满爱和感激的眼泪。

于是我写了一张纸条给桑迪，海伦在我睡着后等卫星电话可以用时就立刻帮我发了出去。后来我忘了自己当时写了什么，一年后，当我整理桑迪收藏的书信时发现了这张纸条，再一次读到那上面的内容，让我了解了当时还没有时间好好反思事件的时候，我对自己侥幸存活的认识。

纸条上是这样写的：

传真地址：美国　　　　　　　　810/644-7406

5月13日

致桑迪：

刚刚回到大本营，卫星电话还接不通。我不知道你得到了哪些消息，但一切都好，我还活着，不必担心。我现在想做的就是听到你的声音，看见你的容貌，和你在一起永不分开。情况太糟糕了，有队友死了，我们离峰顶很近，一开始一切正常，但时间太晚了，然后就出状况了。我估计要等上一段时间才能详细告诉你山上发生了什么，现在我只能说：我活下来了，但是10名队员中，有4人死在冲顶的途中，有2人伤势严重可能会终身残疾。是上帝的旨意还有我们之间的爱情让我在顶峰不远处转头下山，这才挽救了我的生命。我的双手都有冻伤，但医生告诉我如果好好保护的话，手指应该没有大碍。我的雪盲症已经两天了，现在还是无法看清东西，不过视力已经恢复了不少。希望你能读到这封信，因为手上有绷带写字很困难。尽快帮我预约马格奈尔（Magnel）和斯蒂文森（Stevenson）医生治疗我的双手和眼睛。我知道这听起来有点陈词滥调，但我真的觉得自己和来这儿之前不一样了，同样的身体但不一样的内在。也许所有人都这样吧，尽管身体都会慢慢衰退。我希望自己能够忘掉冲顶日那天遭遇的痛苦，也想忘掉后来肆虐的暴雪，我想忘掉怒吼的狂风。我来是为了丰富经历，却差一点没能活着回来，我不知道自己是否能找到确切的语言来形容过去的一切。5月10日和12日让我有能力下山的力量超越了人类可以理解的范畴，它超越了我的极限。我们的事故在北美可能没有上新闻吧，因为我们是新西兰的探险队，但是我在昆布冰瀑碰到的一个医生告诉我，我们的遭遇在亚洲引起了轩然大波——因为这是一场悲剧，的确如此。我一路上都有你的陪伴，是你带我回家的。斯科特·费希尔死了，但贝克创造了另一个奇迹，一个不死的故事。我每写几分钟就要停下来休息会儿，因为手指很疼。我现在要去睡会儿，先写这么多，一旦卫星电话通了，在我睡觉时你就能收到这封信了。我不知道将来会不会明白这一切，也许将来明白的也就这么多了吧。现在我想做的唯一一件事就是回家，和你、道格、格雷格还有朋友们在一起，我再也不会登山了。今后我们生活的方向会建立在所有的经历之上。我只是不想再登山了，那些登山工具已经给了夏尔巴人，这比放在地下室积灰强。此刻，我特别想听到你的声音，我如此爱你，上帝都被我们的爱感动了，所以他让我回家与你共度余生。我多想听你说话啊，万一我不能及时给你打电话，那就等我回到嘉鲁达酒店后打给你，那时我要告诉你买机票的事。天气太冷了，你来这边也不方便。

爱你的洛

我准备回家了

这封信上提到的内容，正是5月10日那天我选择折返的真正原因：

是上帝的旨意还有我们之间的爱情让我在顶峰不远处转头下山，这才挽救了我的生命。

独自休息了许久后，我脱掉肮脏发臭的登山服，换上干净的衣服前往大帐篷吃东西。我仔仔细细地清洗了每一根未被包扎的手指，然后准备大喝一通。让我欣喜的是，大帐篷里竟然还有饮料，我终于不用再喝夏尔巴人的茶了。这些饮料一定是被我们的厨师庄巴（Chumba）藏起来，等着给我们接风用的。尽管不是载誉而归，但还是回来了。我把能喝的都喝了，可还是不能彻底解渴。

大帐篷里丝毫没有庆祝我们安全返回的气氛。人们只是默默地吃着喝着，连说话的人都不多。麦克的样子看起来十分痛苦，估计我的样子也好不到哪儿去。奇怪的是大家几乎没有人提及我们冲击顶峰的事，也没有人对山顶发生的一切进行评价或批评。麦克守口如瓶，一言不发，感觉好像丧失了语言功能一样。我能看出冻伤让他极其痛苦，有人告诉我说，麦克在吃吗啡止痛。麦克的内心显然也遭受了极大的创伤，我怀疑吗啡是否能止得住他内心的痛苦。

我深深为麦克的状况担忧，他独自一个人坐着，我走过去告诉他我为他感到骄傲，可是他什么都没说。山顶上状况百出时，他已经尽力了，对一个已经竭尽所能的人，我们还有什么理由要求更多呢？而且他还救了差一点死在平台处的贝克，用绳索牵着贝克一步一步走了 1500 英尺（约 457 米）垂直距离抵达了南山口。除了麦克没有人会这么做。在南峰顶，麦克还救了乔恩·克拉考尔，他无私地贡献出自己的氧气瓶给已经无法动弹的乔恩。这些都值得人们为麦克竖起大拇指。

大本营里又开设了一个医疗帐篷，我准备进去查看一下冻伤的手指，更换一下从 2 号营地下来路上破损的绷带。以往的经验告诉我，冻伤的水泡需要特别细心地护理。那些水泡会慢慢变成极其难看的黑色结痂，最后自然脱落。现在最重要的是保护好水泡，防止它们破裂后受到感染。

处理完后，我想回到自己的帐篷待着，在心里和桑迪说说话。我在冰川上走着，通往营地的路已经和我来时不一样了，因为脚底下的冰川随时在移动。我躺在睡袋里，被强烈的孤独感包围，我想回家，我想看到桑迪，我想听见她的声音。

我的脑海里开始冒出各种问题：贝克怎样了？麦克会怎样？罗布、安迪、道格、康子和斯科特的尸体怎么办？后来我发现我不喜欢这些具体的问题，于是想了些抽象的问题：这一切说明了什么？这件事有什么深刻的含义吗？

当时我还不明白这其中的深意，不过现在我终于理解了，那些问题是通向大彻大悟的基石。可是有些时候我又在想，真正的基石也许是 5 月 10 日正午，当我面对冲顶还是下山抉择时的那些思考。

我一直在摆弄信号时有时无的卫星电话，终于电话接通了，我的手竟然有些颤抖。桑迪接了电话的一瞬间，我崩溃了，号啕大哭。我不记得当时说了什么，一句都不记得。桑迪后来给朋友们的通信里这么描述当时的情形：

> 凌晨 3:45
>
> 洛来电话了，他情绪激动、哽咽难语。
>
> 他说现在还不是说山难的时候，他说打电话来是为了告诉我“他要回家了”，“他很爱我”。这些是我最想听到也最需要听到的话。洛还说了“我很好，别担心”。这是他常说的话，因为他总担心我忧虑过度。然后他就默默听我说话，因为他说特别想听我的声音，说什么不重要，所以我就天南海北地一直说一直说。
>
> 我听见电话那头有人在哭泣，估计还有别人在等着用卫星电话。尽管这次通报里没有太多更新信息，我还是想与你们分享洛打电话来这件事，因为它对我太重要了。
>
> 桑迪

和桑迪通完电话，我还是想回自己的帐篷一个人待着，回味她的余音，桑迪的声音让我感到轻松和安全，一切都会好起来的。让她知道我就要回家对我意义重大，她会在家等着我，我们还要白头偕老。我终于释然了，也有心情考虑其他事情了。

后来海伦进了我的帐篷，给我递了一张桑迪发来的传真：

致：洛·卡西希克，5 月 13 日凌晨 3:45

亲爱的洛：

我知道你经历了一场炼狱，现在在回家的路上了。你的身体、精神和情绪需要很长时间的恢复期，别担心，洛，我会随时陪在你左右，我会握着你的手、帮助你、安慰你、照顾你。你答应过我会回来的，就算一切看起来非常不乐观，我还是相信你的承诺。过去的三天我很痛苦，父母每天不是来陪着我，就是给我电话打听新消息，如果没有他们的支持和安慰，我怕自己坚持不了这么久。你有很多好朋友甚至提出要去加德满都打探消息，我也联系了美国驻加德满都大使馆请他们打听你的消息。消息陆续传来，新西兰那边已经尽力了，但很多消息自相矛盾。你是一个坚强的汉子，我深爱着你。

爱你的桑迪

后来我又收到桑迪发来的一份传真，这就是桑迪的作风。

致：洛·卡西希克 5 月 13 日晚 8:30

亲爱的洛：

希望你感觉好些了，很快你就能回来了。你肯定受了不少苦，我多希望能在你身边照顾你、安慰你。你选择安全返回真是个明智的决定，以后我再也不会让你离开我半步。这次痛苦的经历实在让人揪心，我无法想象你遭受了哪些挫折。我不再接电话也不再见客人，人们都关心发生了什么。感谢上帝让你回来，此生我从未如此频繁地向上帝祈祷过。你说手上有冻伤，你的双脚怎么样？快回来吧，我全心全意地爱着你。

爱你的桑迪

我记得这些传真的内容，也很欣慰桑迪把这些信都保留了下来。一年后再次读到这些书信让我感受深刻。第一张传真说到她忍受的煎熬和我承诺"回家"带来的安慰。她备受煎熬的那几天是不确定我状态的那几天。一开始，桑迪听说我已经从最高营地返回了，就把这消息告诉了朋友们。之后她听说贝克死了，后来又听说贝克还活着。桑迪知道我和贝克是室友，那些不全面的、互相矛盾的消息让她很不放心，我到底是活着还是死了。这就是让她痛苦的时期，知道这些对我也很重要，因为信中桑迪说到正是我的承诺帮她渡过了难关。我们都很清楚彼此的承诺是我们力量的源泉。

这里我放上了桑迪的第二封传真，因为里面她提到对上帝回应祈祷的感谢之情，而且信的末尾说到她"全心全意地爱着我"，确实是的。正是她的真心在 5 月 10 日正午对我发出呐喊。我听见了那个来自心底的声音，于是我回来了。

飘扬在风中的经幡，默默诉说着故事

CHAPTER 38

傍晚的哀悼

我很享受在帐篷里独处的时间，可是我的身体却不断在报警：继续补充食物和水分！来到珠穆朗玛峰后，我已经掉了 25 到 30 磅（约 11 到 14 千克）体重了，现在我的身体急需补充营养和水分。

我再次回到大帐篷，狼吞虎咽地吃了一通，饮料喝完了，我就用 Koolaid 饮料掺到白开水里喝（因为再也不想喝夏尔巴人的茶了）。没有笑容、没有笑话、没有笑声，我们交谈，但很少谈山上发生的事。无论当时还是现在看来，这都很奇怪。我们并不像在否认什么，或者在期待安迪，那个从未被注意过的人，突然出现在我们面前；

而是好像灾难与我们无关一样。

大家说的最多的就是难以置信，“我简直不敢相信发生的这一切”是常见的评论。大多数时候大家都静静地坐着、一言不发。我相信所有人，包括我们自己都想好好讨论一下到底发生了什么、山上出了什么问题，可是好像公开谈论这些有些尴尬，因为公开讨论意味着我们要对发生的一切开诚布公，可是我们知道这样做的话有人会被指责、被伤害，所以大家选择对发生的一切避而不谈。可我们的内心是清楚的。

在这里需要谈论的，不是一起登山事故，不是将风暴或者任何自然力量推为一切事故的肇始，更不是作为借口的坏运气；而是正午时分、顶峰下方垂直 279 英尺（约 85 米）处的决定。在那以前，本没有生与死的故事，在那个正午时分。

正午以前，这件事的疑问只是为什么会耽误这么多时间？我们已经很仔细地制订了攀登计划，之前到底发生了什么事？如果从大局来看，正午前的延误也只会导致冲顶失败，并不会导致任何人丧命。

事件的重点在于正午之后发生了什么。时间延误得太久以致大家不得不面对一个艰难抉择。那时的珠穆朗玛峰已经不仅是这地球上最挑战体能和意志的山峰，真正的挑战在于做出痛苦的选择——折返下山还是继续攀登；还有那个影响人们做出相应选择的神秘力量。

最后，人们做出了选择——在正午后继续冲击顶峰，这个选择，以及作为结果的一个又一个噩梦，成为一个故事。一个关于错误判断的故事。正午时分继续攀登，既违背了提前约定的折返时间，也无视了当时登山队伍的实际状况。那个时间继续攀登意味着登山者会耗尽体力，也无法在天黑前返回。那些继续登顶的队员中除了麦克和乔恩，在回到最高营地前几乎都已丧失行动能力，且处于无法被救援的位置。罗布当初制定返程时间时说：“如果不能在天黑前回到4号最高营地，你必死无疑。”他说得没错。他还说过：“如果你走不了了，那你也完了。”这一点他说得也没错。

5月13日的大帐篷里，人人心知肚明，只是谁也不想道破真相。

13日，麦克消失了一天，晚上他走进大帐篷待了一会儿，可他还是只字不语，看来他的身体和精神确实遭受了很大的创伤。他的沉默给大家发出一个信号，让我们暂时停止讨论山上发生的错误。可是有一个关键问题无法回避，那就是登山者们在南峰顶等待安装固定绳索而浪费了太多时间。人们难以相信这么多经验丰富的登山者们会糊涂到不知道该做什么。如果这个时间没有被浪费，也就不会有后面的悲剧发生。至于当时是什么情况，麦克最有发言权，因为他就在等待的人群中。

此外，如果罗布知道登山者们只是无所事事地等待，也就不会损失这么宝贵的时间（以致发生悲剧）。为什么麦克待在那个本该由领队所在的位置？为什么罗布要扫尾？在队尾指挥怎么可能是个好方法？这些问题我都想问麦克，可是我没有问，我也不能问，现在时机不对。最让人遗憾的是从上午10点到12点整整两个小时的关键时间被无谓地浪费掉了。几下子就能从雪地里拉出来的旧绳索，让探险队白白消耗了如此宝贵的日光。

白天，福兰克不知道去哪儿了，这有些不像他的作风，不过晚上他出现在了大帐篷里，我们私下聊了一会儿。我很喜欢福兰克，因为他富有亲和力，也很照顾他人。和其他人不一样的是，福兰克毫不避讳地发表对事件的看法，因为之前我们默契地保持沉默时他并不在场。这是福兰克第四次尝试攀登世界屋脊，所以事后他的分析和见解很有借鉴价值。福兰克认为当天早些时候事态就出现了问题——5 月 9 日晚，当我们向顶峰发起冲击时，天气情况就不稳定，那天下午的风速也极强。这意味着第二天，也就是 5 月 10 日下午很有可能还会遇上这样的强风。“我们应该多等一等的。”福兰克说。

很有意思的评论，我想。这就是登顶前一晚（5 月 9 日）我们在最高营地争论的内容，四个人中有三个（贝克、道格和我）都认为应该再等一等，第四个人安迪没有表达不同意见，他只是不想违背罗布的决定。

福兰克的评价引出了两个值得讨论的话题，一是天气窗口并未开启，为什么罗布执意在 5 月 10 日登顶？第二点更关键：关于天气的判断真的重要吗？是天气造成了悲剧，还是根本与天气无关？把问题集中在天气上，对当时的登山者以及后来的评论者来说都比较轻松和舒服，有助于把矛盾从问题的根本上转移出来。

罗布四次登顶珠峰的经历中，有两次是在 5 月 10 日完成的，如他所说，这是他的幸运日。然而这个解释不能说服我，估计也说服不了其他人，因为罗布是个极其聪明和职业的登山家，他是不会因为这个迷信才选择如此重要的日期。然而罗布为什么要坚持 5 月 10 日这个问题我们无从得知。埃德·维耶斯图过去曾协助过罗布，他说罗布对这个随意选择的日期太过执着了。这一点也是我和福兰克的观点。

不出所料，第二天下午，我们遭遇了恶劣天气，尽管坏天气并不是悲惨结局的诱因，但它是衡量诱因后果的一个重要参数。罗布在5月9日晚做的冒险决定为5月10日正午更冒险的决定埋下了隐患。罗布在5月10日做的决定本该与前一天相反，作为一名领队，如果他对5月9日的天气情况更严肃对待的话，那他应该对5月10日的折返时间更谨慎选择，比如制定一个更早的时间点以便为安全返回留有充分余地。5月9日晚预判的风险在于下山时探险队会遭遇恶劣天气，而5月10日中午这个风险毫无消退之意。

晚餐后，其他探险队队员还有我们队的部分夏尔巴人走进了大帐篷。大家讨论的一些事也让我大为震惊。首先，一名欧洲探险队队员提到《户外》杂志社在已经危险重重的珠峰探险队中安插一名记者从而增加攀登风险，他们是否要为这样的结局负法律或道德责任？大家认为也许只有时间才能揭示这个问题的真正答案。

还有一名欧洲登山者并不熟悉罗布在登山计划方面的考量，问到下午两点会是个安全折返时间吗？答案是否定的，我们都知道下午两点不是，也不可能是一个预设的折返时间。之所以假设这个可能性，对某些人来说，只是寻找一个借口掩盖行动缓慢的事实，让他看起来不至于太丢人。真实的故事通常很容易被带有迷惑性的问题掩盖。如果你从全局着眼亲手计算一下，就知道下午两点在我们的攀登计划上根本行不通。这个时间再下山意味着要在没有氧气补充的情况下摸黑前进。如果出发冲顶的时间是晚上11点，折返时间是第二天下午两点，总共18个小时的登顶计划中实际上有15个小时在上山，而我们的氧气瓶只够使用18个小时，谁也不会做这样一个计划，让队伍在没有备用氧气且漆黑的恶劣天气中下山。

我们在大帐篷内讨论的时候，亨里克·汉森医生也在场。他曾在 2 号营地救治过贝克，所以对避风人群的状况和后来的情况更为熟悉。当我们谈论到一开始大家以为贝克死了，后来他又自己走回最高营地的事时，亨里克指出了一个问题，康子也是人群中的一员，但她后来为什么死在了山上。他听说贝克走回最高营地时风雪暂停了一阵子，他问那个时候是否有人回去查看过独自行走在回营地路上的康子呢？有意思的想法，可是没有人回应，于是我们换到下一个话题。

那天晚上最后一个让我震惊的信息来自我和夏尔巴人诺布的对话。他是我们冲顶队伍的一员，他告诉我，他和安格·道吉还有罗布一起登上了珠峰顶。他说完这些后我沉默了许久，我需要花些时间消化这个事实。

我默默地思考着：如果你诺布曾和罗布一起登顶，那你和安格·道吉有没有向罗布和道格伸出援手？如果没有，为什么没有？为什么你们把罗布和道格留下不管？你们在下山路上有没有看到康子？她还好吗？你们从贝克身边经过时他怎么样？路上你们看到过安迪吗？他又是什么状况？你们想过安迪的遭遇吗？你，诺布，你可能是最后一个见过活着的安迪的人啊。

这些问题就在我脑海里，但我没有对诺布说。我知道自己为什么没说，因为没有调查就没有发言权。而且这次悲剧才刚刚过去，我不想再追溯已然发生的事；另外，这时候的质疑和责问对当事人来说是非常伤人的。

另外，我确实要公正来看待问题。夏尔巴人收钱只是做份内的事，登顶日那天他们只是负责运送补给，四处查看其他人的状况，或者提供补给外的协助本来就不是他们的工作，他们也不是一支随时待命的营救队伍。这些我们都很清楚，也并没有过多要求。再说，夏尔巴人也有体能极限，比如斯科特·费希尔雇用的夏尔巴人洛桑，不得不把斯科特留在距离最高营地垂直距离1200英尺（约366米）的山上，独自在黑暗的傍晚以及狂风暴雪中下山；比如“马卡鲁”高铭和雇用的夏尔巴人，也不得不把他留在和斯科特差不多的海拔独自下山。他们这么做也是为了求生。5月10日那天，的确没有一名夏尔巴人死亡或受伤。

关于补给问题，我原本也想问诺布为什么他们没有在希拉里台阶处安装固定绳索，以致登山者在那里耽误了太多宝贵时间。不过这一点，我不确定探险队谁应负责这部分工作，谁又玩忽职守。事实是，夏尔巴人没有安装安全绳索的过错只是一小部分，而那些经验丰富的登山者们原地等待几小时，等其他人为他们做这些本来力所能及的事，才是结局的罪魁祸首。

大家议论完了之后，我回到自己的帐篷休息，那一晚我辗转反侧、难以入眠，因为脑海里有太多太多的疑问和思考在纠缠。

5月14日星期四早晨，我睡了个懒觉。睡着后，我就想一直那么待着，因为我的身体极其渴望休息。不过我必须起来吃点东西尽快恢复体能，于是我再次回到大帐篷狼吞虎咽。

那一天，大家都听说下午4点将在费希尔探险队帐篷举行一个悼念仪式。两小时内，帐篷附近聚集了大约五六十人，很多人我从来没有看见过，有些人手上的冻疮伤口上还缠着绷带。那个下午天空阴郁凄冷。

夏尔巴人在石制祭坛底部燃起篝火，杜松枝的烟气随之慢慢散开，每次夏尔巴人的重要佛教祭祀都少不了这个熟悉的气味。松烟缓缓升起，伴随着喇嘛吟诵经文的喃喃之声。人群跟随着夏尔巴人在祭坛摆放糖果、能量棒、饼干和其他物品作为供奉亡灵的祭品。祭品中间摆放着斯科特·费希尔的遗像。我带了一小包能量饮料准备献上祭坛。我坐在一块大石头上，双手紧握，心情沉重而悲伤，我无法起身去放上供品，因为那一刻我不想这么做，只想留在原地。然后，夏尔巴人把祭坛上的供品作为圣食分享给每个人。

仪式上有几个代表作了发言：尼尔·贝德曼第一个致辞，当他说到斯科特帮助康子的时候伤心地抹了眼泪；其他人回忆了过往一些值得怀念的故事；夏洛特·福克斯引用了一首诗。夏洛特是个强壮的运动员，也是个登山好手，你也能看到她的内心同样伟大。越来越多的哽咽和哭泣声。安那托利操着一口浓重的俄罗斯口音，竟然找不到可以形容他心情的英文单词。莱宁·甘默尔盖德（Lene Gammelgaard）、盖伊·科特、约翰·塔斯科和洛桑都致了悼词，感人至深。也许语言平淡无奇，但句句源自内心。

有些人的发言富有哲理，有些人则提到了某些故人的具体往事。一位登山者说那些死去的人们是“为了自己挚爱的事业献身，只有攀登才能让他们永生”。过去的 24 小时内，我已经不止一次听到这个言论，以前我也经常听到人们这样描述死于攀登的登山者们。所有运动报刊和杂志中，只有登山运动会刊登标准讣告通知。在来珠峰之前，当我读到那些讣告时，我是麻木无感的，因为那些看起来只不过是一些漂亮辞藻的堆砌。

听着人们发言时，我在想这些评论能改变什么？“为了挚爱的事业献身”“只有攀登才能让他们永生”，说的是没错，听起来也很安慰人心，可这些话却一点都不能减少山难结局对其他人心理造成的影响。那一刻，我又想起当初桑迪对我攀登珠峰的质问：“你怎么解释自己甘愿承受如此大的风险？这么做对我公平吗？对那些需要你、依靠你的人，你的责任感哪儿去了？”

现在，我终于可以回答她的质询了：

这些年来，也许是我不知道答案，也许是不想接受现实，也许是不想坦白内心，又或者三者皆是。现在，也许是我人生第一次想要诚实面对这一切，哪怕只是为了给自己一个交代，我会这样回答：我不能解释为什么要冒这些风险；我错了，简直不可理喻、不负责任。把你独自留下自己去冒生命危险就是太自私了。我很抱歉，也为此感到羞愧。

追悼会上，我心情沉痛，不仅仅是为那些故去的友人伤心，还为他们感到遗憾，更为自己也差一点成为其中一个的疯狂行为而悔恨。我有妻子、两个孩子、一个得了老年痴呆症的母亲，还有一个需要特殊照顾的兄弟，这就是对家庭的不负责任，来攀登珠穆朗玛峰就是一个错误。我根本就不应该出现在这里。当一个家庭有这么多依赖你的亲人，你所考虑的就不能只有自己的梦想和追求。你的目标和行为所涉及的不仅仅是你自己；你的人生从来都不会也永远不可能只关乎你自己。

我再一次想到死去的人是否还在意身后事，比如留下永久的遗憾和悔恨。我还不知道答案，不过提出这样的问题本身又是个错误，因为这个问题关注的还是我——那个“死了”的我。

我能确定的，或者我应该关注的是，我的死对生者才会有影响，他们的生活中将留下一个不能弥补的缺憾和无法愈合的内心——破碎的人生、团圆梦以及永久的孤独感。

我对不起他们。

负罪感让我难以释怀，以这种方式学会成熟是件十分痛苦的事。所以，也许，不，不是也许，我一定要弥补他们，我一定要做个好人，就像我对上帝承诺的那样。

追悼会现场已经发过言的大部分人多与费希尔探险队有关联，霍尔探险队里发言的只有约翰·塔斯科和乔恩·克拉考尔。是啊，我们探险队里的大部分人不是死了就是受了重伤躺在医疗帐篷里，而我实在找不到与众不同的悼词，所以就没有发言。如果贝克在的话，他肯定会发言的，他总是那个喋喋不休的人。贝克？他本应该在这里的，而现在他却躺在加德满都的医院里。这个“死人”竟然还活着，再也不能行动的时候他竟然能走回来，我永远都不会忘了这个叫贝克的人。

追悼会上有人说罗布是“英雄”，但我知道不是，可我愿意相信这是事实，也许有些“英雄行为”是我不知道的？此刻，除了那些营救人员，我不知道还有谁是英雄。很多人在悼念逝者时这么说，只是想让这场悲剧不那么惨不忍睹，于是，暴风雪成了令人发指的罪魁祸首，因为指责天灾比指责人祸要容易。可是我们都心知肚明，当天下午的风暴并非结局的祸因，因为错误决定远在风暴到来之前就已酿成，从而让人们为此付出了惨痛代价。

追悼会后回到大帐篷，大家继续讨论了风暴对山难的影响。我们自问，如果没有风暴，事情的结局会和现在不一样吗？以这为前提的假设分析出的结果是，就算没有风暴，罗布、道格和安迪可能也是现在的结局。他们因寒冷和缺氧而无法行动，最终导致体温过低而死，这都与暴风雪无关。他们几个无法动弹地待在南山口上方垂直 3000 英尺（约 914 米）的地方，有没有暴风雪，他们都无法被及时救援。而康子、贝克和斯科特·费希尔的情况则不同，他们像其他人一样因为体力透支和缺氧无法回到最高营地，那是因为返程太晚了，而不是天气。可是与罗布、安迪和道格不同，他们已经离最高营地很近了，如果没有风暴，营救队伍很可能及时找到他们。

追悼会期间，我一直坐在大石头上，用对话的方式向上帝祈祷。我最喜爱的祷告就是主祷文“我们在天上的父……愿你的旨意行在地上……”。旨意行在地上，上帝的旨意？

当时我没有意识到什么，现在我想起回到大本营后给桑迪写的纸条，里面写道：“是上帝的旨意还有我们之间的爱情……挽救了我的生命。”写下这些文字的时候，我情绪激动，也没有冷静思考发生的一切和错误，但我却清楚内心的力量来自桑迪的爱。

上帝的旨意呢？

我选择了攀登珠峰的征途，但上帝却为我规划了另一条道路——经历和发现我和桑迪间的心心相印，以及我人生的意义。上帝为我的人生下了何种旨意？现在这个问题的答案我已经可以脱口而出了。

CHAPTER 39

障碍

追悼会后，其他探险队的人聚集到我们的大帐篷，更深入地探讨他们关心的问题。欧洲登山者们非常直接也具分析能力，毕竟是英国人发明了登山运动，所以他们对山上发生了哪些问题更好奇。

事实证明这场悲剧中所有错误决定的源头是“同一天登顶”的决定，这也是我当初担心的问题，即罗布决定霍尔探险队和费希尔探险队在同一天发起对顶峰的冲击。罗布做此决定时，我们就知道这对我们个人和团队都没有好处，但是因为不知道背后的真正原因，所以我们也没意识到它的安全隐患。

“同一天登顶”决定的真实原因能够解释很多现象，特别是为什么在天色已晚、折返时间早已过了很久的情况下，罗布还在继续攀登。

真正的原因与登山无关，而是与商业利益、竞争关系以及媒体曝光度息息相关。

罗布和费希尔是朋友，有时是队友，他俩甚至计划攀登珠峰后一起攀登其他山峰。但是在珠峰商业探险队业务上，他们也是竞争对手，所以彼此都给对方造成了不小的压力，而他们又都是雄心勃勃的人。可惜这一年的悲剧，给职业探险业造成了致命打击。

罗布想赢得比赛，但他也希望费希尔获得成功，尽管他们是竞争对手，但这个竞争并不是你死我活你赢我输的比赛，登上顶峰也没有任何奖杯。罗布说珠穆朗玛峰上有足够的空间容纳两支职业探险队。

当然他们俩都清楚登顶日的结果在媒体眼中的影响力，所以他们也都渴望通过此举在媒体中为自己宣传造势。罗布预想的是探险队冲顶胜利带来的巨大媒体效应。

罗布和斯科特都想创造职业探险队登顶人数的纪录，更重要的是，在创造纪录和获得媒体曝光上，他们谁也不想输给对方。所以，为了防止任何一方的损失，罗布和斯科特决定在同一天冲击顶峰，这样，如果双方都登顶或者都没有登顶的话，他们都可以获取或者分享媒体报道的影响力，从而保住彼此的生意和名声。

山上的情形和天气状况瞬息万变，差一天时间登上，结局可能完全相反。如果每个队伍都单独登山，不同的天气情况、登山条件或其他不可控因素综合影响，则会导致某人成功某人失败。如果一起登山，那么结局无论好坏对彼此都是公平的，也就不会有谁输谁赢的局面，打成平手也是皆大欢喜。

罗布和斯科特这样的安排似乎对他们的业务竞争有好处，但对每个登山队员来说则有百害而无一利。这个决定的出发点就是错误的，对登山者来说，安全才是领队应该考虑的第一要素。两支队伍同一天登顶无论如何都不可能增加安全系数，这对他们将来的生意有好处，但却是建立在额外的直接风险之上的、弊大于利的决定。如果回头再看看 5 月 10 日在山顶上发生的一切时，两支队伍交叉混合的危害不言而喻。

遗憾的是，在 5 月 10 日正午，当时间已晚时，罗布还是坚持了这个“保险”的计划。他抬起头看到南峰顶走廊处费希尔探险队的人在冲击顶峰，为了不输掉比赛，分享平手的结果，即便折返时间已过，罗布依然坚持跟随费希尔队伍继续前进。这个“同一天登顶”的决定带来的最恶劣影响就是妨碍他们在正午时刻做出至关重要的正确决定。如果双方队伍都有登顶队员，这个计划的皆大欢喜结局才有意义，可是那一天，结果是在通往大本营的小路上，又多了五座登山者亡灵的纪念碑。

这个“保险”计划并没有如愿以偿地“保险”。

如果罗布能遵守当初大型探险队领队们的一致意见，即分散日期分别登顶，那一天山上就不会有延误，大家也许都能在天气恶化之前从山顶返回最高营地，也就没有人死亡，没有悲剧发生了。

登山者亡灵的纪念碑

CHAPTER 40

回家之路

5 月 15 日是离开大本营的日子，一个崭新的开始。我亲身探索自然的旅途以战胜死神而告终，现在我需要做的是理解这一切的深意——这是一场内心与灵魂的探索之旅，我将通过探寻去发现这场珠峰之旅是如何重塑我的人生的。我的脑海里有太多疑问，更渴求答案，但当务之急是，我需要切切实实地离开珠穆朗玛峰。

离开大本营，动身前往加德满都前，我请求大本营的夏尔巴首领安格·策林（Ang Tshering）从其中一处祭坛上摘下一面经幡送给我。依据夏尔巴人的佛教信仰，山风会将经幡上的祈祷经文带给山上的神明，可惜这一年的风没有把这些祈祷吹到足够高的地方让那里的神明听见。安格·策林拿下一面给我，他说其他的还用得着，因为还有些夏尔巴人要去2号营地负责拆卸帐篷。

如今，那面因风吹日晒而发皱褪色的破旧经幡还在我家挂着，我本想用它来纪念我人生中的那段特殊时刻。事实上，那段记忆如此根植于心，不需要任何事物提醒我它的存在。

离开前，我把所有的登山工具也留给了夏尔巴人。我跟桑迪说过我再也不会登山了，所以我也不再需要任何登山工具了。我把这些东西交给安格·策林，因为我知道他会按需做出最好的分配。不过我特意嘱咐靴子要留给彭巴，因为彭巴和我一样是高个大脚。

第二天一大早，麦克、塔斯科和一些冻伤严重的费希尔队员一同乘直升机离开了大本营。麦克的冻伤也很严重，来珠峰前他的脚就有30%被冻伤截肢，如果这次再损失脚部组织的话，那他将终身残疾。塔斯科是他澳大利亚的朋友，他陪着麦克一同到加德满都接受治疗然后再回家。其他人都为麦克能及时接受治疗而感到高兴，但也羡慕他们能早早回家，因为我们还得颠簸好几天才能回到加德满都。我现在想的就只有“赶紧离开这儿”。

收拾好行李和工具，放上前一天到达大本营的牦牛后背，福兰克、斯图、乔恩和我转身背对着珠穆朗玛山峰，开始沿昆布冰川向各里克奇普（Gorak Shep）村落进发。当天的目的地就是攀来切。

我们离开冰川走上碎石小路时，前方有个人迎面走来跟斯图攀谈，斯图绕开他继续行走，但那个人一直喋喋不休，还不停地在他面前晃动。于是这个人又找上了福兰克，但福兰克像斯图一样不理睬他。我紧走了几步想看看是怎么回事，这个人还在跟路上其他人搭讪。“死人的照片，尸体的照片，付钱买照片。”他嘴里念念叨叨“死人的照片，给钱的”。我跟他聊了两句，原来他是个记者，想用钱买些死去登山者的照片。故事的真相根本没人关心，最受关注的是死人的照片。这段插曲便可表征未来将被创造出来的那些肤浅而又引人误解的新闻与电影，它们讲述故事，更多是为了卖钱，而非寻求真相。

攀来切的夜晚宁静安详，周围零零散散只有几个人。我和斯图一直聊到很晚，他和贝克是我这次探险队中最好的朋友。我们俩整晚都在吃燕麦、牦牛排、炸薯条，还有啤酒喝。这样吃着各种食物真惬意。离开大本营后，更确切地说，离开珠穆朗玛峰后，我感觉舒服多了。

我们俩一致认为应该尽快回家，然后把珠峰的事抛诸脑后，然而这只是我们的良好愿望。脑海里的那些问题和画面绝不可能轻易被忘却。

5 月 16 日我们本计划继续徒步前往卢卡拉，不过因为天气晴好，我们有机会搭上一架直升机飞到中途的央波切村（Syangboche）。一下飞机我们便被热情的媒体，主要是亚洲媒体包围了。这些人中还有从东京来的康子的丈夫难波建一（Kenichi Namba）。他怎么这么快就到了这儿？因为他迫不及待地想知道康子的消息。我能看到他双眼流露出的悲伤，答案是简明且伤痛的：康子到达顶峰的时间太晚了，所以她没能回到营地。是的，可情况没这么简单。她离最高营地那么近，为什么没能和其他人一样被营救出来？她的尸体怎么办？建一提的问题一针见血，可答案是什么？谁能知道答案？

乔恩和斯图主动提出回答媒体的问题。他们俩虽然自告奋勇但并非出于对媒体的热衷。他们俩在最高营地时掌握着对讲机，所以他们知道得比别人多。各家媒体争相发言，其他登山者都围着乔恩和斯图，这场面很是壮观。我们几个悄悄溜到一边准备去找个小店，吃点东西。

在央波切的一个小茶馆，有个年轻人走到我们桌边，看着我说："你是叫洛吗？"我惊讶地说："是的。"他给我递了张名片，说他是美国使馆的人员，使馆安排了一架小飞机飞到了珠峰地区。

小飞机？他在说什么呢？我们的政府怎么知道我是谁、我在哪儿？他说使馆也参与了贝克的直升机营救行动。

"太好了，非常感谢你。"我说，然后他就走开了。就这样，我看看同桌坐着的朋友，很诧异地耸了耸肩。

还有位不知名的女士也是使馆人员之一，她曾给桑迪打过电话，提出可以协助在加德满都的交通问题。简直难以相信。他们怎么会在央波切？他们要去哪儿？就连我自己也是一个小时前才知道自己要来央波切的。

我们再一次幸运地搭上了另一架飞往加德满都的直升机。这大大地节省了徒步时间，也就加速了回家的旅途。从央波切到加德满都仅用了 45 分钟，我们傍晚时分降落在机场，又被蜂拥而至的亚洲媒体包围。是啊，我们毕竟在亚洲，当然都是亚洲媒体。我们示意乔恩和斯图是发言人，其他人趁机上了一辆面包车前往航站楼，取上行李后我们便奔向嘉鲁达酒店。我们离开后，媒体记者、摄影师们把乔恩和斯图围得水泄不通。

美国驻尼泊尔使馆的大卫·申斯德（David Schemstead）在嘉鲁达和我会面，再一次，我一边错愕一边握着手。他说他联系过桑迪，也把他知道的信息都告诉她了。桑迪虽然早前就收到了电报，但还是因他所作的努力而甚感满足。大卫拿着一张表格问了我很多问题，他都认真地记下了答案。一想到这次悲剧后，我的国家还关心我是否安好，我就很开心地回答了他的问题。这一点是我从未想到过的，幸运地是，我在山上和山下都不需要帮助，但不管怎样，知道我们的政府关心着，还是很让我感动。

嘉鲁达的客房里，我准备享受一个美妙时刻——淋浴。这是近两个月来我第一次真正意义上洗澡。酒店没有香皂，幸好我自己有块小肥皂。这些日子以来，我几乎没有换过衣服，所以冲下来的水都是黑的。我想用热水和肥皂把珠穆朗玛峰上的一切冲刷掉，于是我不停地用肥皂搓啊搓。我站在喷头下一直冲着，直到热水用完，洗完澡的时候，那块小肥皂也所剩无几。

酒店前台来电话通知我取一份传真，这是桑迪发来的关于航班的信息。像以往一样，桑迪一直关心着我，给我帮助。传真里还让我不要联络她，因为她已在去往曼谷的路上。我不知道她为什么要去曼谷，因为没什么必要，不过很快就能见到她了，我也很高兴。她说在机场我要是看见一个“带着大眼袋的女人”，那就是她。我知道她的意思，我知道过去的日子里，她受了太多的苦。

桑迪的父亲埃德·科洛西莫鼓励她到曼谷来接我回家。收到我折返下山的消息后不久是5月12日母亲节，桑迪和她的父母一起度过了这个节日。5月10日和11日这两天是他们最紧张、最不确定珠峰状况的日子，埃德也十分担心我。桑迪说这是她第一次看见父亲落泪。

当晚队医卡罗琳·麦肯齐（Caroline Mackenzie）、福兰克、乔恩、斯图和我一起吃了晚餐，席间大家都在想以后是否还有机会再见面。从某种角度来说我希望再也不见，为什么还要见面？为了追忆往昔吗？不必了。如果我们还会再见，肯定也不是在登山，因为我再也不想登山了。这一点我敢保证。

我知道乔恩是个优秀的作家，那一晚我建议他写一本关于我们的故事的书。他说他想都没想过这事，而且他不确定自己是否能说得清珠峰顶上发生的事。我希望他将来会改变主意。那时我已经了解了当时所出的问题，所以我能理解乔恩的顾虑。

后来乔恩的确写下了这个故事，书中他对事故中非关键人物的隐私显示出足够的尊重，这一点让我对乔恩相当尊敬。本书中，我也尽可能地做到乔恩般的良好品德。

那天晚上我也听说《新闻周刊》和《时代周刊》第二天上午要采访我们。《新闻周刊》？《时代周刊》？我本来以为这件事在亚洲是个大新闻，顶多能上亚洲新闻的国际版。可是我从来没有想到这件事在美国会成为一个新闻，还是个爆炸性新闻。

5月17日抵达加德满都机场时，我第一次感觉真的是要回家了。

桑迪安排好了行程，我也挑了个靠窗的座位，幸运的是，旁边没有人，我正想一个人待着。飞机起飞后，我闭上了双眼，想在内心对自己说："这场噩梦总算过去了。"可是我没有听到内心的声音，整个飞行旅途中，我的脑海中反反复复都是山上发生的那些事。

我紧握双手，望向窗外的喜马拉雅山脉，整个飞行过程中我没有离开过座位。我来到珠穆朗玛，为的是挑战不可能，书写我的人生故事。桑迪让我经历一场我可以引以为豪的故事，然而珠峰故事却不是我能拿来炫耀的故事，而是一场让我学习并引导和影响我余生的经历。它让我成为一个我想要做的，也是桑迪期望的好人。人生由许许多多选择组成，这一生就是在不断学习从哪里获得力量并做出正确的选择。有时人生中最难的选择就是说"不"；最重要的选择也是说"不"。

当飞机飞越珠穆朗玛峰时，我最后看了一眼这座世界屋脊。在珠峰顶时回荡于我内心的话再一次响了起来：不是今天，我要回家了，不是今天。

不是今天，我要回家了

CHAPTER 41

回家，5月18日

曼谷机场里背着背包的我，用脚踢着超大的登山工具包，在漫长的队伍里等待海关放行。我不时地看看前面的人群、移民官的表情还有繁琐的盖章程序，看起来不知道什么时候是个头。我急切地想见到桑迪，可是我只看到通往到达大厅的屏蔽门，每次有人出去我只能匆匆一瞥外面等候的人群。桑迪就在人群中，我的心脏飞快地跳动着，用心灵相通的方式在跟桑迪对话："我回来了。"

屏蔽门打开的一瞬间，是我一生中最愉快的时刻之一：将桑迪紧紧拥入怀中。这是两个月以来我第一次感觉到开心。桑迪的确有着大大的眼袋，但我不在乎，我只想这样抱着她。

“你遵守了诺言。”桑迪说道，于是我们再一次紧紧相拥。走了几分钟后，桑迪低头盯着那个看起来很重，我在用脚往前踢着走的大包。里面难道都是登山工具吗？桑迪疑惑的眼神不用说我都能猜到她在想什么：“那个大行李包里是什么？你说所有的登山用品都给别人了呀。”听完我哈哈大笑，完全停不下来，这个时刻太有意思了。现在回来了，什么都逃不过桑迪的眼睛。我停下来认真地说：“可以给人的都给了，包里的那些剩下的东西太臭了。”桑迪也乐了。

桑迪在机场附近订了个房间。我到达机场前一会儿，桑迪给家里的父亲和我们的儿子格雷格打了电话，告诉他们一切正常，我们计划坐第二天一早的航班经东京飞底特律。回到酒店房间，桑迪递给我一叠美国新闻剪报，里面全是关于这次山难的报道，我目瞪口呆。几天前我还在想美国媒体是否已得知我们的故事，现在我才知道这已在媒体上引起了轩然大波。桑迪说连地方媒体都在密切关注着包括我在内的事态动向。我又一次震惊了。我来自密歇根，密歇根的人什么时候开始关心登山运动了？桑迪说：“罗布给他怀孕妻子的电话触动了媒体的神经。”

我和桑迪为再次团圆而感到幸福。登上世界所有高山的顶峰都不及我和桑迪共处的短暂时光。人生至此，没有什么比桑迪的陪伴更为温暖。我们结婚46年，每一晚有她在我身旁陪伴入睡，总是一天中最美好的时刻。

晚上，我阅读了那些剪报内容，发现此次事故是在几个因素的共同作用下才引发了全球共鸣。首先是桑迪说的罗布在山顶的电话——一个在珠穆朗玛峰顶即将被冻死的人给自己怀孕妻子的电话；其次是贝克奇迹般生还的故事；还有海拔 19000 英尺（约 5791 米）直升机营救贝克的壮举，那是航空史上从未有过的直升机飞行高度；另一个历史纪录就是同一天葬身珠峰的人数，一共八人：其中五人是与我一起从南侧登顶的登山者，另外三人是当天从北侧登顶的登山者们，他们遇到了和我们一样的坏天气；这次登山也是有史以来第一次网络全程直播的珠峰探险；最后，当然就是珠穆朗玛峰本身，毕竟它是这地球上最著名的世界屋脊。

得州达拉斯市，贝克右臂的大部分和左手食指都被截肢；鼻子也未能幸免，整形医生们为他安装了人造鼻。如今，贝克身上仍有多处伤疤。“马卡鲁”高铭和的双手和双脚也不得不被截肢。

5 月 18 日漫长的飞行旅途中，桑迪给我讲了过去六周家里发生的事，主要是关于道格、格雷格、其他家人和朋友的事。那些日常家庭琐事其实都不是小事。正是这些小事丰富了我们的人生。“宝贝怎么样了？”我说。宝贝是我们的宠物猫，它对我一向不太友好。桑迪和我一路都手握着手深情对望着，周围的旅客可能以为我们俩是新婚夫妇吧。

飞机终于降落在了底特律国际机场，航站楼内格雷格在等着我们，我以为他会有很多问题要问我，但他话却不多。我们一起向停车场走去，突然格雷格停了下来。他满含泪水扭头对桑迪说：“爸爸几小时前去世了。”格雷格管桑迪的父亲叫“爸爸”。桑迪瞪着我，不敢相信自己的耳朵。几个小时前？怎么可能？桑迪崩溃了，跪在地上失声痛哭。我们三个就在停车场抱头痛哭起来，谁也不想上车，因为我们不想面对这个事实。

怎么会发生这样的事？刚刚过去的24小时里，我和桑迪还为再次团圆而兴奋不已。

桑迪和她父亲的关系非常亲近，是那种相当相当亲密的关系。她的父亲埃德·科洛西莫是个非同寻常的绅士，对他人友好而慷慨，深受桑迪和其他家人的爱戴。我一直希望自己能够成为他那样的善人。他站着的时候腰板笔直，走路的姿势透着一种优雅和高贵，说话柔声细语又简洁明了。他对所有人都尊重有加，也会在适当的场合表现出他的风趣幽默，而且他从不会随便发脾气或者说脏话。对我的两个儿子来说，埃德的榜样作用比我大。

我记得在飞机上时，桑迪告诉我几天前的母亲节，她是和父母一起度过的。那是她最后一次见父亲，他们最后一次通话是在曼谷酒店里，当时桑迪的父亲还特别关心我，也很高兴我很快就要回家了。

我都没有时间换掉从亚洲回来时的衣服，就直接赶往埃德遗体所在地罗亚尔奥克（Royal Oak）殡仪馆。我们的儿子道格住在加利福尼亚州，他让桑迪一到机场就打电话给他报平安。在去殡仪馆的路上，桑迪告诉他，我安全回来了，但是“爸爸”不久前去世了。桑迪再也忍不住眼泪，失去埃德的悲痛超越了一切，包括我安全回家的喜悦。

此次此刻，我们所关注的只有埃德的死讯而非珠穆朗玛峰。当卫星转播车停在路旁等待一个从珠穆朗玛峰死亡区幸存的登山者讲述逃生故事的时候，桑迪的父亲却在家中花园散步时突然倒了下去再没起来。我活下来了，可是桑迪的父亲却走了；桑迪心底的呼唤把我带回了家，她的父亲却再也没有了心跳。现在有比珠穆朗玛峰和我的幸存故事更要紧的事要办。

埃德葬礼前一晚，我在殡仪馆见到了那些久违的朋友们。看到我手上缠着绷带，他们不知道是否应该和我握手表示慰问。这个特殊时刻，我感觉人们不想询问我过多关于珠峰的事，因为这不是关心我的时刻，而是吊唁桑迪父亲的时刻。而且我也不知道该说些什么。“很高兴见到你，洛。”有些人这样说。我说：“是的，谢谢，很高兴再次见到你。”就这样。我从珠峰墓地跨越半个地球，直接来到罗亚尔奥克墓地，连行李包都没有打开过。

我的一个高尔夫球友笑着对我说：“洛，别以为你冻伤的手指上有绷带，就想着能多得几杆残疾人专项的福利。”我也笑了。这种感觉真好，这就是家的感觉。

第二天早晨在埃德的葬礼上，我看到桑迪哭得撕心裂肺。看到她伤心欲绝的内心，我不禁想到，差一点，我就因为自私地莽撞行事而将自己的死亡也加诸在桑迪破碎的心上，差一点，这里就会变成一场双重的葬礼。她怎么可能承受同时失去父亲和丈夫的打击。我努力控制自己不要只考虑自己，因为这是埃德的葬礼，可是我还是忍不住在寻求所有事情的意义。我的死里逃生是上帝的旨意吗？上帝让我幸存有何目的？几天前，我在大本营时就这样问自己，也许答案就在我走出机舱、听到桑迪父亲死讯的那一刻。埃德的离世是否从某个角度解释了我能幸存的原因？我需要桑迪“带我回家”。现在我回来了——正是她需要我的时候。我们俩手挽手慢慢走出教堂。

埃德的葬礼后，我回到家中查看邮箱，从一大堆信件中翻出一个大号珠穆朗玛峰的明信片。明信片背面，我看到收件人是我，上面写着“欢迎回家”，签名处写着“祝贺你，罗布·霍尔”。

在屋外的长椅上，我埋头痛哭，一个人坐了很久很久。这封明信片是我成长历程中的另一步。这有什么含义吗？有什么目的吗？脑海里还是有很多问题。

欢迎回家？

是的，谢谢你罗布。我已回家。

这张明信片本身并没有神秘感，很明显，在我们离开大本营向山顶进发时，罗布就将它投入了信箱。就算这样，我还是托着脑袋思考整件事，我感到某些精神的力量在向我传道。我想如果死去的人会在意某些事的话，知道我收到了他的祝贺，罗布一定会很高兴吧。

可是罗布留在了那里，再也没能回家。

我走进屋子，把这张卡片递给桑迪，她看了背面的文字，又看了看我，满含热泪，抱了抱我就走开了。她什么都没说，我们也没有讨论过此事，因为没有必要，我们能确信的就是我回来了。引领我回家的力量是一股强大而神秘的力量，我想就连罗布也知道吧，所以这封信就是最好的证明。

这张明信片再一次让我思考为什么我能从珠峰上幸存下来。我仍然困惑于“人生意义”的问题，这张明信片又让这个困惑不绝于心。

过去的 54 年里，我从未思考过诸如人生意义这样的大问题。上帝啊，请帮我理解这一切吧。

为什么罗布要寄这张贺卡？罗布这个行为说明了什么？我发现他没有祝贺我登顶成功，他在写这封贺卡时不确信吗？但是他很肯定我能回家。与其他登山注意事项和登山理想相比，安全返回是他最有把握的事。

卫星电视转播车又停到了路边，家里的电话成天响个不停，电台、电视台、报纸、杂志等等不知疲惫地请求采访；而我大多数时候都保持沉默，因为处理埃德善后事宜才是最重要的。一个星期后，我开始接电话，不出所料，大部分人都只关心珠峰发生的大事，很少有人关心我切身经历的小事。我一一回答了他们的问题，那时给我留下深刻印象的是一个纽约地方电视台的制片人，他打电话来感谢我对他们珠峰山难节目录制给予的支持。他对我说整期节目主要是关注那些惊心动魄的瞬间，最后他说，当然，你也“在那儿”。

在那儿。一点都没错。

但是怎么在那儿的事，却只有我自己知道。

CHAPTER 42

最后的攀登

十一年零六十二天后。

我能看到的只有脚下的山体——慢慢地、左一步右一步，然后再左一步右一步。除了顶灯的一束光外，周围一片漆黑。我伸手关掉顶灯，今晚已经好几次了。头顶上是茫茫星空、没有云彩也没有大风。多么宁静的一个夜晚，多么难以置信的攀登之夜，就在这世界独一无二的山峰之上。

顶峰就在前方了，我的心情也愈发紧张。此刻我感觉自己站着的位置已经高于世界上任何一座其他山峰了。

继续向上攀登。头顶的灯光照向了下一处

地点，也帮我计算了需要前进的距离。配合着呼吸的节奏，继续向前行走，耳边只有自己的呼吸声。此刻我的内心生起一种难以形容的情感，我正走向一个比与众不同还与众不同的地方。“我真的到那儿了吗？我真的做到了吗？”内心有个声音不停地在问自己。这里与我所攀登过的所有山峰都不同。

又黑又冷的山顶是个可怕又危险的地方，但这一次不一样，我感到自己被大山拥抱，尽管她的美无法亲见，但每一步行走在岩面上和每一次触摸在山体上，我都能体会她无与伦比的壮美。

终于，我站上了这个顶峰。心情无比激动，不是因为站在顶峰，而是因为一路以来对结局的期待——我将有怎样的一场经历？

借着头灯的光亮我看到一处平坦的岩架。我脱下背包穿上户外皮大衣保暖，然后将包放在地上，头枕着背包四仰八叉地躺在地上。

此时是凌晨4:30，我在规定的时间——日出前登上了顶峰，等待新一天的到来。是否准时很重要。

仰望布满繁星的天空，那些闪烁的星星仿佛近在咫尺。突然一颗大大的流星划过天空。数个世纪以来，人们就是依循星辰的指引寻找他们追寻的方向；精神层面上，满天星辰也曾指引人们探寻新的起点。对我来说，那颗流星就是最好的预示。

内心那个声音再一次问道：“我真的在这里了吗？”

我静静地躺在岩石地面上，周围是冰冷的空气，但我能感到身下岩石传递的些许温暖，那是白天吸收了120度日晒的岩石的余温，这让我倍感慰藉。内心平静的我，渐渐入睡，此时我只想闭上眼小憩片刻；因为我已经有十一年零六十二天没有好好睡过觉了。

睁开眼时，地平线上已透出一线日光。时间一分一分逝去，我看着太阳一点一点升起，更多阳光洒在荒凉、贫瘠、锯齿般的山顶后，铺洒在远方被风沙侵袭的大山之上，而那些岩石则随着太阳的升起慢慢被渲染出赤橙黄绿之色。

周围只有一片宁静。

远处，我能看到阿拉伯地区、阿卡巴湾、红海还有沙漠中红色的沙丘和山峰，那里都是尘封已久的世界。埃及西奈沙漠中的西奈山，比红海海拔高 7498 英尺（约 2285 米），是世界上最骇人听闻的山峰。

太阳已完全升起，西奈山的神圣感已深植我心。就算此刻，我也不想思考任何东西，因为我想让我的思想和内心完全敞开，接纳所有该来的和已经来的东西。这一生中大部分的旅程都是我自己选的，但这一次的旅程，今天的攀登，是它选择了我。

这是我在所有顶峰上度过的最美好的时刻，但这个时刻也源自我人生中最糟糕的时刻。攀登珠穆朗玛峰的探险已经过去了十一年零六十二天，那时我一心想征服那座世界最高峰，却经历了一场生死浩劫。那一天就是 1996 年 5 月 10 日。那一天至今依然是珠峰攀登史上最惨痛的一天。

珠峰上的那些漆黑夜晚已经过去很多年，然而那场悲剧的阴霾却随我度过了无数个黑夜。那场生与死的事故虽然表面看来结局清晰，但事实真相仍复杂难解。这么多年来，我始终无法释怀我能幸存的原因及其背后的寓意。我的探寻历程最终带我来到了这座山顶，这不是一次攀登挑战也不是一次冒险，而是因为某些原因来亲自感受这个地方。

西奈山

我的珠峰经历就像身下的大山一样给我温暖的力量。因为活着走下了珠峰，我才能更深刻地理解我的人生。现在我已经想明白使我幸存下来的大部分原因，也理解了其中的一些深层含义。现在，站在西奈山顶，也是我理解和拥抱人生的一个重要部分。

我站在这里是为了迎接新的一天。

太阳升起时，我也站了起来环顾四周，我张开双臂拥抱这种奇妙的感觉。站在高山顶峰，你就是世界的中心，放眼望去，地平线和远方的世界一览无余。崭新一天的日光就这样在我眼前和四周蔓延开来。在珠峰上躲过一劫的我，每一天都是我第二次人生的一部分。

特此纪念：

罗布·霍尔，安迪·哈里斯，难波康子，道格·汉森和斯科特·费希尔。他们都未能回家。

对这些友人，我还记忆犹新：罗布知道自己当父亲时的激动不已；安迪对他人的无微不至；康子温柔的笑容；道格在众人面前高声朗读家信；还有人人都爱的斯科特。这些朋友的音容笑貌永远不会褪色。

在此，我也要向无人能敌的贝克·韦瑟斯致敬，他本已“死”在山上，但顽强地活了下来，至今仍过着丰富多彩的人生。

我站在这里也是为了铭记过往。

在此，我要缅怀我的重生，就像每个不眠之夜，我都会想到决定命运的那一天，我差一点就和那些死去的同伴一样，做出一个错误的决定，被永世埋葬于珠穆朗玛峰的冰雪之下。

我并非总能如此释怀，但现在我能慢慢接受那些决策瞬间无休无止地在脑海里重复，以及无数不眠之夜将永远伴随着我。我愿张开双臂，拥抱这些记忆，因为它们是对我人生的良善警示。

我必永不忘却，那个差点要了自己性命的勃勃野心。

我必永不忘却，那个拯救了我生命的内心呼唤。

我必永不忘却，珠峰教会我的，如何去完成一个可以自己讲述的故事，它将指导我未来的一切选择——不能盲目跟从他人、要遵守自己的诺言、要照顾好自己也要关心他人、要遵守规定，还要听从内心。

遗忘珠穆朗玛峰上的一切，就意味着从未走出过珠峰。

最后，我在这里是为了感恩和倾听。

在顶峰停留后，我下行来到一处距离顶峰垂直 500 英尺（约 152 米）的小高原。这一段岩石道路从未有人走过，高原中央长着一棵柏树，树龄估计有上千年。

我一直想到这个叫以利亚盆地（Elijah's Basin）的地方来，这里是一个特殊的历史圣地，几千年前，一个《圣经》故事就发生在这里，而那个故事能够帮助我理解我的境况。这个高原生活着一个叫以利亚的人，他也面临着一个进退两难的抉择境地，而且他快死了。这个故事就是关于他如何倾听内心呼唤，寻找到那个让他做出正确选择的力量。以利亚听从了那个声音，找到了那个神秘力量，转身下山去完成上帝的旨意。

狂风过后，我听到的那个“持续而轻柔的声音”让我一下子就想到了《圣经》以利亚故事中的那个神圣力量。

来到以利亚盆地，看到那棵上千年的柏树，我才感受到身临其境的真实感。

我的故事也是要在面对困难和进退两难时，做出关乎生死的艰难抉择。那个时刻发生在 1996 年 5 月 10 日正午时分的珠穆朗玛峰峰顶附近。我的故事也是一个经历自我矛盾和斗争，然后寻找到力量源泉的故事。对于我来说，这是个关于倾听内心声音的故事，也是一个爱的故事。

我坐在柏树前方的岩架上，感谢上帝将桑迪的爱赐予我，感谢这份爱拯救了我。这就是我专程前来这里的目的。

我静静地坐在那里，听着周围的一片寂静之声，听——狂风过后——内心那个永恒而轻柔的声音。

周围的一片寂静之声

关于作者及登山经历

洛·卡西希克一生都居住在密歇根州，而他对登山和极限运动的爱好却让他的足迹跨越七大洲的很多偏远角落。

洛毕业于密歇根州立大学，拥有工商管理学士学位和法学博士学位。在他学习工商管理专业的过程中，风险管理始终是该专业的重点学科。学生时代的洛就对风险、风险评估、接受风险和管理风险的概念展现出浓厚兴趣。他从事财务分析和法律相关职业时，也曾通过注册会计师以及高级法律硕士的考核。

洛的职业经验也相当丰富。法律方面，他有着35年的工作经验，曾就职于美国Dykema Gossett律师事务所，担任公司和税务法专家及企业风险投资代表。他也曾撰写过一本重要的公司法书籍，并被其他同行推选为“美国最佳律师”，获此殊荣的大约只占全美律师人数的1%。

商业方面，洛曾担任过多家大型公司的CEO，以及贸易和法律问题顾问。在他的职业生涯中，特别是担任律师和风险投资顾问时期，他的主要工作就是接纳较高商业风险、管控风险、对未来结果做判断和决策。这一点说明洛如何能成为一名拥有几十年登山经验的老手。同时也解释了他对珠峰山难的理解与认识，包括他为什么要了解、分析和解释珠峰上出现的问题，以及他讲述的亲身经历，是基于事实而非耸人听闻和无关紧要的信息。

洛退休后与妻子桑迪居住在密歇根湖北岸，但他从未放弃积极参与攀登和其他极限户外挑战。2016 年妻子桑迪因病去逝。

以下列出的山峰只是我攀登经历中的一小部分，之所以写下这段内容，因为很多朋友经常会问及我的经历。这份清单中所列山峰大多是人们耳熟能详的，我很高兴有机会攀登它们，有些山峰历史悠久，有些声名显赫，还有些在职业登山者眼中不值一提。

这份清单里只涵盖了最基本的信息，因为如果要真正了解一个人的登山经验，必须了解他登山的路线和时间（夏季或是冬季）。清单里有些山峰我攀登过好几次，每一次都是不同的路线和时间，每一次的挑战也大相径庭。这份清单只是想借此说明我的登山爱好。

文森峰，南极洲　16067 英尺（约 4897 米）

麦金利山，美国阿拉斯加州　20320 英尺（约 6194 米）

厄尔布鲁士山，俄罗斯　18481 英尺（约 5633 米）

阿空加瓜山，南美洲阿根廷　22835 英尺（约 6960 米）

罗布森山，加拿大　12972 英尺（约 3954 米）

艾格峰，瑞士　13026 英尺（约 3970 米）

鬼怪峰，加拿大不列颠哥伦比亚　10512 英尺（约 3204 米）

阿根廷之镜，瑞士　7626 英尺（约 2324 米）

Illiniza Sur 山，厄瓜多尔　17219 英尺（约 5248 米）

亚拉拉特山，土耳其东安纳托利亚　16854 英尺（约 5137 米）

托布卡尔山，北非摩洛哥　13671 英尺（约 4167 米）

阿尔帕玛尤峰，南美洲秘鲁　19512 英尺（约 5947 米）

鸽子峰，加拿大不列颠哥伦比亚　10354 英尺（约 3156 米）

少女峰，瑞士　13642 英尺（约 4158 米）

钦博拉索山，厄瓜多尔　20703 英尺（约 6310 米）

罗莎峰，瑞士 / 意大利　15204 英尺（约 4634 米）

马尔莫拉达山，加拿大不列颠哥伦比亚　9905 英尺（约 3019 米）

马特洪峰，瑞士 / 意大利　14692 英尺（约 4478 米）

勃朗峰，法国 / 意大利　15780 英尺（约 4810 米）

僧侣峰，瑞士　13449 英尺（约 4099 米）

波波卡特佩特火山，墨西哥　7887 英尺（约 5452 米）

科多帕希峰，厄瓜多尔　19348 英尺（约 5897 米）

奥林匹斯山，希腊　9751 英尺（约 2972 米）

奥里萨巴峰，墨西哥　18701 英尺（约 5700 米）

雷尼尔山，美国华盛顿州　14410 英尺（约 4392 米）

大提顿山，美国怀俄明州　13300 英尺（约 4054 米）

飞拉达山，瑞士　7646 英尺（约 2331 米）

克里斯顿山，美国科罗拉多州　14197 英尺（约 4327 米）

乞力马扎罗山，非洲坦桑尼亚　19340 英尺（约 5895 米）

富尔什，瑞士　11589 英尺（约 3532 米）

阿西尼博因山，加拿大不列颠哥伦比亚　11867 英尺（约 3617 米）

金字塔峰，美国科罗拉多州　14018 英尺（约 4273 米）

中央山，加拿大不列颠哥伦比亚　10033 英尺（约 3058 米）

北栗色贝尔山，美国科罗拉多州　14014 英尺（约 4271 米）

西奈峰，埃及西奈沙漠　7498 英尺（约 2285 米）

梅戈格峰，加拿大不列颠哥伦比亚　10600 英尺（约 3231 米）

太特布兰奇，瑞士　11289 英尺（约 3441 米）

科修斯科山，澳大利亚　7310 英尺（约 2228 米）

魔鬼塔黑山，美国怀俄明州　5112 英尺（约 1558 米）

还有很多其他不知名的山峰，例如：欧洲阿尔卑斯山脉的 Grunegghorn、Weissnollen、Pigne d'Arolla、Rosablanche 山峰；科罗拉多州多座 14000 英尺（约 4267 米）的山峰；科罗拉多熨斗山；还有很多科罗拉多埃尔拉多峡谷、法国夏蒙尼地区和瑞士策马特地区的山峰。

高山滑雪经验：

Chamonix–Zermatt Haute Route（欧洲）

Berner Oberland Haute Route（欧洲）

Wapta Icefields（加拿大）

Rogers Pass（加拿大）

Battle Range（加拿大）

Moroccan Haute Route（北非）

还有北美多条滑雪线路。

与作者洛·卡西希克的对话

本书开篇您提到书中大多数内容写作于 1997 年至 1998 年间，那当时为什么没有出版呢？

17 年前我写下这些文字的目的和今天出版这些内容的动机是不一样的。当时写下这些文字是因为山难过后很多报道有违真实事件本身，它就像一团迷雾不断在漫延发酵。那些文章只是在讲故事，但内容却华而不实。这导致很多人对无法正确了解那次山难，甚至对真相产生了错误的结论。此外，这些文字是为了记录和保留下我个人对山难经过及原因的认识和理解。

然而当时我并没有兴趣发表这些内容，因为这个灾难发生的原因主要是决策错误——也就是"人祸"，当时我并不想再附和舆论批评那些和我一起登山但永远留在那里的朋友们。那样做我觉得不妥，所以这 17 年来把这些文字束之高阁我并不觉得遗憾。

那么，为什么您决定现在发表这些文字呢？

17 年前我写下的文字不仅仅分析了当时发生了哪些错误状况，我还写下了一个完全属于自己的故事，一个我如何生存下来的故事，这里面大部分内容是不为人知的。我想忘掉的是那场灾难，我想记住的是这个属于我的亲身经历。这场经历是关于我妻子桑迪如何帮助我死里逃生的故事。这是一个关于内心深处呼唤的故事，是一个关于爱的故事。

我和桑迪相亲相爱48年，我们结婚也已经47年。如今桑迪的健康每况愈下，她病重期间我们常常一起回忆过去的点点滴滴。回想起1996年5月10日正午时分那个决定生死的时刻，正是桑迪的爱给了我坚定的勇气，让我做出了的正确的决定从而死里逃生。

《狂风过后》讲述了很多我个人的内心情感细节，这些细节是发生在大的历史事件背景下的。如今我觉得是时候出版它了，我要趁桑迪还在身边时，用此书感谢她的付出，感谢上帝的恩赐，跟世人分享我们的爱情故事。通过出版这种形式，那个曾赐予我力量的内心呼唤的故事可以更长久地被保存下来。

攀登珠穆朗玛峰、在接近顶峰处面对进退两难的境地，其实不过是我们日常生活的一个缩影——它展现的就是普通人面对日常生活压力都需要做出艰难抉择。这个故事也展示了人与人的关系如何成为影响你做出正确选择的内心力量源泉。

17年前你写下的那个故事如今你做了多少修改？比如说，你觉得哪些内容需要被删除？为什么？

2013年年底当我决定发表这个故事时，我发现当年我竟然写下了166,000字。如果出版一般书籍，我需要删除将近一半的内容。所以我觉得先把4万字的“事后故事”删除，因为那些主要是关于山难后其他人和我自己的一些生活经历。然后我又删减了些登山期间的事件，那些事件有的我不想再提起，有的不是关于我自己的事。如今那场灾难已经过去19个年头，我清楚的知道有些往事也许（或者应该）永远被尘封。

我对故事结构也进行了一些修改，比如原先我过多地描写了其他队员的行为，但是现在我选择尊重他们的阴私，如果有一天他们想亲口说出自己的经历，那是他们的选择。所以我尽可能少的描写他们的点点滴滴，只要那些内容足够讲述我的故事就可以。

还有些事件和我的看法也被删除了，因为我担心那些内容会无意识地吸走读者的眼球，而我最想述说的故事反倒会被忽略，这是我不希望看到的结果。我希望读者读到《狂风过后》会记住我劫后余生的故事，还有我对事件原因的个人理解。

我还删除了大量山难原因的分析。那部分文字占了太多篇幅，调整之后篇幅与我个人故事长度更均衡。修改之前的内容也讲了太多我的登山经历，以及登山以外的生活，为了篇幅结构均衡，我也把这些内容删除了。

乔恩·克拉考尔是你的登山队友之一，他也写了一本书叫《进入空气稀薄地带》。你怎么看待这件事？你的这本书是对他的回应吗？

乔恩·克拉考尔是从他的角度描写了珠峰攀登的故事。我是按照自己认为合适的方式描写我的故事。《狂风过后》有《进入空气稀薄地带》里没有涉及的事件，所以某种程度上来说，这两本书的内容是互补的。

我的这本书关注点从根源上就与《进入空气稀薄地带》不一样，这也不是对《进入》的回应。如果我想让大家看到我们俩不同的观点，

17 年前我就可以那么做。

这两本书恰恰反映了一个非常有趣的现象——身处同一环境中的两个人怎么会有不同的体验？这样的差异不是因为周围发生了什么，而是因为人与人是不同的。

这个故事中的登山者们对登山经历的感知和理解都是出于“自己的角度”。我们是不同的个体，我想这就是所谓的“个性”差异吧。

个性的不同和随之而来的经历体验的不同，是由于我们每个人都把自己独一无二的东西带上了珠峰——不同的人生和职业经历、不同的期望值、不同的动机、不同的日程规划、不同的影响力、不同的弱点、不同的价值观、不同的社会角色、不同的生活习惯，还有不同的人际关系。所有这些差异最终影响了我们的所见所闻和所作所为。

每一个登山者好比坐在珠峰这个舞台的不同位置。我们观赏同一场演出，但角度是不同的，所以我们带走的感受也不一样。

鉴于这样的差异，每个人讲述的故事就会因人而异。我承认对于那些没有在现场经历这一切的人们很难理解和判断不同的故事内容。人们了解到的灾难取决于经历和讲述这场灾难的人，以及他们从自己角度所想讲述给你听的故事。

为什么你要选择独立出版而非传统出版方式？

我并不需要一个传统出版商。独立出版更务实、更方便也更快捷。因为桑迪健康状况越来越差，出版发行的时间对我来说很关键。如果走传统发行途径，我需要等待 18 到 24 个月，而我没有那么多时间。实话实说，我觉得独立发行的书籍质量也许更高。如果是传统模式，我担心等所有编辑改完稿子之后，我都认不出自己的作品了。我希望看到的这本书就是我自己原汁原味的作品，哪怕其中有缺陷。我希望读者听到的是我的声音，而非一群编辑的声音。我的创作完全发自内心，这才是最重要的东西。

你有打算为《狂风过后》写续集吗？

不一定。这取决于读者是否喜欢《狂风过后》。不过我确实还有很多想跟读者分享的内容。在编辑这本书时，我删掉了多达 4 万字的“后续故事”，主要是山难之后与珠穆朗玛峰相关的个人成长历程。我把那个时期称作“理解人生的必经之路”。有位名人曾说过，人生所有经历的旅程最大的价值不在于你走多远飞多高，而在于这一路走来你成为了什么样的人。

主要出场人物

罗布

桑迪·卡西希克

海边出生的贝克·韦瑟斯

安迪·哈里斯

乔恩·克拉考尔

约翰·塔斯科

麦克·格鲁姆

难波康子

道格·汉森

斯科特·费希尔和罗布·霍尔

布鲁斯·赫罗德

创美工厂出品

出 品 人：许　永
责任编辑：许宗华
特约编辑：张琮卉　梁　真
封面设计：梁　真
内文设计：孙诗茜
责任印制：梁建国　潘雪玲
发行总监：田峰峥

投稿信箱：cmsdbj@163.com
发　　行：北京创美汇品图书有限公司
发行热线：010-53017389　010-59799930

创美工厂
微信公众平台

创美工厂
官方微博